致青春 074

溫柔有九分

（上）

嘟嘟的貓　著

高寶書版集團

目錄
CONTENTS

第一章　啟德中學

國金商場A棟入口。

他低頭看了看手錶，再抬頭，一道黑影從眼前嗖地跑過，帶起一陣疾風。轉眼之間，這道黑影又跌跌撞撞衝回來。

一隻濕漉漉的手伸出，快而迅捷地捂住他的嘴，往旁邊牆上猛力一推。

逢寧的心臟仍在劇烈跳動，她縮在陌生人的肩下一動也不動，偷偷喘著氣，用手背抹了一把臉上的水珠。

隨後有幾個保全模樣的人喝斥著趕來，左右看看。他們駐足了一下，又往另一個方向追去。

鼻尖飄來一陣淡淡的柑橘香，逢寧後知後覺仰起頭，看向被她死死捂著嘴的人。

他好高。

視線順著掃上去，她呼吸也跟著停頓一下。

面前這張臉和她貼得極近。漆黑的短髮，淺淺的睫，清晰到眉旁一顆棕色小痣。一雙霧氣瀰漫的眼，眼尾長且翹，倒映著外頭飄潑的雨，說不出的迷惑。

逢寧手一軟。

這一切都發生得太快，呆滯的男生終於從被人非禮的震撼回過神來，觸電似的一把推開她。

「噓噓，別喊，他們還沒走遠。」逢寧用食指堵住唇，往周圍張望，連忙開口解釋：「我不是壞人，我剛剛在旁邊塗鴉，被這裡的保全追了。」

她剛剛從雨裡跑進來，渾身上下連髮根都濕透了。眼皮上深藍色的眼影暈開，胸前骷髏項鍊耀武揚威，下巴有塊ＯＫ繃，隱隱約約能看見血跡。

男生低頭，看了眼身上被弄濕的外套，嫌惡地皺起眉。這個小太妹還無所謂似的，用一種我是流氓我怕誰的眼神和他對視。

他帶著點慣常的輕視，看著她，拉開外套拉鍊，毫不猶豫地將衣服脫下來往地上一扔。

這人長得一副高高在上的樣子，打量人都是從上到下。與頭頂的奢侈店招牌相呼應，真是如出一轍的高貴冷豔。

逢寧想笑，忍住了。她看了一眼像是垃圾一樣被丟棄在腳邊的名牌外套，好整以暇道，「帥哥，脾氣這麼大的嗎？」

男生克制了一下，冷淡地回答，「是啊。」

「好，你不要就給我當雨衣吧。」逢寧自小就練就了厚臉皮，不尷尬也不生硬，極其平靜地彎腰，一把撈起衣服，喜不自勝揚揚手，「嘿嘿，那就謝啦。」

他瞥她一眼，不想再說話。掏出耳機，面無表情戴上。

江玉韻披著風衣，在櫃檯刷卡簽單。易巧手指轉著車鑰匙，講昨天才從別人那裡聽來的笑話。

這兩位是南城著名的社交名媛。幾個店員默聽著她們夾槍帶棒數落別人，見慣不慣，俐落地包裝東西。

「Arthur 馬上回國了，妳知道嗎？」

「嗯。」江玉韻筆一頓，挑眉，「所以？」

「這人昨天在那誰的生日趴上喝多了，胡言亂語，說忘不掉妳呢，真是笑死人了。他在洛杉磯的女朋友差點被氣死，今天到處打聽妳是誰。」

透明玻璃門向兩側滑開，兩人走出去。江玉韻踩著名牌高跟鞋搖曳生姿，冷冷哼了一聲，「關我什麼事，就那幾個貨色，真把自己當盤菜了。」

易巧伸著脖子，偷看不遠處的男孩，被江玉韻看到，瞪了她一眼，「我弟剛上高中。」

「嘖，妳想什麼呢，我還不至於這麼喪心病狂！」易巧假怒，擠擠好友肩膀，「不過妳弟真夠帥的，不愧是你們江家的人，長大了得傷多少女孩的心？」

江玉韻從喉嚨裡哼了一聲，「他自己就是個玻璃心。」又說，「妳還不知道吧，小時候我媽去山上幫他算過命，那道士說我弟這輩子順風順水，唯獨過不了情劫。」

易巧笑了下，「情劫？哪個女人能忍得下心傷他哦。」

「小問，走了。」江玉韻走過去，摘下墨鏡，上下打量了弟弟一番，驚奇地說，「咦，你衣服去哪裡啦？」

江問扯掉一邊耳機線，答得心不在焉，「遇到女變態了。」

女變態高高興興回到家。

齊蘭視線落到全身濕透的女兒身上，「妳是怎麼回事？」

「今天出門玩沒帶傘。」逢寧禮貌地對牌桌上的阿姨打完招呼，拿毛巾擦拭長髮，順便站在旁邊看她的牌。

李阿姨瞟了她一眼，「小寧成績出來了嗎？考得怎樣？」

清脆的麻將聲中，逢寧笑了笑回答，「還可以。」

「是什麼學校？」

「啟德。」

「呀，啟德？這麼厲害啊！」李阿姨稱讚她有前途，誇張嘆口氣，「我兒子要是能有小寧一半優秀，我做夢都會笑醒哦。」

齊蘭翻出一張八筒，大笑後又故作謙虛，「那是妳沒見過她不聽話的時候，我真的是操不完的心。」

「是啊，蘭姐這些年多辛苦，看到女兒這麼有出息不知道多欣慰呢。」

逢寧父親死得早，齊蘭和他都不是在地人，孤兒寡母連個能投奔的親戚都沒有。怕年紀還小的女兒吃虧，齊蘭帶著逢寧，硬是沒再嫁。美容院工作、賣衣服，銷售什麼都做過，好不容易辛苦到她上國中，用存的錢開了個麻將館，日子才算好過點。

逢寧嬉皮笑臉地說，「媽，妳們慢慢打，我去洗個澡。」

齊蘭抽空抬頭，喊道：「對了，今天阿姨有點事，晚飯妳記得去廚房幫個忙。」

打理完畢，逢寧回到房間，嘴裡習慣性地哼著歌，拉開窗簾讓陽光照進來。趴在窗臺上張望了一下。夏日雨後，葡萄藤的葉子翠地欲滴，蟬聲嘶力竭地叫，樹蔭底下隔壁院子的老頭在搖椅上瞇眼打扇。

她從廚房的冰箱裡搬了半個冰西瓜。

愜意地躺在窗臺上，一邊對付著西瓜，一邊滑滑網拍，上了一下網，忽然想到那件白撿的外套。逢寧非常小市民心態地去旗艦店搜尋了一下。

網頁上價格更新的一瞬間，她被刺激得精神一抖擻，手機差點摔臉上。知道名牌貴，可沒想到能這麼貴！

逢寧咂咂嘴，那位嬌氣的小少爺可真有錢啊。

大黃狗搖著尾巴跳上來，嗷嗚一聲，在角落蜷成一團。她關掉網頁，傳訊息給雙瑤。

逢寧：『趕快跟小趙說，他明天的生日，寧姐必送他一件大禮』

雙瑤：『妳去年也說送大禮，結果送了瓶洗衣精給他！』

逢寧：『記到現在，有必要嗎？』

雙瑤：『主要是妳也太摳門了，小趙一回家發現他媽跟他拎著一模一樣的洗衣精，兩人大眼瞪小眼，他媽還說是妳家麻將館統一送的……』

逢寧笑得打滾，貝貝跳到懷裡撒嬌磨蹭。

翻了個身，她空出手擼了一把毛茸茸的狗腦袋，趴著打字：『那不是剛好趕上了麻將館回饋老顧客要送禮嘛，我順便挑了一個，逗他玩玩。放心，為了彌補去年小趙受的心靈創傷，今年的生日禮物我一定讓他感動地痛哭流涕！』

暑假過得很快，一眨眼就到了學校報到那天。南城的夏天，太陽正當頭，天空蔚藍，熱浪滾滾。走廊上擠滿了人，男男女女，有老師有學生。

江問穿著很薄的馬球 Polo 短衫，一手插在口袋裡，斜靠在門邊。悶熱的夏日，他的短碎鬢髮有些汗濕，鼻尖掛著很細的汗粒。英俊到極點的眉目，在熙攘的人潮裡尤為醒目，時不時有路過的女孩忍不住多打量幾眼，然後交頭接耳一番。

被這麼觀賞半天，他少爺脾氣有點上來了，不過沒表現到臉上。

「在校園裡妳居然穿成這樣，意欲何為！」

回答的女聲毫無顧忌，慵慵懶懶，「亂操什麼心，管好妳自己。」

江問聽了兩句，莫名覺得這道聲音有點耳熟，他下意識側頭，卻是一張完全陌生的臉。

這時，那女生完全轉過頭。她單肩掛著書包和旁人說笑，眉梢眼角微微揚起，下巴上的ＯＫ繃顯得整個人格外狂野。

打量了兩秒，他想起來了。

下雨天的小太妹。

她卸掉了濃妝，白白的臉，五官秀緻，乍一看相當漂亮。身上一件淺色背心，腰掐得很細。配著同色系百褶裙，涼鞋，一雙筆直的腿明晃晃暴露在空氣中，拱起的弧度帶著點不屬於同齡人的性感。

還未回神，逢寧就注意到他了。江問立刻轉開視線去看別處。

她略有意外，先是遲疑了兩秒，然後瞪大眼，咧開嘴笑了，「哇！好巧啊帥哥，沒想到在這裡都能碰到你，還記得我嗎？」

在她的熱情問候之下，江問臉上沒有任何笑容。平平靜靜地，裝作沒聽見，連看也沒多看她一眼。正好等的人出來，他手肘頂了頂牆壁，站直身子。帶著那副喜歡用下巴看人的神情，漠然越過她，逕自走了。

趙瀨臨對此類的情況習以為常，一把攬上江問的肩，回頭對她們笑得挺欠揍，「美女，我兄弟很高冷的，妳下次記得換個搭訕方式。」

逢寧在心裡翻了一個大白眼，臉上依舊笑嘻嘻，「明白。」

等他們走遠，雙瑤目露精光，一巴掌呼上她的背，「哪裡認識的？老實交代！」

逢寧差點摔一大跤，扶著牆，回頭怒視，「妳下手輕一點！認識什麼，妳看我們像是認識的？」

雙瑤推著她往前走，「我剛剛快速辨識了他一身的行頭，天啊，被他多看一眼都覺得傷自尊。」

「為什麼？」

「因為他渾身上下都寫著，我很有錢很尊貴，妳醜妳不配。」

「還押韻了！」逢寧哈哈笑完，壓低聲音，「對了，記得我要送小趙的那件衣服嗎？」

雙瑤恍然大悟，「他就是妳說的，那個、那個富家小少爺？」

「沒錯。」逢寧沉沉嘆氣，「就是他，不僅王子病嚴重，還是個散財童子。」

雙瑤扼腕，「可惜了，長這麼帥，不過病不病的，說得好像人家會理妳一樣。」

逢寧痞痞地伸出一根食指，左右晃了晃，「一個月。」

雙瑤疑惑地嗯了一聲。

「只要我想，一個月，我就能搞定這個人。」

雙瑤無話可說，用手背探她額頭，欲言又止，「……沒發燒啊，凡事先想想自己配不配吧。」

「妳以為我在跟妳吹牛？」逢寧看著前方，慢條斯理地說，「假裝對我不屑一顧，實則故作姿態的男生，我逢寧不知道見過多少。」

她靠著欄杆，雙手交叉了墊在腦後，任風吹亂裙擺，囂張地笑了，「他剛剛看著我恍神了，裝什麼裝。」

報到完、領完校服就沒事了，她們找到附近的公車站搭車回家。逢寧剛出現在雨江巷口，就被衝出來的大黃狗纏住了腿。

雙瑤一回頭，被嚇得跳上臺階，急紅了白臉哇哇亂叫，「快，叫妳的狗離我遠一點！」

「唉唷，我的乖貝貝，我的小心肝。」逢寧蹲下來，使勁呼嚕了一把，「走了，我們回家。」

大黃狗歡喜地蹦著後腿要往她身上撲。

逢寧趕緊站起來，用腳移開貝貝，「欸，別別，會把我衣服弄髒。」

「雙瑤，小寧姐——」

她們抬頭，牆邊上全是黑壓壓的電線，晾衣桿掛著的蘿蔔白菜乾隨風飄揚，趙為臣從二樓陽臺望下來，「妳們報到完了？」

逢寧和他隔空對喊，「是啊，明天就上課了。我送你的生日禮物喜不喜歡？」

「喜歡，謝謝小寧姐！」

「傻甏了。」雙瑤蹲一邊小聲調侃，「要是小趙知道衣服是妳撿的……」

「噓！」逢寧比了個噤聲的手勢，「這倒楣孩子眼一閉，從二樓跳下來了該怎麼辦。」

兩人同時大笑。

他們三個都住雨江巷，從小一起長大。趙為臣很崇拜逢寧。用他的話說，逢寧是他長這麼大見過最特別的女孩。要說特別在哪裡，他也說不出個所以然，就一雙眼睛熠熠發光，特別臭屁：「你跟她待久就知道了，我小寧姐就是個奇女子！」

雙瑤轉述給逢寧聽，奇女子嘎嘎笑個不停。

時近中午，小巷不知從哪裡飄出青椒肉絲的香味，鄰里大媽的大嗓門劈哩啪啦從院門裡傳來。

雙瑤轉頭問，「對了，妳還在小趙表姐那裡賣酒嗎？都開學了，辭了算了。」

逢寧根本不在意，「再做幾個月吧，反正只有週末，挺輕鬆的，又不影響念書。」

「妳小小年紀，掉錢眼裡了？妳是鐵公雞的親女兒吧？摳門死妳。」

「我要多存一點錢養我媽。」逢寧避開她認真的表情，「本來身體就不好，之前的病說不定又會復發。」

雙瑤微怔。逢寧從小早熟，不純真，不爛漫，大多時候相當白我，卻是他們之間最懂事最爭氣的一個。

再一抬眼，她已經帶著大黃狗奔到前面，蹦蹦跳跳對她揮手，「明天早上七點，一起上學！」

回到家，麻將館幫忙做飯的李阿姨正在院子裡洗魚，迎頭見到逢寧，招呼道：「寧寧，回來啦，今天阿姨燉魚頭豆腐湯給妳喝，新鮮的野魚咧！」

「好唷，我媽呢？」

「包餃子呢。」

輕輕踢開腳邊打轉的大狗，逢寧把書包一丟，悠哉悠哉晃進了廚房，「齊女士，今天怎麼想著要下廚啊？」

齊蘭停了手中的動作，略微惆悵地嘆了口氣，「我女兒明天就去上學了，只剩我一人在家。」

「心裡說不定很開心吧。」逢寧挽起頭髮，把手伸到水池底下沖一沖，拿起旁邊的擀麵棍開始壓麵皮，「雙瑤她媽、小趙他姨，還有隔壁街的婦女們，每天不都定時定點來您這裡報到嗎？」

瓦斯爐上燒的水咕嚕嚕冒泡泡，齊蘭憂鬱地看著她，「妳的錢要是不夠花了記得打電話跟我說，在學校裡別惹事，對老師態度好一點，內衣每天都要洗。還有，行李什麼時候搬？」

外頭的電視機正在放櫻桃小丸子，短髮小丸子嘮叨著「我以為這個夏天還早呢」，逢寧看得津津有味，嘴裡跟著「嗯嗯」兩聲，「我又不是小孩子了，會照顧好自己的，漠哥他們下午幫我搬行李。」

「什麼？」齊蘭轉頭瞪她，盛怒之下，扯著嗓子吼，「要妳少跟東街那群人混在一起，把我的話當耳邊風嗎！」

逢寧趕緊往旁邊退了一小步，生怕她又鑽牛角尖，「我沒跟他們混，我只跟漠哥玩，就是孟瀚漠，不是妳從小看著長大的嗎？」

「妳別以為我什麼都不知道。」齊蘭數落著女兒，忍不住又開始傷感，「媽以前沒時間管妳，幸好妳聽話，沒跟誰學壞。不然以後我死了，見妳爸都沒辦法交代。」

「媽，您別說這種話，我聽了難受。」

雖然逢寧有時候行事乖戾，但是在老媽面前，她一向都是乖孩子。

李阿姨端了一盆蝦進來，看這情形笑了笑，「怎麼了，又在吵架嗎？」

齊蘭連連搖頭。

逢寧搜腸刮肚哄了齊蘭半天，終於哄得差不多氣消了。

看老媽情緒還是不高，逢寧放下擀麵棍，嚴肅認真地舉起三根手指，「我發誓，我在學校一定乖乖念書，三年後考上最好的大學，光耀我們老逢家的門楣。」

啟德是一所住宿制的明星中學，在南城處於鶴立雞群的地位，當之無愧的名校之首。因為每年新生入學人數有限，這裡大部分的學生都是從本校國中部直升。不過為了吸納最優質的學生，保障升學率，學校每年都會為極少數畢業自其他國中的優等生免去學費。

逢寧就是其中之一。

開學前一天，校門口光亮的名車浮誇地停了一長排，大多都是來幫小孩辦入住。

逢寧穿著從路邊攤買來的卡通T恤、黑色牛仔短褲，在宿舍樓裡一個人搬上搬下，累了就停在臺階上，捶捶自己的小蠻腰。櫻桃小丸子在衣服上笑得天真燦爛。

旁邊路過的十幾歲養尊處優的公子、小姐們，各個從頭到腳·身的名牌，身邊簇擁著一群人。怎麼說，她覺得自己簡直就像一個不小心混入上流社會的菲律賓女傭。

四人一間寢室，有兩個還沒來。孟瀚漠他們還在等著，她隨便整理了一下，把行李箱啪地一闔，推到角落裡。剛舒一口氣，突然有道弱弱的聲音響起，「妳好。」

逢寧抬頭一看，是個瘦瘦白白的小女生，侷促地站在門邊，手裡還提了兩杯飲料。

「妳好，什麼事？」

女孩觀察了一下，踏進來一步，試探性地說，「我住在這裡，妳也是九班的嗎？」

「對，九班的。」逢寧看著小女生還挺怕生的。她臉上冒汗，站起來，大大方方伸出手，「我叫逢寧，妳的室友。」

「我、我叫孟桃雨。」她更加手足無措了，遞了一杯手裡的飲料給她，「妳要嗎？我剛剛買的。」

逢寧接過來喝了一口，露出招牌笑容，「要要要，剛好口渴。不過我有點事要走了，謝謝妳的飲料啊，明天帶瓶牛奶給妳喝。」

逢寧下樓，遠遠就瞧見黑壓壓一群人。站在最前面的男生一百八十幾公分，黑短袖的袖口被捲到肩膀以上，帶著棒球帽，遮住了面容。

她小跑步過去，笑嘻嘻喊了聲「哥」。

孟瀚漠「嗯」了一聲。

「寧仔動作挺快。」一人攬過她的肩，「走，去吃飯，想吃什麼，哥哥請客。」

逢寧抖肩躲開，「我哥只有一個，你別亂認妹妹。」

一行人勾肩搭背往校外走，他們在東街混久了，湊在一起走在路上，相當引人注目。

逢寧搶了孟瀚漠的帽子，戴在自己頭上遮住眼睛。

孟瀚漠一頭俐落乾淨的短髮，比旁人略深刻的五官，輪廓明晰，鼻梁附近隱約可見新舊傷痕。他不耐煩地看她，聲音低沉，「妳做什麼？」

「你們太顯眼了。」逢寧埋著頭，「為了我的形象著想，我要低調一點。」

他們都是騎摩托車來的，全停在附近一個巷子裡。誰知道剛轉進去，一輛吸睛的跑車大剌剌橫在巷口。

「誰的車，缺德。」平頭怒了，火大地準備踹一腳車輪胎，被旁邊的人急忙拉住，「你看清楚這是什麼車了嗎？還踹！」

「法拉利了不起？」

話是這麼說，但看著車頭那閃亮的躍馬標誌，最終只是憤憤比了個手勢，沒敢繼續抬腳。

這是個死巷，只有一個出口能出去，這下子被堵住了，一群人費力擠了進去，只能在這大眼瞪小眼，等著車主來。

「消消氣，來來。」胖子摸出一包菸，一根根分給他們。

大家等得無聊，有人突然想起什麼，要逢寧唱首歌來聽，「寧仔，他們都說妳前幾天在酒吧唱的情歌還挺讓人驚豔的，露兩手唄。」

逢寧沒好氣，「想得美，以為誰都配聽我的情歌呢？」

胖子問：「那我們配聽什麼？」

「兒歌！聽好了啊。」她清了清喉嚨，「門前大橋下，游過一隻鴨，二四六七八，嘎嘎嘎嘎嘎。」

孟瀚漠低下頭，咬著菸嗤笑，「是一群鴨。」

逢寧固執，「你管我，我只看見了一隻。」

「那妳二四六七八是數牠的毛嗎？」

兩人拌著嘴，好幾個人跟著笑。嬉言笑語裡，火紅的法拉利尾燈突然一亮。嘀嘀兩聲，他們止住笑，一起抬頭望去。

江玉韻探頭，大概看了一下情況，她拉開車門，對他們說：「不好意思啊各位，剛剛好沒停車位了，我馬上挪開。」

看著這麼華麗濃豔的美人，平頭早就沒脾氣了，揮一揮手，「沒事，妳快點就好。」

江問已經坐進了副駕駛座。面前是來來往往川流不息的車，黑漆漆的眼睛掃向後視鏡，意外地看到那個人。

他只見過兩次，卻一眼就認出了。她終於沒穿奇怪的衣服，一腿隨意曲蹬在車上，把飲料的吸管含在嘴裡，和別的男生靠得很近。

她專心講話，根本沒往這邊看。身邊的四、五個人都不像學生，或站或坐，斜斜靠那裡抽著菸。

窄巷之中，晦暗的牆磚，橫七豎八的摩托車，骯髒的白色板鞋。落在肩頭的馬尾對折，被橡皮筋綁得翹起來。她的手腕細細的，繞著一圈紅繩，嬌滴滴地垂在膝蓋上。

他冷眼看著。

中央控制臺的按鈕一亮，頂篷自動從前往後縮進，車窗全部降下，外面混著菸味、汗味的空氣從四面八方湧入。

弄出的動靜不小，把後頭那些人的目光都吸引了過來。

江玉韻正打檔準備倒車，打量他幾秒，又奇怪又好笑，「你不是最討厭菸味了嗎？」

江問不作聲，慢吞吞往後靠。凝視著車外巷角攀爬的鐵線蓮，心裡冷不防地湧出一股惱火。

第二章　我叫逢寧

暑假結束的最後一天，啟德中學校門口掛出了歡迎新生入學的橫幅布條，進入真正的開學季。

趙瀕臨喝著豆漿，百無聊賴地靠著石墩。等了老半天，終於瞧見江問從車上下來。

他跑過去，一肘子拐上他胸口，「問哥哥。」

江問探身拿車上的書包，一手撂開他，「滾。」

趙瀕臨抓著不放，氣得直跳，「江問你傲嬌什麼，一大早吃火藥啦？我今天就是要貼著你！」

一股清新的風吹來，桂子樹香氣浮動。兩人拉扯著進了學校。趙瀕臨笑得酒窩蕩漾，用力勒著他的肩，八卦最近聽到的小道消息，「我問你，那個墨西哥混血是怎麼個情況？」

「不認識。」

「什麼意思，她不是你女朋友？」

江問挑了挑眉，神色冷淡，「我什麼時候有女朋友了。」

「之前有人看到你在AU那裡打球，人家就坐在場邊幫你遞水。」

「真有想像力。」江問有點煩，拿開他的手。

又是這副裝腔作勢的樣子，就好像別人倒貼到世界盡頭，他都懶得當一回事。

趙瀨臨有點看不下去了，將他從頭掃到腳，諷刺道，「兄弟，別這麼悶，你確定你的性向以後不需要你姐擔心？」

他們並肩走著，個子高瘦修長，帶著幾分少年英俊，逆著早上十點鐘的太陽，實在刺眼。雖然穿著校服，但莫名讓人感覺和這所學校的貴氣很搭。

兩人在樓梯口碰到了郗高原，流裡流氣地摟住他們脖子，「好兄弟，等你們等得好辛苦。」

「你等我們做什麼？」

郗高原臉上的橫肉抖了抖，「為了我們F3的團聚。」

「F3？你也配？」趙瀨臨嘴角抽動了兩下，笑罵他，「你這個顏值，不覺得有點搞砸我和江問嗎？」

「我們啟德國中部公認的帥哥都沒發話，輪得到你嘴臭?是吧，紅牌。」

「別這樣喊我，還有。」江問沒了耐心，掐著郗高原的脖子離遠了點，「你們都別靠近我。」

三個人一進教室，有幾個正在講話的人停下，紛紛站起來吆喝著打招呼。趙瀨臨和郗高原報以同樣的熱情回應了這些人，唯獨江問興致並不高。

他們出身極好，家裡生意之間有來往，從小就玩在一起，連手錶的款式都差不多。幾個人上頭都有哥哥、姐姐，是家裡最受寵的老么，所以過得一路順遂，底子裡都帶著點不以為意，無所謂和其他人怎麼相處。

其中屬江問最漠然。他話少，不熟的人就晾在一旁，不回應。

老師還沒來，教室裡鬧哄哄的。後頭一個戴黑框眼鏡的女生站起來，指了指講臺上的那疊紙，「同學，你們一人拿一張，填完交給我。」

江問沒帶筆，向別人借了一枝。他俯在講臺上填表格，低垂著眉目，神情很專注。

這本來是很平常的一幕。可當乾淨透明的陽光垂落在他細碎的髮梢，前排聚著講話的女生，聲音都矜持地壓低了。

外號畢竟不是白來的。

校裡校外，不管男的女的，都喜歡盯著江問那張臉看。不過他的好看有點混著女性特質的雌雄莫辨，鼻翼秀緻，黑眉長目，冷冷豔豔一張嫩生的臉，比起校草之類的，紅牌倒是顯得貼切無比。同時還帶著惋惜和調侃，這樣一張臉竟浪費在男人身上。

江問很討厭別人這麼喊他。平時也只有郗高原他們敢叫著玩玩。

表格只有高中入學考分數和畢業學校，家裡聯絡方式那些，填起來很快。

寫的時候不經意掃到另一張。滿頁撩亂狂草，名字那欄筆鋒尤為遒勁凌厲，兩個字毫無顧忌，像是要活生生把紙戳破——逢寧。

他埋頭寫完，交表格，隨便挑了個地方坐下。趙瀕臨閒不住，把書包往旁邊桌上一丟，湊去人堆裡找熟人嬉鬧玩笑。

一片亂哄哄中，江問把書攤開在桌面，懶散地撐著額角出神，後背被人戳了戳，冒出一道聲音。

「真的是你呀。」

江問有點不相信自己的耳朵。片刻後，他的目光動了一下，轉過頭，皺起眉來，「妳怎麼在這裡？」

逢寧昨晚吃宵夜吃到凌晨，沒睡好，今天又被齊蘭逼著早起，不得已來教室補了半個小時覺。現在她睡眼惺忪，沒骨頭似的趴在桌上，臉上都壓出了幾道紅印子。

聽到江問的話，逢寧單手撐著腮幫子，滿臉的野痞張狂，語氣洋洋自得，「我在這上課啊，不允許？」

身邊只要是帥一點的，逢寧都習慣主動湊上去聊兩句，且沒有任何羞澀。

於是她笑了。她的笑容強烈又直接。一雙眼睛瞇起來彎成月，帶著炙熱的溫度，「既然這麼有緣，那就認識一下吧，帥哥你叫什麼？」

他不作聲。

早料到會是這個態度，她若無其事，繼續進行自我介紹，「我叫逢寧，相逢恨晚的逢，寧彎勿折的寧，記住了哦。」

他皺了一下眉，似笑非笑，「寧彎勿折的寧？」

「怎麼？」

停頓片刻，江問扯唇，「那個字是讀第四聲。」

「嗯？」逢寧覺得新鮮，頭一次有人糾正她的讀音，她興味十足，「那你幫我想一個成語？」

本以為不會再有什麼回應。

但幾秒後，江問輕飄飄一瞥，眼神混合著輕度的蔑視，把頭轉回去，「雞犬不寧。」

班導師來教室講不到兩句話，就通知大家去小禮堂參加開學典禮。按班級分區域，黑壓壓坐滿了一片。還沒正式開始，正中央的LED大螢幕上，循環滾動著幾個優秀的新生代表。

昨天那個羞澀的小女生坐在旁邊。她早上第一個到教室，逢寧第二個，於是她們順其自然當了隔壁鄰居。孟桃雨特別喜歡低著頭，包括走路也是，不怎麼喜歡跟別人講話。

但逢寧很會聊天，她主動打開話匣子，從自己以前因為吹風機和別人起衝突的事情聊到喜劇漫畫，講單口相聲似的沒停過，孟桃雨時不時被逗笑。這時，後面有個梨花頭的女生站在幾步遠外，喊道，「孟桃雨，跟我出來一下。」

孟桃雨表情一僵，沉默了幾秒，聳著肩起身。

逢寧坐在走道旁，打量了一下她蒼白的臉色。等梨花頭連催幾聲，才慢吞吞站起來讓路。人走了後，更加無事可做。逢寧很睏，又不能睡覺。為了保持清醒，她開始聽後方的幾個人閒聊。

「我剛剛遇到裴淑柔了，看上去好成熟，不過超有氣質，真不像我們這個年紀的女生，對了，程嘉嘉居然跟她有說有笑的。」

「真的假的？」女聲滿懷驚奇，「程嘉嘉？她之前不是特別自命清高，選校花輸了裴淑柔，私下說人家鷹勾鼻看起來很刻薄嗎？」

另一個人奚落道，「這還不明顯嗎？打算攀高枝了。」

「怎麼說？」

「趙瀕臨、江問，還有七班的裴淑柔，這幾個都是玩在一起的，學校很少有人能打進他們的圈子。程嘉嘉看上那個誰了，不是要先討好裴淑柔嗎？妳懂的。」

「誰？」

「江問啊，認識嗎？瞧，螢幕現在放的那個就是他。」

逢寧順勢抬頭看去。

「江問超有個性的，國中經常被人堵在路上送東西、送信，但是他什麼都不收。」

旁邊有人接話，繼續貢獻八卦，「還有個小道消息，就是我們年級那個特別怪咖的女生，妳們知道吧？要知道她家裡連淘汰的車都開不起，怎麼會想去追江問？」

幾個女孩聲音壓低，陰陽怪氣地笑成一團，語氣裡的優越感油然而生。很無聊的話題，講來講去，總是要扯到那點事上面，嚼了又嚼，也不嫌膩。

無聊。

逢寧完全不感興趣，沒心情繼續聽下去。

——那個嘴巴刻薄至極的小少爺，原來叫江問是吧。

她不冷不熱，甚至帶點惡意地想，被這麼多人捧著，怪不得養出這麼一身臭毛病！

冗長的開學典禮終於在校長講完話後解散了，孟桃雨一直到結束都沒回來。雙瑤過來找逢寧，她們跟著人流往外走。

江問的衣服被人從後頭扯了一下，他回頭，郗高原勾著他的肩，從手機裡翻出剛剛拍的照片給他看，「你剛剛演講的時候真的是人模狗樣的，嘖嘖，看這樣子，就差要跟場下的女粉絲招手了。」

江家老一輩的都當過兵，所以江問從小就被訓練站姿，跟部隊出操似的一樣嚴格。必須筆直，脊背不能彎，肩膀不能縮。

上主席臺發言時，他穿著校服，胸前別著校徽，居高臨下地，把麥克風拉到嘴邊。底下高一的女生紛紛交頭接耳，只是他依舊沒表情，距離感擺在那裡，就像冬雪裡長得最挺拔的那棵松樹。

郗高原收起了嬉皮笑臉，有點小做作地故意模仿江問結尾時的發言，「人的一生就是奮鬥的一生，從這一刻起，讓我們本著堅持的精神，共同譜寫啟德美好的明天。」

「哈哈哈哈哈，我說江問，你跟你爸越來越像了。」旁邊的趙瀕臨笑得很激動，很久才止住。

江問斯文依舊，收斂地冷笑，「這是公共場合，你們兩個要發瘋，離我遠一點。」

「紅牌，你好冷酷，我好喜歡。」

江問淡淡剮了他一眼，「別讓我覺得噁心了。」再一抬頭，恰好對上旁邊一道玩味的視線。

他們中間隔著幾個人。目光相接，逢寧右手舉起來，左右揮揮，悠悠哉哉地對他做了個口型。

江問微愣，盯著她的背影消失在擁擠的人群裡。直到趙瀕臨湊到耳邊喊才回神，「你發什麼呆？」

他四下張望著。

有半秒難以察覺的停頓，江問不在乎地說，「沒什麼。」

「那個女生，正吧？」趙瀕臨偷偷用手指給他看，興致勃勃道，「好像是隔壁班的。」

背影窈窕，手臂膚色白膩。

江問輕描淡寫掃一眼就移開目光。

「江少爺，您覺得怎麼樣？」趙瀕臨追問。

江問懶洋洋的，低聲答應了句還可以。他回想起剛剛的畫面。

——她在喊他名字。

雙瑤一把拽過逢寧，往人少的地方拖，惡毒道：「開學第一天，別人都正正經經的，就妳在那裡不正經。」

「我哪有？」

「妳喜歡他？」

逢寧裝作沒聽懂，「什麼？」

「就是剛剛那個。」

逢寧回頭，很賤地對她眨眼，半真半假，「我不喜歡啊。」

雙瑤喝罵，「妳別裝模作樣了，我還不知道妳？每次要整人就是這個樣子。」

「走啦，去吃飯，我好餓了。」

午休剛過，盛暑，窗外的太陽依舊毒辣。逢寧一覺醒來，寢室空空的，室友不知道是沒回來還是都走了。

她哈欠連天，睏睏地走到教室，看見她的座位上，幾個男生女生湊成一團拿著手機拍照。

觀察三四秒後，逢寧才反應過來被圍在中間的原來是孟桃雨。

她也跟著摸出手機，調整角度，對著他們拍了一下。然後走向自己的座位，硬生生從那群人裡擠進去。

在諷刺的笑聲裡，孟桃雨拿了張紙，俯身擦拭逢寧椅子上的那灘被連累到的牛奶漬。

「出了什麼事？」逢寧直皺眉，拉開她的手，「下手不輕啊，得罪誰了？」

孟桃雨看上去挺木訥，像卡住了，望著她搖搖頭，強作歡顏。

忽略周遭微妙的打量，逢寧俯下身子，幫孟桃雨把散落一地的書本、文具，一一撿起來，拍掉上面的灰塵印，拉著她一起坐下來。

圍觀的人還沒走，互相分享剛剛拍的「戰利品」。只不過因為橫插進一個人，氣氛有點冷下來。

逢寧一點都不介意被別人看，面對指指點點也沒有絲毫不自然。她有點口渴，拿起水杯喝了口水後，眼一斜，反倒對著他們真誠地疑惑，「大家都在我這裡罰站做什麼？」

一時間，神色各異，有人忍不住問了，「妳誰啊？」

「我叫逢寧，相逢恨晚的逢，寧……」逢寧蓋上杯蓋，停頓了一下，「雞犬不寧的寧。」她舔掉唇上的水珠，半正經地說，「很高興認識你。」

那人一哽，被氣笑了。

似乎旁邊有人說了一句，「你們不要這樣，老師快來了。」那幾個人終於稀稀拉拉散去。有的往外走，有的回到自己座位上。

沉默了一下，孟桃雨靠牆坐著小聲說，「對不起，妳的桌子也被弄髒了。」

逢寧什麼也沒問，伸出手背拍了拍她的手臂，有點安慰的意思在裡面。

後排的女生站起來，往她桌上丟了一張紙條，用作業本臨時撕下來的，上面寫著，『妳到底是怎麼得罪了這群人啊？去道個歉吧，他們不會一直為難妳的。』

上課鐘響，老師走進教室，孟桃雨一言不發把紙條收起來，頭枕著手臂趴到桌上。

半節課過去，途中老師來了一趟，詢問是什麼情況。逢寧坐在外側，小聲替她解釋有點不舒服，老師沒多問什麼。

下午的課上完，班上人差不多都走光了。半晌，孟桃雨把頭從手臂裡抬起來。

外頭火燒雲掛在天邊，教室裡也暈染了一層暖紅色。逢寧正在專心寫題目。

「妳……還沒走嗎？」

逢寧歪著頭，勾在耳後的碎髮被夕陽照著，很溫柔的感覺，她一邊寫字一邊說，「學生餐廳現在很擠，我等一下再去。」

孟桃雨還在發呆，逢寧一隻手摸進抽屜，找了半天，拿出一瓶牛奶，遞到她手裡，「來，答應妳的。」

孟桃雨有點受寵若驚，失神了幾秒，輕聲道，「謝，謝謝。」

逢寧看了看手錶，把桌上東西收拾好，「一起去吃飯？」

「妳跟我走在一起，會被她們看見。」孟桃雨縮著肩膀，頭低下來。話沒說完，下巴突然被人一抬。

逢寧撕開一個OK繃，湊近認認真真地貼到她破皮的地方，壞壞地笑著，「被誰看見？我天不怕地不怕。」

這個時間學生餐廳沒什麼吃的了，孟桃雨國中就是啟德的，對附近都很熟悉。她帶逢寧從某個側門出去。這裡不是繁華路段，附近兩條熱鬧的小吃街，充滿了煙火氣息，很多學生會來這裡打牙祭。

夏日傍晚還有餘熱，她們一路晃過去，逢寧隨手在小花壇裡扯了根草，拿在手裡編，挑一些以前國中的事講給她聽。孟桃雨溫順地跟在一旁，慢慢放鬆下來。

「逢寧，妳……認識江問嗎？」

「嗯？」逢寧回憶了一下，反應過來，「怎麼了。」

「我早上，看到妳跟他打了招呼。」孟桃雨鼓起了勇氣，瞄了一眼她，「就是……妳、妳最好不要跟江問走得太近。」

她看逢寧不說話，以為她生氣了，著急解釋，「我沒有別的意思，因為，因為。」

「沒事，妳慢慢說。」逢寧用手指捏住編好的草，壓扁，固定好形狀後，高興地遞給她，「來，玫瑰花，送妳的。」

愣了兩三秒，孟桃雨才接過來，有點不知所措。動了動嘴唇，又匆匆低下頭，不想要逢寧看見自己瞬間蓄滿的眼淚，「謝謝妳。」

她的眼角有點下垂，兩腮嘟嘟，瘦弱得像嬌小的花朵，可愛之中又帶幾分可憐，讓人又想欺負，又想保護。

逢寧無奈，屈起手指替她抹掉眼淚，又捏捏她的臉，一本正經道：「孟同學，妳跟我說了十句話，九句都是謝謝。我跟妳規定一下，以後每天只准說一次。」

孟桃雨滿臉通紅，終於破涕為笑。國三以後，她已經太久太久沒有感受到這樣的溫暖。靜默半晌，她盯著那朵草編的玫瑰花，遲鈍地說，「我不是無緣無故被他們排擠的。」

逢寧沒插話，認真地傾聽。

「國二那年，我在學生餐廳吃飯，不小心撞到一個人。過了幾天，這個人到班上跟我表白，我拒絕了。後來……我還是被喜歡他的女生找了麻煩。」

八卦傳播的速度是極快的，班上的人漸漸開始喜歡議論她。被欺負多了，孟桃雨反而麻木了。只是沒想到，她不反抗不抱怨，始終一副逆來順受的木訥樣子，在那些人裡卻變成了另一種挑釁。後來很長一段時間裡，畏首畏尾的她，越來越孤僻的她，已經變成了那群人習慣找樂子的對象。

逢寧覺得十分滑稽，皺眉，「跟妳表白的人是江問？」

「不是、不是，怎麼會，妳誤會了。」孟桃雨有一剎那的尷尬，小心地說，「他……和江問關係應該很好，他們是同一個班的，經常一起打球，在我們學校很受歡迎。」

「我也很受歡迎啊！」逢寧突然笑得賊兮兮，故意岔開話題，「我知道了，妳是怕我追江問被人找麻煩對吧？」

孟桃雨果然大驚失色，仰起臉，「妳真的要追江問？」

「哈哈哈哈哈，我逗妳玩玩的，妳趕緊照照鏡子，看看自己一副要世界末日的表情。」

逢寧馬尾綁得很高，笑起來的時候很美，很特別的氣質。總讓人想起攀附在架子上的鳶蘿，不論是日頭正盛的午後，還是清晨夏夜，它們都開了滿窗。一叢叢嬌豔甜蜜的花綻放在眼前，讓人安心又滿足。

「哦……」孟桃雨看著她，突然忘記了想說的話，老僧入定般，傻呆呆地站在原地。

逢寧扯住她的手臂，「走，去吃飯，吃完了我還有點事要回去教室。」

「啊，什麼事，自習嗎？」孟桃雨慢半拍問，「我能不能陪著妳？」

這一路都是吃的。有粥店、燒烤店、西餐廳，逢寧專心挑吃飯的地方，不在意地說，「幫別人抄筆記，賺一點外快，妳沒事就來吧。」

人生總要有一點儀式感，新學期新氣象，摳門如逢寧，在徵求孟桃雨的意見後，也狠下心挑了個看起來就有點小貴的餐廳，決定吃頓好的，犒勞犒勞自己。

她推門進去的時候還在想，還好一起吃的不是雙瑤，不然今天鐵定被宰，連平分出錢都分不出來。

餐廳裡面大多都是學生，生意很熱鬧，人頭攢動，孟桃雨心神不寧，差點被絆倒。幸好逢寧眼疾手快，把她穩穩扶住。

被踩的人先是看到孟桃雨，又看清楚在後頭的逢寧，稍微收了收不爽的表情，「走路看路啊妹妹。」

男生視線追了她們一陣子，趙瀕臨問：「你認識剛剛那個人？」

「誰？」

「身高高一點的。」

「不是很熟，和朋友出去玩了幾次見過。她是我們以前國中的校花。」

趙瀨臨喔了一聲，又問，「那你以前哪個學校的？」

「哎呀，小村子裡的學校，又破又小，你肯定沒聽過。」汪劭看出他的好奇，就順著說了下去，「不過她在我們學校挺出名，我們不是同班的都知道她。」

他們一幫闊綽少爺裡，只有汪劭是「平民」出生。平時不怎麼玩在一起，不過因為小學的時候和郗高原有點交情，偶爾他們打遊戲，或者打籃球缺人的時候也會找他。

江問身體前傾，手肘撐在膝蓋上，戴了一邊耳機在看NBA，對周遭沒有丁點參與感。

「她怎麼了？說來聽聽。」趙瀨臨倒是很感興趣的樣子，桌上其他兩個人也看了過來。

「這個……」難得有個能聊的話題，汪劭不由得認真想一下，思考幾秒鐘，「國中我的哥們跟她同一班的，他有一次玩打火機，故意燒了她的頭髮。挺過分的對吧，一般女生都要哭著去找老師了。結果這姐姐怎麼做？她去校門口的超市買了一把大剪刀，然後回來當著全班的面，直接把燒焦的髮尾剪了。」

「哇，這麼彪悍！」

「嗯，真的，大家都驚呆了，眼睜睜看著她把剪下來的頭髮拍到桌子上。我哥們比她高了一個頭，卻被她拎著領子，拽到面前，一邊拍著他的臉還一邊笑說，『你喜歡玩我就送你了，拿回去慢慢燒』。」

汪劭說得繪聲繪色，趙瀨臨一副被雷劈到的樣子，追問道：「然後呢？」

「然後，我哥們暗戀她三年。」汪劭語氣複雜，有點感慨，「這小子相思病患得不輕，有段時間天天放學了偷偷跟著她回家，跟中邪了似的。」

聽完故事，郗高原也略感好奇，笑說：「年輕人為愛瘋狂，挺痴情啊，所以追到手了嗎？」

汪劭聳聳肩，「當然沒有。」

「這女的有個性、有意思。」趙瀨臨邪惡地笑笑，摸了摸下巴，「對了，她叫什麼？」

「啊，叫逄寧。」只要跟她打過交道的人，都能把她名字牢牢記住。

正在喝水的江問忽然被嗆到，他丟開手機，扯了張面紙抹嘴。咳嗽半天，等平靜一點了，轉頭問，「叫什麼？」

「——逄寧。」

第三章　我的小王子

假期剛剛過去，大多數人明顯還沒適應學生這個身分。以至於要交第一份英語作業時，班裡哀嚎遍野。

之所以大家這麼驚恐，主要是英語老師兼班導師，第一節課上就讓他們留下了極其深刻的印象。此女子穿著西裝套裝，A字包臀裙，頭髮盤得一絲不苟。

她先是用全英文的課堂來了個下馬威，又在班會上約法三章，「我知道班上大部分的人家境都不錯，但是我今天能站在這裡教你們，也不是一點背景都沒有。只要你老實聽講，認真完成我安排下去的作業，就什麼事都沒有。千萬不要跟我硬碰硬，否則我懲罰學生的手段也很直接，下去操場跑到我喊停為止，校長來幫你求情都沒用。」

這番冷硬無情的發言，把全班震撼得啞口許久。鐵娘子（英語老師）根本不和學生開玩笑。就連各組的小組長都是親自挑選，全都是女生，被戲稱為娘子軍。

下課時間有半個小時，逢寧身為娘子軍的主力之一，不得已開始收起作業。有人沒寫完，眼神暗示一下，她就大方地把自己的遞過去。她也不急，懶懶等他們抄完，再晃啊晃的，移動到下一排。

收到趙瀕臨那裡，兩個人還在奮筆疾書。

「喏。」她習慣性地抽出一本作業丟到他桌上，「給，快點。」

江問翻了幾頁書，餘光掃了一眼，毫無情緒，「我不抄。」

逢寧略感意外。她「嗯」了一聲，往旁邊讓了讓，「那你寫吧，我先收後面的。」

過了一陣子，她折回來。聲音悠悠響起，「你第二段的時態和複數都錯了。」

江問筆一頓，在紙上懸空了一下。倒是趙瀕臨忙著搭話，熱絡得不行，「哎唷喂，逢老師，您也檢查一下我的吧。」

逢寧扯出一個笑容，故意用嫌棄的語氣，「你嘛，交學費的話我考慮一下囉。」

他們說得高興，江問用右手轉筆，筆帽掉到地上。他放下筆，垂首去撿，餘光掃到地上的影子，頓了頓。

他下意識抬眼去瞧她，有一秒鐘的停滯，彷彿被按下了靜音鍵。

畫面是無聲的，影子斜成一條線。逢寧懷裡抱著一疊作業本，和身後的光影交織，目光鎮靜平和，不遠不近地看他。

這個角度，江問需要仰視她。他們都還太小，少年的他只是不由自主，本能地這樣去看著她。那時候他還不知道，「仰視」這個動作即將會貫穿他的一生。

在漫長的以後，他也只能這樣看她。

自從趙瀕臨從汪劭口裡聽說了幾件逢寧的「光榮事蹟」以後，就對她產生了極大的好奇。好不容易跟逢寧講上話，他不由地就問了出來，「妳國中剪自己頭髮的事，是真的嗎？」

逢寧神色不驚，鎮定地說，「這你都知道？」

「聽別人說的。」

「哦？我這麼有名嗎？」

趙瀕臨點點頭，他還想繼續搭話，瞥見江問的眼神，縮縮脖子，自動消音。

晚上，逢寧洗完澡回到教室自習。剛開學，離期中考試還遠，大家普遍沒什麼念書的動力。班上零零落落只坐著十幾個人，還算清靜。

念了沒多久，不知道發生什麼事，前頭有人開始狂歡，鬧哄哄的。

逢寧伏案在題海中奮戰，解完題目，擦掉計算紙上寫錯的公式，一抬眼就看見趙瀕臨提著一個精緻的紙盒走來。

她一怔，「哇，你今天過生日？」

趙瀕臨扯掉綁成蝴蝶結的絲綢緞帶，「不算是。今天是我農曆的生日，我通常不過，是我媽硬要弄了個蛋糕來給我。」

「噢。」逢寧不大在意地點頭，繼續做下一題，「生日快樂。」

漸漸教室人多，熱鬧了起來。

一塊切成三角形的慕斯蛋糕擺在桌上，逢寧不明所以。

趙瀨臨故作鎮定，「給妳的。」

她不客氣叉了一小塊，餵到口裡，唔唔兩聲：「謝謝老闆。」

旁邊有幾個男生，看到趙瀨臨繞過幾排桌椅，主動遞蛋糕給女孩子，哦喲喲地亂叫一通。

趙瀨臨的膚色是偏深的小麥色，還是掩蓋不住臉皮微微發紅，他暗罵了一聲，又忍不住咧嘴笑。

大家都感覺出來了，趙瀨臨今晚不曉得哪根神經搭錯，十分活躍。上上下下地竄跳，不知道鬧給誰看。

「你今天很亢奮？」江問坐在自己的座位上，倚著桌邊瞧他，說了這麼一句話。

趙瀨臨有點窘，像被戳中心事，大聲嚷嚷著：「什麼啊。」

本來江問不愛吃甜的，被他們逼著，強行餵了一大口，甜到想反胃，「有喝的嗎？」

後方冒出一道聲音：「牛奶喝嗎？我還有好幾瓶呢。」逢寧摸出一瓶，特別自來熟，帶上吸管遞過去，「給你給你。」

江問沉默一陣子，反手接過來。

結果她不鬆手，他又拽了拽，沒拽動，扭頭惱道，「做什麼？」

逢寧無聲地笑，故意逗他，「你力氣這麼小啊？」她靠得近，說話的熱氣拂到他耳際。

江問臉色一沉，略微使勁。一來一去僵持著，兩人都不鬆開。

這古怪曖昧的一幕落到丟紙條的女生眼裡，她握緊手中的筆，低下頭去。

裴淑柔剛進教室，就看到江問和一個人在搶東西。她走近兩步，停住，一下子怔住了。是個女生。

江問從來不會和女生這樣拉扯打鬧。

「阿問。」裴淑柔喊了一聲。

逢寧玩夠了，看到有人來，順勢抽回自己的手。

「在做什麼？」裴淑柔皮膚白皙，長及腰的黑髮清純地披著，臉上掛著笑容，視線在逢寧臉上轉了兩圈，問他。

江問也很快恢復平靜，他不解釋，淡淡別開了眼，「蛋糕在旁邊，自己去切。」

她拉開椅子坐下，噘嘴撒嬌，「你忘記我在減肥嗎，晚上不能吃東西。」

「嗯。」

「你們晚飯在哪裡吃的，怎麼會想到來教室慶生？」

江問頭都不抬一下，拿手機翻新聞，「問趙瀕臨。」

裴淑柔盯著他的側臉出神，把想問的話又嚥了回去。

逢寧能感覺到那道打量的視線，她嘴上沒停，認真吃著蛋糕，完全置身事外。耳邊充斥著裴淑柔咯咯的笑聲，甜蜜得要命。

過了一陣子，趙瀕臨又來找她講話，抓抓頭，「逢寧，妳吃了我的蛋糕，就要記得給我生日禮物。」

「沒問題。」逢寧答應得很爽快，「你正式過生日是什麼時候，我送你一份大禮。」

「真的？那我開始期待了。」趙瀕臨掰手指頭，算算日子，「下週末吧。」

閒聊幾句，逢寧突然說，「看在你今天請我吃蛋糕的分上，我告訴你一個很少人知道的祕密。」

「什麼？」

她輕輕地，拖長了語調。語速很慢，很清晰，「你知道嗎？下雨天不僅意外多，還會促進人的多巴胺分泌，所以在下雨天發生一見鍾情的機率會偏大。」

趙瀨臨有些懷疑：「還有這種說法，那妳在下雨天一見鍾情過？」

江問硬生生地停住話題。

郗高原還在那邊滔滔不絕，興奮地計劃冬天去北海道看雪，裴淑柔看他不說話，詢問道：「怎麼了阿問？」

他有點怔，從恍惚到回神，臉上依舊相當冷淡，「沒事。」

在趙瀨臨期待的眼神下，逢寧嘿嘿一笑，「這個不能說。」

「為什麼？」

「因為我只告訴你一個祕密。」

第二天有和四班約的籃球賽。在歷史老師踏出教室門口的瞬間，後排的男生歡呼幾聲，吵翻天了，紛紛開始換球衣。

體育課先是繞著操場跑完四百公尺熱身，體育老師把兩個班的男生集中起來講比分規則，末了又說，「希望兩個班都能戰出風采，記住比賽第一，友誼第二噢。」

啦啦隊召集得很快。

雙瑤是四班的，她向來對這種團體比賽有很強的榮譽感，強拉著逢寧和孟桃雨一起搶到好位置。

她們在梧桐樹下，沒多久，有兩個女生也站了過來。

「煩死了，什麼鬼天氣這麼熱，比賽什麼時候開始啊？」童爾蝶打發走第三個愛慕者後，心情十分暴躁。過了一陣子，她話題一轉，「欸，孟桃雨，妳想好了沒啊，跟程嘉嘉道個歉算了。一個被人捧慣了的大小姐，妳跟她倔強什麼？」

孟桃雨僵住，低頭「嗯」一聲。

童爾蝶沒發覺氣氛尷尬似的，故意瞟了逢寧一眼，裝腔作勢地說，「人家現在的目標是江問，只要妳不惹到江問身上，她不會跟妳過不去。」說完，她像是突然想起什麼，「對了，逢寧，聽說妳也喜歡江問？昨天還有人看到你們在教室……」

逢寧在底下用力一握住孟桃雨的手，對著童爾蝶笑，略顯得扭捏，「是啊，妳怎麼知道？」

「原來是真的！」另一個女生立刻接話，「那我勸妳還是醒，呃，想清楚吧。」

她差點說成妳醒醒吧。

「怎麼？」

「喏，看到那幾棟白色大樓了沒？」

眾人歪頭，看向童爾蝶手指向的地方。

「——用他爸爸名字命名的。」

場中有人叫江問發球。在人群的中心，他穿著白色球衣，倚抵著籃球架，微微側過頭和別人說話，漫不經心地將手裡的籃球一拋。

球在空中劃過一道弧線，在地上彈蹦，不偏不倚，砸在場中央。

舉手投足，隨隨便便一個動作，都能讓人想到「很帥」這個形容詞。隨著口哨聲吹響，少女們紛紛開始尖叫吶喊。

逢寧稍微做了個深呼吸，驚訝道：「哇，江問家裡原來這麼有錢啊？」

「是囉。」童爾蝶壓住眼底的不屑，「我沒別的意思，就是我覺得作為學生，還是念書最重要。他那樣的家世，妳不要陷得太深。」

雙瑤沒忍住，噗地笑了出來。

「嘖。」逢寧激動地一拍大腿，「那不是正好嗎？」

童爾蝶笑容一滯，還沒回過神來。只見她轉過頭，滿臉真誠地說，「妳知道嗎，我從小最喜歡聽的故事就是灰姑娘了，啊——我想我終於找到我的小王子啦！」

童爾蝶張了張嘴，什麼也沒能說出來。她被氣得腦袋「嗡」了一聲，暗地裡咬牙，深吸一口氣，勉強擠出一個笑來。

等逢寧一走，旁邊的女生立刻說，「真是無語，怎麼會有女的這麼頭腦簡單？什麼偏僻地方冒出來的鄉巴佬。」

「我看她就是故意的。」童爾蝶忍了忍，又氣不過，「妳不知道她昨天晚上有多噁心，故意在江問面前裝瘋賣傻，我的天啊，那猴急的樣子，我差點就要把隔夜飯吐出來了。」

女生嗤嗤地笑，寬慰她，「沒事，跟這種鄉巴佬有什麼好計較的？這些女的沒見過什麼世面，來啟德以後呢，覺得自己漂亮一點就是個角色了。看到個帥一點的、有錢一點的，就倒貼上去，妳還怕她以後不被打臉嗎？還灰姑娘？我看她就是個傻村婦。」

雖然才剛開學，但是從啟德國中部直升上來的一些男生、女生，就自然而然聚在一起玩。儘管沒明說，但他們都有點心照不宣的優越感。對那些花了點錢或者像逢寧這樣普通國中免學費的優等生，都有點看不起的意思。

童爾蝶點點頭，臉色發青，「說的也是，不過妳是沒見到她那模樣，我擔心……」

「嘖，真沒什麼好擔心的。」女生無奈，語氣中抱有十分的輕視，「妳忘記劉冰巧啦？連她都攻不下的人，那個鄉巴佬憑什麼呀。」

每當逢寧擺出這副熟悉的，樸素中又帶著點得意的樣子，真是讓人又好氣又好笑，恨不得一拖鞋摔到她臉上，最無奈的還是沒人拿她有辦法。

哪怕是見識過很多次的人，都會被氣到語塞，何況是這些嬌貴小姐。她們從福利社逛了一圈出來，雙瑤劈頭罵道：「妳這討人厭的性格，什麼時候能改一改。」

逢寧正在啃冰棒，邊咬邊唸，「這個人腦子被驢踩了，喜歡江問不敢說，居然跑來找我陰陽怪氣，那我只是順便氣一氣她嘛！」

只有孟桃雨還沒搞清楚狀況，眼睛睜得大大的，「妳真的喜歡灰姑娘？」

沉默了一陣子，雙瑤淡淡說，「聽她鬼扯。」

逢寧老神在在，「我告訴妳，我今天這麼做是有原因的。平時這種貨色妳看我理不理？我今天是在幫小孟上課，妳知道嗎？」

孟桃雨「啊」了一聲。

兩個人都懷疑地瞧著她，逢寧清了清喉嚨，嚴肅說，「面對那些找麻煩的人，妳一味的忍讓、沉默，有什麼用呢？她們會因此停止對妳的欺負嗎？並不，她們不僅不會停止，還會變本加厲地在妳頭上作威作福。欺軟怕硬是人類的天性，尤其是這些只會嚼舌根的人，她們要是搭戲臺子跟妳裝腔作勢，妳就直接明明白白甩她一巴掌，看她還演不演得下去。」

雙瑤毫不客氣拆穿她，「那妳知道理論和現實差多遠嗎？別人什麼家世，妳什麼家世。妳就是一個平民，還甩巴掌，人家捏死妳就跟捏螞蟻一樣。」

「話不能這麼說，第一，我針對的是心還沒那麼狠的人。第二，如果她們跟我玩社會上那一套，而我真的玩不過，我的底線就是，我沒有底線。我可以低頭，我可以道歉，我甚至可以沒有尊嚴。」

逢寧很冷靜，一字一句，擲地有聲，「但是，這些帳我一筆一筆都記著。有本事就一點機會都不要給我。否則來年今日，我一定讓她們跪在地上求饒。」

孟桃雨已然被唬得一愣一愣，眼冒金星。

雙瑤鼓起掌，驚嘆，「逢寧啊逢寧，妳可真是一年比一年能說會道。以後不當演說家，這口才都浪費了。從小就喜歡教訓我和趙為臣，讓我們崇拜妳。每次妳叉著腰長篇大論演講，我們痴痴呆呆看著，準能被妳洗腦得忘記自己想說什麼。現在又來了個小孟，行，我們都要成妳的後援團粉絲了。」

逢寧咬了一大口冰棒，含含糊糊，抬起眼皮，「為我搖旗吶喊，這是妳們的榮幸，不是誰都有幸當我粉絲的，懂？」

孟桃雨急著搶白，「我願意我願意。」語無倫次逗得兩人哈哈大笑。

「欸，對了，妳真的對江問有想法？」雙瑤非常懷疑，「不是為了要滿足自己的虛榮心吧？」

「這不是牛都吹出去了嗎，豈能讓別人看我笑話。」逢寧氣定神閒，一切盡在掌握之中的樣子，「再說了，天底下就沒有我逢寧搞不定的人……妳等一下幫我個忙。」她一肚子壞水，湊近雙瑤，到她耳邊嘀嘀咕咕一陣。

聽完計畫，雙瑤直搖頭，「小壞蛋，妳也不怕到頭來自己栽進去。」

逢寧抬手遮住明晃晃的太陽，幾絲光線漏到眼皮上，漫不經心反問，「讓我栽，他有這個本事嗎？」

體育課的下課鐘聲響起。

烈日下曝曬半小時，江問打籃球出了一身汗，連黑色的短髮都濕透了。汗順著流過眼睛、臉頰，下頷，他不甚在意地抓起寬鬆的球衣衣擺擦了擦，勁瘦的腰線裸露出來兩三秒又被蓋上。

三三兩兩的人勾搭在一起笑鬧喧譁。他正在上臺階，剛走到轉彎的地方，眼前掠過一道黑影。

江問猝不及防。

——逢寧不知道被誰撞到，幾乎是用跌的撲到他身上。

熱浪逼人，人群擁擠，她貼得極近，呼吸噴灑到他的頸上，和他的汗一起濕濕熱熱的。

他被撞得躬著半身，手下意識托起她兩邊手臂。

大庭廣眾之下，逢寧傾身攀住他的肩，臉貼著他的胸口，嘶地抽了兩聲氣，快要痛死了。

她細瘦的手腕白得像瓷器，柔弱無骨搭著他。江問呼吸有點亂，薄唇抿直，整個人僵了幾秒，等她稍微站穩了立刻鬆手放開。

「謝謝你哦。」逢寧低頭理了理髮絲，臉上維持羞澀的表情，在心裡破口大罵，雙瑤推得也太大力了吧！

逢寧忍著痛，在江問看不見的角度，將嘴唇咬出豔色。心裡默數十秒，然後，她控制好表情，慢慢地偏過頭，不動聲色的，讓自己秀氣的側臉完全暴露在他的視線之中。

江問想說什麼，又短暫地停頓一下，擺出隱忍表情，小聲道：「往別人身上撲，是妳的興趣愛好嗎？」

「別人？不是只有你嗎，再說了，我有那麼禽獸？」逢寧滿眼無辜，「上次明明也是個意外。」

江問微微別開臉，和等他的那群男生走了。

回教室的路上，孟桃雨攙扶著逢寧。雙瑤在旁邊瞪她，「妳老實說，他是不是哪裡惹到妳了？」

逢寧跛著腳，齜牙咧嘴，揉了揉撞麻的大腿，重重哼了一聲，「我就是單純看不慣他假清高。越是裝，我越是想欺負他。看他能裝到什麼時候！」

雙瑤幽幽嘆了一聲，「漂亮女人都是騙子。」

剛剛上完體育課，班裡氣氛有些按捺不住的燥。數學老師在臺上講課，底下也沒幾個人聽。

逢寧把書翻了一頁，橡皮擦不小心掉到地上。她稍微俯身，摸過去。碰不到，還差一點。

底下看不太清楚，她只好蹲下去。頭抵著桌角，手臂亂揮，靠感覺往前撈。

教室裡的冷氣突然壞了，還沒來得及維修。儘管窗戶都開著通風，電扇開得很大，但還是悶熱無比。江問額髮都濕了，眼尾曬得發紅，他熱得受不了，抖著衣領散熱。

球衣本來就寬鬆，這下子還被掀起大半。從下往上看去，更是一覽無遺。逢寧心裡默念非禮勿視非禮勿視，又忍不住多看了兩眼。

她能看清楚很多東西，包括他喉結的吞嚥。

江問靠在椅背上，無知無覺地看著黑板，忽然感覺腿被什麼東西碰了一下，他低下頭查看，正對上逢寧促狹的眼神。

她蹲著，就以這麼一種詭異的姿勢打量他，不知道偷看了多久。

他嚇了一跳，迅速把衣服放下來，「妳做什麼？」

逢寧理直氣壯，眼睛睜得好大，「我找東西呀，橡皮擦掉了。」

江問眉峰皺著，「那妳找啊，看我做什麼？」

逢寧做了個回想的表情，風輕雲淡地說：「我這不是被你震懾住了嗎？」

跟這群矜持端莊的少爺小姐們不太一樣，她從小和孟瀚漠那群地痞勾肩搭背混在一起，什麼樣的話飆起來都面不改色心不跳的。

她聲音不大，每個字都像敲在江問心上。他的心臟忽然跳得飛快，只覺得血往腦門上衝，有點透不過氣。

「妳、妳……」江問妳了半天，沒妳出個所以然，耳根上迅速泛了點緋紅。

逢寧看在眼裡，心底狂笑。

誰叫你跟我擺架子！

「我、我什麼？」逢寧故意學他結巴。正好下課鐘響起，老師整理完教案，走出教室。她手指撥動兩下，慢條斯理把橡皮擦撿起來。

江問的眼珠顏色很黑，帶著藏不住的惱意。他眼裡浮出刻意的冷淡，甚至是譏誚：「妳一個女生這麼盯著別人看，知不知道羞恥？」

但他明顯低估了逢寧沒心沒肺的程度。她表情痞壞痞壞的，不以為意，「看一看能少一塊肉？」

這下子旁邊的人全都看了過來，各個都是憋著表情，想笑又不敢太雀躍。

無論如何，江問還只是個年輕男孩。這番話衝擊力過大，嚴重刺激了他一顆脆弱的少男心。

他人都窘住了，一張小臉迅速從煞白漲起紅暈，低喝，「妳是流氓嗎？」

有個男生也跟著回頭，糗她，「欸欸欸，逢寧妳怎麼回事，一天到晚打班草的主意？」

眾目睽睽之下，逢寧悠閒反問，「不然呢，打你的主意？」

那人純屬是沒話找話地隨口一說，卻被頂得無言。他回過神來，嘔道：「妳算了吧，別癩蛤蟆想吃天鵝肉。」

誰知逢寧捲起書，輕薄地敲了敲江問的手腕，眉眼彎彎，「帥哥，你喜歡什麼樣的癩蛤蟆？」

這下子，其他男生徹底笑瘋了，狂拍桌子。鬧出的動靜太大，引得班裡各處不明所以，都循聲往這邊瞧。

江問表情變了幾變，空不出思考的餘地，狼狽地撇過頭。

他不是沒被人當眾表白過，鬧得再厲害再浮誇的都有。但是沒有一次像現在這樣，發作也不是，不發作也不是。還混雜著一些說不清道不明的緊張和無措，他居然覺得很不好意思，卻又找不到原因。

江問當眾被女生調侃的事傳得很快。

晚上吃飯時，其他班認識的人，一看到江問就邪笑著撲上來，嘴裡還要說，「讓我來看看，紅牌是不是少了塊肉？」

江問罵了一句髒話，側身躲開，打掉他的手。

他們笑鬧著，不遠處有個女生猶豫了一陣子，左右打量一遭。被身邊姐妹推推拉拉，終於還是鼓起勇氣，慢吞吞挪著腳步，靠到他們這桌，小心翼翼地問，「那個，可以加一下你的帳號嗎？」

江問被人推了一下肩膀才轉頭，目光往上幾寸，打量她兩三秒。懶洋洋地，黑睫往下垂，閒閒道，「不好意思，沒手機。」

態度欠了點誠懇，倒不算是很傲慢，只是習慣性地敷衍。

「哦……好的。」那女生難掩失落的表情，很快就走了。

一桌子人見慣不慣，七嘴八舌起鬨，「江問為什麼對女孩子越來越狠心了，看看，被寵得簡直不像個樣子！」

趙瀕臨哼了一聲，「作為帥哥，我們就算對漂亮女生都是這樣的好嗎，只有醜的人才不矜持。」

郗高原摸了摸江問的頭，一本正經問：「咦，兄弟，你的腦袋怎麼在冒氣呢？」

江問抬手扒了扒自己的頭髮，懶懶看了他一眼，「什麼氣？」

「帥氣啊！」

一陣哄然大笑。

童爾蝶戳著眼前的米飯，戳出了一個洞還不甘休。直到別人喊她名字。她心不在焉，眼睛往旁邊瞟。過了一下，她抽出一張面紙，站起來，「我去一趟洗手間。」

路過那張桌子的時候，她刻意放慢了腳步。伴隨著那群人的嬉鬧，江問似乎微抬頭，瞥了她一眼。

童爾蝶一步一步走過去，分神地想著，他到底有沒有多看她一眼。心裡七上八下的，很想轉過頭去確認，可是她不能。

如果就這麼明目張膽轉過去，和平時糾纏他的那些女生又有什麼不同？

驟然歡喜過後是空蕩蕩的悵然，她咬緊了嘴唇，胸口激烈地跳，想到初見的那天。

那天下了很大的雨，又起了霧，路上能見度很低。童爾蝶剛出宿舍大樓，在轉角腳滑了一下，撞到別人。她吃痛看向被撞的人。

他撐著傘，高且瘦，一截腕骨宛如竹枝。視線再往上抬。低領黑T恤，鎖骨挑起，胸前圖案是一朵破敗凋零的紅玫瑰，隨著呼吸輕微地起伏。

漆黑的短髮，白白的臉，淺淺的睫。眉旁有一顆棕色小痣，眼尾有點向上挑，冷淡至極。

童爾蝶下意識倒退一步，一瞬間幾乎忘了呼吸，眼睛眨動兩下。她沒見過有人能好看成這樣。和漫畫中的場景十分相似。旁人虛化成了背景，不太清晰。他就那麼慢慢地，慢慢地歪過頭，眼睫壓低，看著她。秀眉長目，那樣高高在上。

上課的路上，同行的女伴告訴她，剛剛那個男生叫江問，很受歡迎。童爾蝶腦子已經一團漿糊，魂不守舍的，卻牢牢記住了這個名字。

第二次見到他，是在一個夜晚。昏暗的天色裡，她坐在教室，看向窗外的走廊。

一個女孩眼睛水汪汪的，站在江問面前，抓著他的手腕，仰頭邊說邊流淚。怎麼能明知道被那麼多人看笑話，還是哭出來了。

可他從始至終都微皺著眉，從眼神到表情，都沒變化。

後面有人嘰嘰喳喳，一副看好戲的樣子，小聲討論她的不矜持，「哎呀，太丟臉了。」

「是啊，是啊，她知道江問今天和六班的那個誰一起吃飯之後崩潰了吧。」

「什麼？你確定？六班誰啊，真的假的。」

「我也不知道具體的情況。」

「本來就是兩個世界的人，何必呢。」

童爾蝶豎起耳朵，心神飄忽。回過神來，發現作業本上的筆油已經暈染成一個圈。

她一個字也寫不下去了，心裡湧起一股強烈的害怕——自己以後也會變得和教室外的那個女生一樣，淪為別人的笑柄。

晚上回到寢室，在黑暗和寂靜中，童爾蝶躺在床上偷偷哭了。也不敢哭得太大聲，怕被室友聽到。

其實也沒什麼。

江問本來就是她連想都不該想的人。

天黑之前，孟瀚漠提了點水果來看逢寧，他打電話要她來校門口。

他在抽菸。逢寧毫無形象地蹲在旁邊花壇上陪他講話，嘴裡還咬著半根糖。

管理員室裡的守衛老先生欲言又止，往這邊看了半天。

「哥，你抽菸抽得好凶啊。要喝點水嗎，我幫你去買一瓶？」

孟瀚漠熄了剩下半截菸，唇畔掛著吊兒郎當的笑，「不用了，我馬上就走了，等等還有事。」

「你還在馬哥那邊看場子啊？」

「沒，偶爾過去幫幫忙。妳呢，上高中感覺怎麼樣？」

「沒什麼特別的感覺，團體生活過不慣，感覺不太自由。不過我倒是遇到個挺乖的小女生。唉，你都不知道我多有魅力，現在這小孩都成我的粉絲了。對了，你有時間幫我看看我媽啊，我怕她一個人在家裡悶出毛病來。」

孟瀚漠揉揉她的頭髮，「知道。」

逢寧剝了橘子，撕下一半遞到他嘴旁，笑咪咪的，「來，我們比賽，老規矩，誰先一口氣吃完誰贏。輸了的罰錢。」

馬路對面，江問把這一幕收入眼底。夏日傍晚六七點，橙色的夕陽緩緩墜落，人來人往。他靜靜看著他們，一輛貨車開過，擋住視線，又快速駛離。

一群男孩子剛吃完飯，三三兩兩勾搭在一起說話，有人出聲，「江少爺，過馬路小心看車。」耳邊喧譁高低起伏，江問被喚醒，勉強找回自己的聲音，「嗯」了一聲。

晚上回到寢室，趙瀕臨洗完澡出來。他坐在床沿，翻剛買的籃球雜誌，高呼詹姆斯實在是太帥了。嘰哩呱啦說了很久，都沒人回應。

江問一言不發，支著手臂。骨節分明的手指搭在書桌上，顯然他的話連耳都沒過。

趙瀕臨終於察覺出不對，探頭瞄他，「冒昧問一句，誰惹到你了？」

江問極為冷淡地開口，「離遠一點，別跟我講話。」

有這麼一句挺經典的名言——「想和誰交朋友，最重要的就是讓他（她）習慣你的存在。不管討厭或者不討厭，被當成有病都無所謂，首先要找足存在感，讓他（她）習慣了你的存在，那麼你就成功了一大半。」

所以逢寧也是這麼跟江問交朋友的，仗著地理優勢，有事沒事就往他桌上丟個散裝巧克力棒棒糖之類的甜食。

罐裝的太貴了，她也不太捨得。

江問早已經習慣拒絕別人，熟練地把她送的東西和其他人的混在一起，毫不留情全丟進垃圾桶。但逢寧是什麼人？她是典型外表花瓶，內心強大，刀槍不入。她完全不受影響，我送我的，你要丟就丟，一點都沒有被人冷落的自覺。

這麼過了幾週，反倒是江問有點招架不住。

江問家教嚴格，平時對誰表面上都挺禮貌的。但那都是裝的，一旦脾氣來了，任誰來了他都用下巴看。

星期五的最後一節課結束，大家急著回家，逢寧整理好東西，身邊的座位一個一個空缺下來，她享受著這種難得的安靜，拿出筆記本，幫隔壁班某學渣開始寫付費筆記。

江問直接把東西放到逢寧桌上，居高臨下，「謝謝妳，以後不用送了。」

逢寧正埋頭奮筆疾書，她停下來，茫然地抬起頭，上下打量他兩眼，無比平和，「為什麼？」

沉默了一下子，江問道：「我不喜歡。」

逢寧嘴裡哦哦幾聲，用筆頭敲了敲紙，鄭重其事地問，「那你喜歡什麼？我記下來。」

他心裡憋了火，控制不住地說，「我、不、需、要。」

逢寧齜牙咧嘴地，「可我就是想送。」

他突然怒了，忍不住拔高聲音，「妳送我東西做什麼？」

「還問這種問題？」她歪著頭，壞壞地拖長語調，繼續抄筆記，「明知故問。」

「妳就這麼喜歡四處招惹人嗎？」江問壓著火氣，笑容難看。

她頓住兩三秒，才開口，「呃，我招惹誰了？」

「妳自己心裡清楚。」

江問的校服還沒換，藍白色短襯衫被風吹得鼓起來，衣領雪白到耀眼。這時候天還未暗，從雲層間隙撲殺出朱紅的晚霞。他年紀不大，眉眼輪廓卻像是用國畫工筆才能勾描出來的生動，還有一種從小嬌慣出的凌人傲氣。

她做了什麼惹怒了面前這位小少爺？

逢寧仔細回想，沒出聲。

「呵。」江問將兩隻手撐在她的桌上，俯低了身子，慢慢地，對她露出一個極其刻薄嘲諷的笑，紅得滴血的薄唇一張一闔，「為了吸引我的注意力，妳還真是費盡心思。不過妳這種女生我見多了，我勸妳千萬不要對我抱有什麼不切實際的幻想。有這個時間，不如把心思好好花到功課上，說不定還能有點出路。」

沒等她多說半個字，他連正眼都沒再瞧她一下就走了。

呆了片刻，逢寧空白的臉上才有了表情。她也不是生氣，就雲裡霧裡，鑾莫名其妙的。

不過……她腦海浮現出江問離去時的模樣，昂著略尖的下巴，滿臉的高貴冷豔。

逢寧不由笑了一下。

——他還挺像一隻小孔雀。

第四章　半生淪陷

晚飯之前回到家，逢寧第一件事就是興高采烈地去院子裡看自己種的小番茄。蹲在花盆邊，仔細觀察了一下，發現它們長勢很是喜人。

她滿意地點點頭，摘了一點拿去水池裡洗乾淨，餵幾顆到嘴裡。果漿在口裡爆開，酸酸甜甜很有夏季的味道。

至於江問為什麼要莫名其妙跑來諷刺她一頓，逢寧想了一陣子沒想明白，就直接拋到腦後——她才沒這個閒工夫去研究這種鬼東西。

齊蘭已經做好了一桌子的菜等她，在屋子裡喊，「去把趙為臣和瑤瑤喊來一起吃。」

逢寧口裡含含糊糊，表示抗議，「算了吧，雙瑤今天也剛回家呢，她不陪自己爸媽吃飯？」

齊蘭急了，「要妳去就去，妳不去我自己打電話，菜做了這麼多呢。」

唉，驕傲如逢寧，這輩子唯一剋她的就是她媽。她拗不過，沒轍，老老實實挨家挨戶去喊人。

今晚星星很多，皎潔的月亮掛在半空中，大黃狗時不時在腳邊鑽來鑽去，逢寧丟了幾塊骨頭到牠的狗嘴裡。餐桌正上方掛著黃澄澄的燈泡，幾個孩子圍在一起吃飯笑鬧很是溫馨，齊蘭打著蒲扇，問起他們在學校的狀況。

趙為臣腦子從小就沒雙瑤和逢寧機靈，反應慢，學習上比較呆板，多虧了逢寧平時幫他補課，高中入學考成績也過得去，最後選了一個離家不遠的高中。教學品質雖然比不上啟德，在南城也算是上流。

雙瑤口裡塞滿了荷包蛋，嚼了嚼吞下去，想了一下，「最近倒是沒什麼事，就是我們班導師說馬上就要月考了，就是開學檢測考試之類的，看看學生的程度。」

「是嗎，那妳們在學校可要好好上課。讀書還是很有用的，高中可不像國中，競爭很激烈，不能掉以輕心。」

逢寧「嗯嗯」兩聲，「我從小到大讓您操心過念書這件事嗎，再說了您操心也沒用啊！媽妳快去忙吧，等一下我們吃完飯自己洗碗。」

麻將館夜場晚上七點開始，齊蘭看了掛鐘，也快到時間了，她嘆息著起身，「好，我去忙了。」

逢寧最近研究了幾本西式烘焙的書，對這方面抱有濃厚的興趣。吃飽喝足以後，她就拉著兩個小跟班到廚房，要做個蛋糕出來。

雙瑤無奈，「別想起什麼就做什麼了，妳家裡連個電動打蛋器都沒有。」

逢寧向來不達目的不甘休。她不死心地思考半天，最後捲起袖子，憤憤然丟下一句「看我的」——然後開始把蛋白倒進盆裡，開始手動攪拌，至少拌了幾百下，持續了快一個小時，手都快斷了。

趙為臣坐在旁邊小板凳上旁邊讚嘆，「小寧姐，妳真不愧是雨江巷最強手臂。」

逢寧緩了口氣，瞪他，「嘶，我怎麼覺得聽起來不像是讚美呢。」

「嘿嘿，這是讚美。」趙為臣搔搔頭。

逢寧一邊咬牙切齒跟蛋白較勁，一邊教育他，「說話得藝術點，別總是這麼土氣的，討厭死了。」

最後逢寧還真的勉強做了個半成品出來，味道還挺不錯。他們一人分了一點，跑去雙瑤家裡用投影機看電影。玩到凌晨各自回家，一覺睡到第二天下午。

逢寧溜去雙瑤家裡化了個妝，一看時間來不及了，匆匆忙忙換好衣服，「我得去上班了，我跟我媽說今晚在妳家睡，別穿幫了。」

因為齊蘭的身體因素，家裡為了治病花掉很多積蓄，還欠了親戚一點錢。逢寧心疼老媽，從國中開始就偷偷在外頭工作賺錢存起來。好在她從小就野慣了，成天在外頭跑，又有雙瑤他們幫忙圓謊，一直沒被齊蘭發現。

她國二那年身高突然長到了一百六十五公分，再化點妝，打扮得成熟點，倒也看不出來是個國中生。畢竟還要兼顧學業，逢寧只好找了手搖飲料店這種地方打點零工。

她嘴甜會賣乖，懂得人情世故，後來飲料店老闆還把她介紹去了朋友開的酒吧當服務生。算起來這個酒吧老闆和趙為臣還是遠親，去年因為在文化節上成功行銷了一波，現在酒吧的人氣居高不下，成了網紅店，很多年輕人都喜歡去玩。

在這種人多又熱鬧的酒吧，推銷酒利潤大，可以記在業績裡面拿分紅。逢寧又機靈又討人喜歡，時不時的還會製造氣氛，去臺上唱兩首，後來竟成了簡糖酒吧的一塊活招牌，被大家戲稱為靈魂人物。

週末在家，郗高原他們打了好幾通電話來，問他在做什麼，要江問出來玩。他沒什麼興致，全都拒絕了。

晚上有客人來家裡吃飯，是江老爺子以前部隊的朋友。飯桌上老人家跟江問說了幾句話，他答得心不在焉。

「小問，注意禮貌。」

江問被姐姐連續看了兩眼，勉強打起精神，補上一句問候。

客人笑呵呵，「這小子看起來比以前文靜多了，我記得他小時候可調皮了。」

江家發跡於崇西，屬於江左商幫一系。江周國忙於生意，十年不到的時間就把「茂行」穩穩扎根在南城，儼然變成當地「土皇帝」。雖然他對小兒子格外嚴厲，但是手下許多工廠、員工都要管理，所以親自管教的時間並不多。

長姐江玉韻大江問十幾歲，高中畢業以後就沒讀書了，幫忙父親管理家中店鋪。江玉韻一直都溺愛著弟弟，於是狂野生長的江二少爺，從小身邊就聚集了一堆玩伴，在南城橫行霸道，作威作福。

小學剛畢業時，郗高原認識了一個已經出社會的哥哥，他們還小不懂事，特別瘋，跟著別人差點鬧出人命來，把江老爺子氣得非要把江問送去私人軍訓基地，說了算數，完全不給反駁的餘地。

自此一遭，江問的個性才收斂了許多。

吃完飯上樓。

江問一個人跑去玩遊戲機，玩著玩著走了神，直到螢幕上出現一個血紅的GAME OVER。他回神，丟開遊戲手把，低罵了一句。

兩天的假期，轉眼就過。

星期一早上，逢寧放了一本《當尼采哭泣》到趙瀨臨的桌上。

他驚訝，拿起來正反看了看，「這是什麼？」

逢寧到座位上坐下來，有點睏地趴在桌上，「給你的生日禮物。」

「啊？這就是妳的大禮？」

「對呀，我還要安排個任務給你。你看完這個，思考一下存在的價值。」逢寧就跟個神棍一樣，表情特別認真地唬弄他，「我先給你一個結論，存在的價值是痛苦的，你自己回去思考思考。」

趙瀨臨家裡是從事煤礦業的，有大哥、二哥撐家業，家裡父母對他要求很低，也不怎麼管他。

他長到這麼大，幾時認真讀過一本書。他覺得自己可能是有點閱讀障礙，平時最多看看雜誌，或者遊戲攻略。簡單來說，他的世界裡，充斥著本班班花、隔壁班花、車、籃球、遊戲、兄弟。

人生第一次，趙瀨臨接觸到了哲學讀物，驚奇之餘還帶著點不可思議。

於是趙瀨臨正經八百地當睡前讀物看了幾天，還真的被他想出來了一點事情，感覺自己特別有水準，一有空就轉過去，滿懷熱情地拉著逢寧討論尼采。

自從上次江問找逢寧攤牌以後，她也不再故意逗他了，按照江問說的——別想著吸引他注意力，和他保持一定的距離。

比起江問的刻意冷漠，逢寧倒是顯得隨意很多。也不是欲擒故縱，她只是手頭還有很多別的事情要做。

於是逢寧也不再主動搭話。

好像她之前對他的種種熱情都是江問一個人的幻覺。

像趙瀕臨這種神經大條的人，根本沒察覺到江問一直心情不佳。這天打完球，走出籃球館時，趙瀕臨跟幾個哥們說起有個女生告訴他「存在的價值是痛苦」，說著說著，其他人也覺得有意思，「怎麼，你喜歡人家？什麼時候介紹給我們認識認識啊。」

「別動不動就扯到此等俗事上。」趙瀕臨嘖了一聲，八卦兮兮：「她之前好像對我們紅牌有點意思。」

眾人唏噓著去鬧江問，他好像沒聽到一樣，神情依舊淡淡。

裴淑柔眉頭不經意一皺，溫溫一笑，「怎麼樣的感興趣法啊？」

於是趙瀕臨把癩蛤蟆和天鵝的故事講了一遍。

在場唯一不興奮的就是江問了。別人還在鬧著，他獨自走了。

啟德的開學測驗安排得很迅速，用了兩三天時間就考完。鐵娘子很重視這次考試，考前還強調了幾次，要他們都爭氣一點，為高中生涯開個好頭，也算是圖個好兆頭。

逢寧一向是考完就過，也懶得去對答案。她坐在座位上和孟桃雨聊著天，後頭有個女聲說，「孟桃雨，出來一下。」

逢寧抬眼去看。

女生不耐煩，用腳踢了一下她的椅子，「聽到沒，妳讓開一點。」

逢寧斜瞄了她一眼，收回視線，繼續喝水。她認出來了，這女生是那天開學典禮上的梨花頭。

孟桃雨惶惶地站起來，小聲說我出去吧。逢寧跟沒聽到似的，把她的手腕一拉，「坐下。」

梨花頭很不耐煩，吊梢眼，唇形有些鋒利，拔高音量，「喂，要妳讓開，聾了嗎？」

逢寧無動於衷，穩穩坐在位子上，半邊嘴角往上挑。

感受到她的鄙夷，梨花頭瞪圓眼睛，被這個笑容激怒，一副不可思議的樣子，過來扯她，「我……」

說了半截，話音陡然消失。

——逢寧一揚手，把整杯水潑到她的臉上。

整個教室如無人一樣安靜，江問聽到動靜，轉頭。

梨花頭傻了幾秒，腦子像被人投了一顆炸彈。回過神時氣得直發抖，咬住下嘴唇，手高高舉起。

落下的瞬間，被江問捉住手腕。倒是逢寧反手，一把抓住她，笑道，「嘿喲，你怎麼這麼厲害啊？」

班上有人終於回過神來，紛紛過來兩邊勸架，喊放手放手。撕扯中的兩人終於被拉開，梨花頭怒髮衝冠，掙扎著要去踹逢寧，口裡罵著：「我喊孟桃雨出去，要妳多管什麼閒事？」

逢寧被人按著，毫不客氣跟她對罵，「成天欺負一個小女生，妳晚上睡得著覺嗎！刑法第二百三十四條妳知道是什麼嗎？再敢碰孟桃雨一下妳試試？」

用別人的話描述，當時逢寧就像是個女英雄，堪稱現代版花木蘭，在戰場上大刀一揮，把敵人逼得節節敗退。她罵得極其凶殘，梨花頭梗著脖子站在那裡，長了一張嘴，什麼都說不出來，像是臉上隔空被人摑了一掌似的。就連來勸架的人都被逢寧罵街的能力震撼得定在了原地。

這場鬧劇最終以老師來了作為收場。梨花頭強忍下怒氣，狠狠瞪她，走之前放下狠話，「好，我記住妳了，我們走著瞧。」

剛剛混戰之中逢寧難免被踹了幾腳，她低頭拍掉身上的灰，對著梨花頭不急不徐地，用食指堵住唇，輕蔑無比，「噓。」

老師在臺上站好，人群很快散去，各自回到座位上。孟桃雨在底下都快急哭了，「對不起，連妳都被我連累到了。」

逢寧整個人很放鬆，聽罷嘖了一聲，「又開始了？我告訴妳，如果我不想，誰也連累不到我。我既然幫妳，我就不怕被連累！」

她扁扁嘴，用筆敲了敲江問的背，「剛剛謝謝你啊。」

他連頭也沒回。

啟德老師改考卷都是流水線模式，成績出來得很快。排名出來那天，鐵娘子向來刻薄的面相也難掩喜氣。她站在教室門口，四下打量一遭，班上很快安靜下來。

「我發現我們班學習氣氛真的是有點差，剛剛路過其他班，別人下課時間都在埋頭念書，沒有幾個人亂跑，你們再看看你們。高中偷的懶，以後都是要還的。」

在漫長的訓話結束以後，鐵娘子咳嗽一聲，「對了，今天還要告訴大家一個好消息。我們年級一共有二十三個班。這次測驗考試的榮譽榜，我們班上了三十多個，其中年級前五有三個都在我們班上，分別是第五名萬陽同學，第二名江問同學，和第一名——逢寧同學。」

話剛說完，班上焦點瞬間集中到第一組，某位無精打采看樣子也沒在認真聽講的人身上。

突然響起來的掌聲驚醒了昏昏欲睡的逢寧，她茫然看了看四周，壓低聲音問孟桃雨，「發生什麼事了？」

孟桃雨可激動了，小聲說，「老師說妳這次是年級第一！」

「哦哦。」逢寧懶懶應了一聲，還是迷迷糊糊的，沒什麼精神。

孟桃雨戳戳她，「妳都不激動啊？」

「這不是習慣了嗎。」

「逢寧？真的假的，沒看出來哇。」趙瀕臨實在難以相信，轉頭道：「太強了，不會是同名同姓吧。」

逢寧皺了皺鼻子，偏頭，「對了。」她的聲音充滿疑惑，不大不小，剛好夠前頭的人聽見，「第二名是誰？」

當事人毫無反應，沒理她。趙瀕臨頭一次看江問吃癟，笑到快要岔氣，「逢寧，妳有點厲害啊。問哥被妳壓在身下了，怎麼樣，還滿意嗎？」

「嘖，我原來趴在他頭上了？還可以啦。」逢寧狀似驚訝完，又是那種讓人恨不得踢她幾腳的語氣，「再接再厲啊江同學，免得以後恨我。」

趙瀕臨問，「啊，為什麼恨妳？」

逢寧笑嘻嘻，賤賤的，「因為會當萬年老二呀！你都不知道我們國中那個年級第二有多討厭我。」頓了頓，她撫掌一嘆，「說到這裡，我還要特別感謝某位同學對我的鼓勵。他告訴我，與其想那些有的沒的，不如把心思放到功課上。話糙理不糙，我們一起共勉！」

江問被她當眾羞辱，還不能發作。薄薄的臉皮一下鐵青，一下蒼白，而後又升起一抹紅暈。氣得大半天無法恢復過來。

星期一舉行升旗儀式，雙瑤過來找逢寧，順便把抄筆記的報酬給她，「我們班那個人知道妳這次考第一，成天都抱著妳的筆記看，笑死了。」

逢寧喜滋滋地收好錢，「欸，有錢真好呀，我也想有人幫我寫筆記呢。」

雙瑤道：「他還挺滿意的，以後妳寫完影印一份給他就行了，價錢照樣。」

她們說著下樓，前後腳剛走出去，一轉眼，逢寧不見了。

雙瑤停住了腳步，對在禮儀鏡前頭理頭髮，整理衣服的人翻了個白眼，不耐煩道：「姐，倒也不必如此高強度自戀。」

逢寧撥了撥馬尾，不以為然，「當個美女不容易，我照個鏡子開心一下。」她揚起下巴，擺了個姿勢，「怎麼樣，我好看嗎？」

雙瑤搖搖頭，「好看，好看得一塌糊塗，妳就是人間寶藏。」

今天剛好輪到九班去國旗下演講，這是啟德升旗儀式的傳統流程了。其實就是每個班派個代表，去升旗臺上朗讀那些勵志優美適合鼓勵學生的模範作文。

鐵娘子毫無意外選中了逢寧。

早上的風帶了點涼意，她拿起麥克風，先是喂了兩聲試音，「大家聽得到嗎？」

底下傳來陣陣笑聲。

後面有老師拉下臉來，提醒，「嚴肅點。」

另外一個老師發現不對，低聲說，「她的稿子呢？」

「大家好，在演講前，我先自我介紹一下，我是來自高一九班的逢寧，相逢恨晚的逢，雞犬不寧的寧。關於這次的演講，其實我也沒寫演講稿，因為這種形式主義很浪費時間，並且毫無意義，也沒幾個人會認真聽，我不如即興發揮。」

四周立即響起了議論聲，鐵娘子站在底下，臉色都變了。不少人不明就裡抬頭看向這邊，等著這場好戲怎麼發展。

在無數看笑話的眼神下，逢寧收起剛剛隨意的表情，嚴肅道：「我最近在思考存在的價值，未果，於是開始從一些哲學讀物中尋找答案。馬克思利益論讓我認知到，利益就是人類的唯一驅動力。於是，又出現一個問題，如果利益驅動可以解釋人類行為，那麼人生意義一詞又何來意義，難道所謂的人生意義就是追求利益嗎？」

她全身心投入這場演講之中，「事實上，假如有人覺得自己品格高尚，人生意義就是奉獻自己，取悅他人，那麼一定是受了孔子那一套理論的影響。」逢寧氣呼呼的，「那正是統治階級為了穩定，所希望施加於每一個人的，這也是傳統道德觀念在他們身上施加影響力的表現，這就是欺負老實人！」

此話一出，滿場譁然。

「如果沒有冒犯的話，我想說奉獻本身就是善良的人獲取精神利益的一種方式。因為奉獻自己，本質上你享受的是自己精神產生的愉悅。用尼采的話說，『你愛的是欲望，不是欲望的對象』。」

原先嘈雜的場地漸漸安靜下來，他們都看著她。逢寧語速越來越快，犀利地說：「大部分的人，包括在場各位，碌碌無為過完一生，到老都不知道自己想要什麼、愛什麼、應該堅持什麼。既然人的本性都是趨利避害，取悅自己，被利益驅動一生，為什麼世界會出現戰士、軍人、醫生、科學家？所以我今天真正想說的，也是我分析出來的重點：在格局之外，強者人生意義表現的唯一方式，那就是——信仰。」

逢寧一身清湯寡水的校服，給人的第一印象就是美，咄咄逼人的濃豔。可現在，她用著完全不符合外表的氣勢，轟轟烈烈地在升旗臺上開講堂，脫稿講大道理，瀟灑坦蕩地發表關於人生的高論。場下全都亂了，有掌聲也有唏噓，她從頭到尾面不改色。

鐵娘子拉住了想打斷逢寧講話的教務主任，心裡又氣又覺得自豪——這是她的學生。

這場精彩狂放的演講，對很多人形成不小的衝擊。有人崇拜，有人好奇，有人眩暈。

其他人都在交頭接耳地議論，可江問只是盯著逢寧。

他站在人群之中，胸口一片空寂。

她那張意氣風發的臉落進他的眼裡。那樣閃閃發光，高傲又自由。彷彿什麼都是她說了算，天生就該是以她為中心，一切都要為她神魂顛倒。

在自己意識到之前，他已經開始對她臣服。

升旗儀式解散以後。

「實在是太厲害了，沒見過這麼帥氣的女生。」一路上，郗高原又驚奇又興奮，不停回味這件事。

「還記得嗎，她就是那次跟我談存在價值的人。」趙瀕臨一樂，跟身邊的人獻寶似的，「這次年級第一也是她！」

其餘人紛紛附和，江問和他們並肩走著，一言不發。

四班的計遲陽一副極其感興趣的樣子，「她叫什麼？幫忙打聽一下？」

郗高原笑得猥瑣，「你是什麼意思？」

「不然我就自己去了啊。」

有人出聲打斷，口氣淡漠又煩躁：「別打她主意。」

計遲陽還沒來得及反應，「啊」了一聲。

「我說，不要打她的主意。」在他們驚訝的目光裡，江問看著他，又重複了一遍。

氣氛凝固住了一瞬間。

趙瀕臨和郗高原對視一眼，兩人都有點詫異，更多的是丈二和尚摸不著頭腦。

計遲陽愣了一下，挺尷尬的，向旁邊人使了個眼色，「什麼情況？」

那人回了口型，「我也不知道啊。」

他和江問國中就認識，見到了會打個招呼這種，一直都不算熟。

江問這個人在他們看來有點高冷，偶爾一起玩的時候話也很少，不怎麼參與他們的話題。也沒幾個人敢開他玩笑。

他們都知道他來頭不小，或多或少存了點想攀關係的心思。所以計遲陽被這麼當眾洗臉，也只能努力打圓場，嘻嘻哈哈緩和氣氛。

趙瀕臨清了清喉嚨，做西子捧心狀。

計遲陽立刻接下，「開個玩笑，冒犯了冒犯了。」

眾人笑了起來。

各自回教室的路上，郗高原偷偷觀察了一下江問，實在是忍不住，「紅牌，還是不是兄弟？這種事都瞞著，可真不夠意思啊。」

江問沒接，一直不開口，半晌沒有反應。

走到樓梯間，趙瀕臨不甘休，推他手臂，「是不是啊？」

他煩了，語氣不耐，「不是。」

趙瀕臨目光如炬，探究地注視他，「那你剛才說那種話做什麼？」

江問不冷不淡，「隨便說說。」

趙瀕臨不滿：「你當我傻子嗎？」

「她有喜歡的人。」

趙瀕臨剎住腳步，遲疑了，「你怎麼知道？」

「看到過。」江問不明不白地說。

趙瀕臨忽然福至心靈，想說什麼，看了他兩眼，還是閉上了嘴。

程嘉嘉挽著裴淑柔的手臂，兩人聊得暢快。她狀似不經意地說，「我舅舅在西郊那邊開了個馬場，還挺好玩的，妳要是有空，我約個時間，我們一起去玩，多找幾個朋友也行。」

「好啊，我到時候把江問他們都找來。」裴淑柔驀地笑了，「對了，妳幫我一個忙吧。」

程嘉嘉嗯了一聲，轉過頭來，「什麼忙？」

「幫我查一個人。」

逢寧自此一遭，算是在年級出了名。甚至還有高二、高三慕名跑過來瞧她長什麼樣。其中不乏看不慣的，認為她有故意吸引眼球之嫌。

「我還真想請教一下，妳到底是從哪裡來的自信，敢在這麼多人面前亂唬弄，歪嚼妳那套狗屁不通的理論。」

逢寧神色正經，「雙瑤，妳這話就不對了，我是在普渡眾生。」

「妳這個戲精，就是在作秀，妳就是為了出風頭，享受那種把別人教育得找不著方向的感覺，然後特別有成就感，對不對？」

逢寧面不改色，緩緩點頭，「確實，我不否認我是表演型人格，我就是喜歡出風頭，這是刻在我基因裡的一部分，我早就認清了這一點。」

孟桃雨望著她，滿滿的崇拜，激動得臉都紅了，「不，逢寧，妳真的是我見過最厲害，最有個性的人。妳知道嗎，我好羨慕妳做什麼都可以不去管別人眼光，像我爺爺說的，做人很豁達。」

「很簡單。」逢寧認真起來，「妳在做一件事之前問自己，『我為什麼這麼做？』然後清楚地回答自己『我是因為……』就可以了，時刻和自己對話，保持清醒，不要拐彎抹角地欺騙自己，首先要做到這一點。」

雙瑤看著她一臉蠻不講理，打心底佩服。

她從小就陪在逢寧身邊，目睹她小學的時候在菜市場和別人婆婆媽媽計較爭論幾塊錢的差價，國中面對那群羞辱她家境的人侃侃而談偏見與下等的理論，再到高中升旗臺上脫稿演講。

在這個禮貌克制的社會，她真是明明白白地虛偽和坦蕩。

逢寧平時晚上六七點會去操場跑步，然後去教室自習到熄燈，這段時間天天有人把她攔在路上要聯絡方式。

今天遇到的這個格外執著，追到了教室門口還不甘休。

她從教室後門進去，在座位上坐下來。

那男生吊兒郎當趴在窗臺邊上跟她聊，笑起來有點像一個男明星，「妹妹，要個聯絡方式那麼難嗎？」

「不難，但是今天的額度超過了。」

「什麼意思？」

逢寧擦了擦汗，嚴肅地說，「我幫自己規定，每天只能給五個有緣人聯絡方式，然後挑一個通過。你要是想要，明天記得早點來。」

男生笑了起來。

他們聊著聊著，江問歪過頭，和那個玩世不恭的男生對視兩秒，他平靜地說，「把窗戶關上，你好吵。」

「……」

等人走後，逢寧忽然一下子笑出來，「你太好笑了，居然還要別人關窗戶，真瀟灑，你是菩薩嗎？」

她笑個不停也沒人理她，於是又說，「好濃的醋味，好酸啊。」

還是不理。

逢寧眼皮垂下，把書和作業本翻得嘩啦啦響，聲音清脆：「某位老二是不是被我刺激到了，把我偷偷當作自己的奮鬥目標，這個時間還在教室自習，平時也沒有這麼勤奮呢。」

這回忍無可忍，終於理她了，「妳真的很煩。」

他應該洗完澡了，沒穿校服，寬鬆的低領深藍T恤，淺色牛仔褲，身上還有點若有似無的清淡香氣。

說完這句，後頭忽然沉默下來。

教室裡沒有幾個人，此時只有掛鐘的指針滴滴答答走動的聲音。

本來一點都不想理睬，筆在紙上畫一條線、一個圓、一個點。停頓住，江問回頭，剛好對上她得意篤定的表情。

兩人就這麼無聲對視著，逢寧單手撐著下巴，觀察他的反應，再度笑起來，綿綿道：「沉不住氣了？」

江問反應過來又被耍了，臉上罕見地閃過一絲窘迫，他盡力掩飾自己的生氣。其實他很少跟別人吵架鬥嘴，但是每次遇上她，都處於失控的邊緣。

他的眼睛是深褶的扇形內雙，生起氣來眼睛水潤潤的，眉尾還有一顆淺淺的棕色小痣，皮膚好得讓同齡女生都嫉妒。

她突然好奇，「你不會真的喜歡我吧？」

江問面上一僵，他沒來由地有種被冒犯的憤怒，神情冷了下來，生硬道：「妳是不是太可笑了，讓我喜歡，妳配嗎？」

話刻薄又難聽，是他一慣的風格。可逢寧早就看穿他的表面強勢，她發現，氣他好像還挺好玩的。

於是她巋然不動，長長地噢了一聲，「你最好是別對我有什麼想法，第一呢，你也不配，第二呢，我已經有喜歡的人了。」

江問故作冷淡的面容有點崩了，難以置信地看向她。

逢寧說完又補了一句：「不是你。」

他頭腦轟地炸開。

江問沒經歷過，不知道受傷是什麼滋味。

之前被她纏得心亂如麻，這種感覺既擾人，又上癮。還沒等他徹底理清自己情緒，又看見她和別的男生在一起親密。所以再後來，逢寧對他持續不斷的騷擾，在江問看來都是處心積慮的接近。

他越來越煩，也冷靜不下來，直到控制不住出口傷她。

等終於平靜下來，卻不知為何難掩隱隱的失落感。

他也不知道自己明明這樣厭惡她，又情不自禁地被吸引。

最終，江問敗下陣來。他雙手握拳。勉強放鬆下來以後，鎮定地整理好桌上的東西，出去了。

教室天花板上的風扇在呼啦啦地吹，他們吵完以後，逢寧若無其事地開始寫習題，直到他走出教室，她連頭都沒抬。

外面夜幕像是被潑了深藍色的墨，白日的燥熱已經不見蹤影，涼快下來。

今天之前，江問的情感還保有部分的天真。

到現在，他能清楚感覺到，這部分的東西，被人打碎了。

寫完數學習題。

逢寧沒什麼表情，把手機拿出來，劈哩啪啦傳簡訊給雙瑤：『好了，我不打算繼續接近江問了。』

雙瑤：『為什麼？不是要教人家小王子吃「愛情」的苦嗎？』

逢寧：『苦應該已經吃到了，但我不想斬盡殺絕，嘻嘻。』

雙瑤：『妳別跟我裝這些，妳是怕自己欺負著就喜歡上了吧？』

逢寧聳聳肩，回過去：『我可不打算跟這種小少爺談戀愛，我忙著呢！我還要打工，我還要念書！沒時間搞這些風花雪月。』

收起手機，她翻開另一本習題，心無旁騖地開始做。

那時逢寧料到了江問一個月內會喜歡上她。

但她不知道，從雨天初見到今晚，她於他，不是某段愛情的開始和結束。

——這是他半生淪陷的序幕。

第五章　別喜歡上我

七八個人約好了去馬場玩，週六早上出發。

在郊區的私人馬場，會員制，不對外開放，自己玩、跑圈和野騎都可以。

江問俯在二樓的欄杆眺望了一陣子，從樓梯上下去。幾個人怕熱，在一樓湊了一桌打牌。

他腳步停住，低頭看了看自己的衣擺，被程嘉嘉一隻手勾住。

「你陪我去買飲料好不好？我怕一個人拿不了。」她雙頰飛紅，輕聲細語，帶點撒嬌的意思。

他沒什麼熱情的反應，也不算太冷淡，漫不經心點了點頭。

兩人拿著幾瓶飲料剛出現在眾人視線範圍，陰陽怪氣的起鬨聲立刻響起。

計遲陽邪邪一笑，「程妹妹什麼意思呀，偷偷跟問哥哥去做什麼啦？」

郗高原反應速度也一流，「嘖嘖，我怎麼好像聞到一股酸臭味呢？」

一人一句說個不停，程嘉嘉打斷他們，「什麼跟什麼，只是買飲料呀，還能做什麼？這都能亂說，想像力太豐富了。」

看她著了急，他們越發口無遮攔，葷話順嘴而出：「哎呀，這就害羞啦？我們只是隨口問問。」

程嘉嘉跺腳，「為什麼今天總開我跟江問的玩笑！」

誰都聽得出來，她喊江問的名字時，用的是不同的語調。

計遲陽正正經經反問，「誰叫妳總是跟江問黏在一起呢。」

江問在一旁，把幾瓶飲料一個個丟到他們懷裡，卻沒出聲。

趙瀕臨攤在沙發上，意味深長地看著他們。

玩到差不多下午三四點，打算返程。他們開了兩輛越野車來。

程嘉嘉和裴淑柔手挽手等到最後，結果那群人各自上完車，非要拆散她們，一個車上一個女生，免得路上無聊。

她們猶豫了一下，想著怎麼分，裴淑柔把程嘉嘉往江問坐的那車推了推，「妳上那輛吧。」

回南城市區大概有兩個小時的車程，要走鄉間小路，中間有一段路很顛簸。

程嘉嘉和江問都坐在後排，手臂時不時碰撞到對方的腿。

旁邊的人闔上眼假寐，她轉頭去看窗外飛逝而過的景色，沉浸在這種似有若無的小曖昧裡。

程嘉嘉察覺到有手機在響，輕輕戳了戳他的手背，「江問，你的。」

江問慢了半拍，睜開眼，是家裡來的電話。他打起精神，接起來，「喂。」

車裡沒有音樂，他們離得近，程嘉嘉隱隱約約能聽到那邊是個女聲，說話語速有些快。

江問降下一點車窗，讓風吹進來。他把電話從左耳換到右耳，低低應了兩聲。

前方有岔路，車子猛地轉了個方向。

程嘉嘉一個不穩，撞到江問胸口，手肘順勢撐到他的手上。

他的手指很冰，她快速彈開，睫毛撲簌，囁嚅一下，「不好意思。」

江問動也不動，表情很平淡，嗯了一聲。

很多時候，他都是這樣，對誰都視而不見。但就是這個不在意的樣子，又讓人愛恨難捨。

今天是週末，市區街邊霓虹閃爍，到處都是熱鬧一片。路上正是塞車的尖峰期，車水馬龍，他們隨便轉進一個商場的地下停車場，停好車，步行去夜市找吃的。

這裡市井氣息很重，流浪貓狗跑來跑去，蚊子蒼蠅繞著路邊的垃圾堆亂飛。街上滿滿都是人，街邊很多燒烤店，正是吃龍蝦的好時節。坐在這種露天的夜市裡，圍著坐一桌，再加上冰啤酒和可樂，很有夏天的氣氛。

一個個都是平時山珍海味吃慣了的人，一致決定來這邊找找新鮮。

此時太陽下山，天色完全黑了下來，他們隨意挑了一家生意看上去還不錯的，自己找位子坐下來。可能是人手不夠，半天也沒人過來招呼他們。

趙瀕臨貼著江問坐下來，發現他正在玩手機。湊上去看，原來是俄羅斯方塊，「你是小學生啊。」

一個男生拍著桌子喊，催促道：「有沒有人！老闆做不做生意了，有沒有點菜的？」

「來了，菜單來了。」

趙瀕臨一側頭，定眼一看，出乎意料，「逢寧，妳怎麼在這裡？」他掃到她身上的衣服，好奇道，「妳在這裡打工？」

「咦，你們居然會來東街這邊吃飯。」逢寧也挺驚訝的，掃了一圈桌上的人，露出笑容，「我在這裡幫朋友的忙，想吃什麼？我幫你點。」

和平時不同，她今天沒綁頭髮，柔順的黑髮乾乾淨淨垂下來，也沒化妝。兩側碎髮都勾在耳後，在暗淡的光線裡，細眉細眼，看上去顯得特別溫和恬靜。

趙瀨臨如夢初醒，推了推江問，「少爺，吃什麼？」

隔著人群，江問和逢寧遙遙相望，彷彿一齣靜默的默劇。他微微皺眉，表情匱乏地移開視線，又開了一局遊戲。

程嘉嘉用衛生紙擦著桌角邊上的油汙，上下打量逢寧兩眼。她動作慢下來，嘴巴動了動，用眼神示意裴淑柔。

裴淑柔輕嗤一聲，挑了挑眉。

她們身上光鮮亮麗，和這裡髒兮兮的環境格格不入。

菜上得很快，油膩膩的。桌上其他人聊著天，吃得差不多了以後，趙瀨臨又招呼著上了幾瓶果汁氣泡飲，卻不料飲料帶了點酒精。江問根本沒動筷子，捏著手裡的玻璃杯，提一提嘴角。

出於某種敏銳的直覺，程嘉嘉看出他心情一直不佳，她輕輕地說，「旁邊有個便利商店，我去買點優酪乳給你喝，不然等一下胃會難受。」

江問臉部輪廓很清雋，秀氣的眼梢微微挑起，顯得多情。酒精蒸騰，讓人沒辦法思考了，他沒什麼表情，思量地看著她，黑眼珠幽深如潭，似乎是在分辨她是誰。

程嘉嘉還想多說兩句，但是被江問這麼盯著，臉不禁紅了。

江問背往後一靠，抵在餐桌沿，偏過頭，眼睛不知看向哪裡，扯了扯嘴角，「妳喜歡誰，嗯？」

她「啊」了一聲，哪裡好意思回答。心跳驀然變得激烈，都快語無倫次了，「我……你……」

也不是沒被人喜歡過，可程嘉嘉不知為何，在他面前無端端地緊張。再看過去，江問已經把臉上的輕佻收得乾乾淨淨。

等他們要結帳了，計遲陽把手機打開，「小姐姐，妳掃我還是我掃妳？」

逢寧動作嫻熟地亮出一個牌子，「你掃我。」

計遲陽和郗高原商量後，決定先送兩個女生回家。醉到已經趴桌上的人，等等回來再一個個送。

腦袋被人拍了拍，沒動靜。過了一下，又拍了拍。

江問嗅到一股洗髮精的香氣，他微微睜眼，看到逢寧俯下身來，「欸，你趴在這裡做什麼？」

晦暗的燈影下，她的耳垂上嵌著一對山茶花的純銀耳墜，閃著細碎的光。

江問視線迷茫地回看她，眉頭皺緊了，難受著慢慢地問，「妳誰？」

一看這傻模樣，逢寧就知道他八成喝多了，連人都認不出來。她面色不變，咬著字說：「逢寧，相逢恨晚的逢，寧彎勿折的寧。」

他舌頭像是打了結，「雞犬不寧？」

江問喝多了不像別人一樣紅光滿面，反而是慘白一片，鼻息之間都是濃烈的酒味。

「喲，看來也沒喝到多醉嘛。」逢寧笑了，伸出一個手指頭在他眼前晃了晃，半認真似地問，「這是幾，還認得出來嗎？」

江問把她的手拽下來，一本正經地說，「一。」

看到江問這個樣子，逢寧忽然有種掏出手機對到他臉上拍兩下的衝動，她哈哈笑了兩聲，「你好搞笑啊，喝多了居然是這個樣子。」

那頭有人扯著嗓子吼了好幾聲，「把烤好的肉串給七桌那裡。」

逢寧應了一聲，正打算走人，結果一個踉蹌，被江問拽得腳步不穩，她氣急：「幹嘛，大哥，我正在忙呢。」

「忙什麼？」

逢寧瞇著眼，自上而下地看他，「人這麼多，生意好著呢。」

他沒動，也沒有鬆手的痕跡。她嘆了口氣，轉頭喊孟瀚漠，「哥，幫我從後面拿點冰的水來，有個朋友喝多了。」

她只能單手操作，艱難地把冰水倒進杯子裡，遞給江問。他沒接，她只好親自餵到這個少爺嘴邊喝了幾口。

路過的平頭看到這幕，眼睛都看直了，賊笑，「寧仔，妳在做什麼呢。」

聽到有人叫她，逢寧斜了一眼，煩躁道：「我同學喝多了。」

她放下水杯，沒耐心跟他耗下去，把自己衣服強行拔出來，「行了，你適可而止啊，規規矩矩在這裡等著你朋友，我去忙了。」

剛轉身，結果再次被扯住。

逢寧低頭一看，無奈了，「有完沒完，你到底要幹什麼啊？」

江問腦子裡混沌，還處於當機狀態。

半明半暗的霓虹光影下，他被晃得眼睛瞇縫，臉上的神情很模糊，顯然還不是很清醒。抿了抿唇，微微張嘴。

這大熱的天，背上出了汗，夜風吹來黏膩得難受。環境嘈雜，鋪天蓋地的吵。三三兩兩的人經過，逢寧一時沒聽到，彎下脖頸，「你說什麼？」

她微微跺腳，揮手趕蚊子。

江問聲音低下來，已經澈底沙啞，宛如疲倦的耳語，「妳喜歡誰？」

「我喜歡誰？」

江問眼簾半閉，眼神仍有點渙散，飄去看別處，略點了下頭。

逢寧吃吃地笑，促狹反問：「那你喜歡誰？」

「妳喜歡誰？」他非要她回答。

「我？」逢寧嘴邊帶了笑，不疾不徐道，「我喜歡星星，我喜歡月亮，我喜歡太陽，我喜歡大海，我喜歡沙灘，我喜歡尼采，我喜歡太宰治，我還喜歡郭德綱，怎麼樣，滿意嗎？」

孟瀚漠拎著兩箱啤酒經過，他穿著黑色背心，戴了個口罩，只露出一雙眼睛，脖子手臂上全都是汗，瞄了逢寧一眼，「妳做什麼？」

逢寧轉頭，敷衍地啊了一聲，「哄小孩呢。」

「妳同學？」孟瀚漠湊上去看了一眼，微不可察地點下頭，「這小孩還挺帥的，妳慢慢哄吧。」

東街夜市向來是不太安全，江問這一身名牌，又醉得不省人事的樣子，簡直就是扒手眼裡最佳的待宰小肥羊。逢寧到底還是發了善心，去後廚弄了碗素菜粥，守在小肥羊旁邊，等到趙瀨臨回來。

一看到人，她就起來了。

趙瀨臨伸頭，看了一眼趴倒在桌的江問，嘿嘿笑道：「逢寧謝了啊。」

逢寧用下巴示意，「喏，讓他把粥喝了，等等吐出來就好了。」

「好哦。」趙瀕臨憋了口氣，手臂從江問腋窩底下穿過，費了九牛二虎之力，終於把人立起來。他瞪大眼睛，目眥欲裂：「第一次看他喝這麼多，死沉死沉的，拖都拖不動，不行，我得讓郗高原也來，我一個人搞不定。」

電話響起。

江問的頭還是向下垂著，趙瀕臨艱難地從屁股口袋裡摸出手機，沒來得及看來電顯示就直接接通，大聲嚷嚷：「喂，誰啊誰啊？小爺正忙呢，什麼時間了，沒什麼事別打電話了，就這樣，掛了掛了。」

寂靜兩三秒，那頭的女聲頗為熟悉：『小問的電話怎麼一直打不通，你們有沒有在一起？』

下一秒，趙瀕臨臉色微變，整個人石化凝固。

他倒抽一口涼氣，吞吞吐吐地賠笑道：「姐姐，江姐姐，原來是妳，對，江問跟我在一起，我們剛剛吃完宵夜，對，馬上就回家。今天他和郗高原都在我家睡，您放一萬個心。」

那邊說一不二，『告訴我位置，我現在過來接你們。』

電話掛斷。

趙瀕臨一步跨上前，雙手搭住江問的肩膀，瘋狂搖晃，面色猙獰，「少爺！問哥！紅牌！你快點醒一醒！我求你了，我求求你了，你醒一醒！聽得到我說話嗎？你姐姐要來了，還記得江玉韻是誰嗎？她馬上就要來了！你不清醒過來我們都要完蛋了！哥！醒了嗎哥！」

江問閉著眼睛，一動也不動，臉色發白，嘴唇和眼尾卻比平時紅。

趙瀕臨跟個熱鍋上的螞蟻沒兩樣，把粥端起來，哀嚎，「哥，親哥，你喝兩口，能醒嗎？」

江問勉強睜眼，囁嚅了一句「別煩我」，趕蒼蠅似的揚手，把整碗粥打翻在地。

逢寧站在一旁，雙手環抱，看著這齣鬧劇，好笑道：「怎麼了，慌什麼呢？」

趙瀕臨真的有點慌，他苦著臉，「這人的姐姐要來了，妳不知道她有多凶殘，宇宙級別的殘暴。這要是被他姐姐知道我們在外面胡來，大家都完了。」

忙了半天，江問還是跟一灘爛泥沒兩樣。

「讓開，看我的！」逢寧大喝一聲，「江問，你再不清醒，別怪我不客氣了。」

他聽到她的聲音，迷迷糊糊抬起頭。

她伸手，啪一下，重重甩了他一耳光，「醒了沒？」

逢寧一臉殺氣，單手掐著他的下巴，抬起來，一個字一個字地說，「我是逢寧，你能聽得到我說話嗎？你馬上就要見你姐姐了，你現在就打起精神，正常點，別在這裡裝瘋裝醉，聽到沒？把眼睛睜開，睜大！」

說完又是瀟灑的一巴掌。

清楚的幾聲脆響，趙瀕臨被這個氣勢嚇呆了，陷入短暫的失語。

眼睜睜看著她又要甩一巴掌，趙瀕臨忙撲上去，扶住歪倒的江問求饒，「寧姐，妳、妳是不是有點太粗暴了，下手的時候稍微輕一點，我們少爺他細皮嫩肉的承受不住哇。」

逢寧充耳不聞，俯身湊到江問面前，「我再問一遍，你醒了沒？」

江問哼哼了兩聲，聲音帶點委屈，「別打了，疼。」

見他終於睜眼，趙瀕臨大喜。

逢寧讚許地點頭，「還是挺識時務的嘛。」她端起旁邊的水，命令道：「喝！」

江問還是一副懵懂的樣子，稍微仰頭，茫然地看了她一眼，乖乖地喝下去。

趙瀕臨站在一旁欲言又止，又是佩服，又是悲從中來，心裡忖道，相處了十幾年的兄弟，怎麼被女人一根手指頭一勾就跑了，還一點都不留戀。這差別待遇，真是透心的淒涼，哥們不可靠，真不可靠……

紅色 Ferrari 停在街邊，惹起不少人的注意。

車上下來一大一小兩個人。

江玉柔穿著白色的公主裙，掙脫姐姐的手，噠噠噠朝著趙瀕臨他們跑去，「哥哥，我哥哥呢？」

趙瀕臨捏捏她的臉，「看見我怎麼不喊哥哥，有沒有良心？」

江玉柔不情不願，嘟囔地喊一聲「瀕臨哥哥」，便快速繞過他，張開手臂，投入江問的懷抱。

江問坐在塑膠椅上，懶懶地摸了摸妹妹的頭髮，一抬眼看見姐姐踏著高跟鞋過來，不由地直起腰。

「怎麼來這種地方。」江玉韻甩著車鑰匙，把他上下打量一番。

江問不說話。

「今天不回去了？」

江問悶聲不吭，繼續點頭。

江玉韻呵笑一聲，「怕被爺爺罵還敢出來亂來。」

轉頭飛個斜眼，問趙瀕臨，「他喝了多少？」

趙瀨臨縮縮脖子，討好地笑，「不多，真的不多，他就是誤喝了果汁氣泡飲。姐，我看著，不會讓江問出事的，妳看人都還清醒著呢。」

這時，逢寧拿了個掃帚抹布過來，捲起袖子，動作俐落地收拾地上和桌上殘局。她一邊打掃，一邊側頭，咧嘴笑，「你們終於要走啦？」

趙瀨臨抱拳，意味不明輕咳一聲：「今天謝了，寧女俠。」

逢寧面不改色地把塑膠餐桌布合攏，打了個結，拉住兩邊一扯，「小事情，別放心上。」

「怎麼，認識？」江玉韻狐疑地望著他們。

趙瀨臨介紹，「這位是我們同班同學，大學霸。」

「噢。」江玉韻點頭，「麻煩妳了，妹妹。」

逢寧甜甜一笑，「不麻煩，他們照顧生意，還給了錢，我應該做的。」

上車的時候，江玉韻評價了一句：「這小女生挺有意思的。」

她一打方向盤，往後視鏡裡看了看，疑惑道：「小問，你的臉怎麼回事，被誰打了？」

趙瀨臨本來挺嚴肅，一下繃不住，笑了。

江問有點尷尬，羞惱地撇開眼睛。

車開動時，又忍不住回頭望望。盛夏的夜晚，高低錯落的樓房密集熱鬧，燈火幢幢裡，已經沒有她的身影。

東街夜市到了凌晨三點多才結束，整條街差不多都空了，各個宵夜攤才陸陸續續關店打烊。

他們隨便吃了點東西，桌上有幾個人喝酒猜拳，使勁玩鬧，越吃越起勁，孟瀚漠看看時間，對逢寧說，「我先送妳回去。」

「好。」逢寧也放下筷子。

她穿著短袖陪孟瀚漠去取車，深夜涼氣重，室外溫度低，冷得人有點哆嗦。逢寧仰頭，哈了一口淡淡的氣，定定地望著天。

孟瀚漠把安全帽和外套丟給她，「又在看星星。」

「是啊。」逢寧看得認真，還拉住他的手臂，「你跟我一起看，找最亮的那顆。」

孟瀚漠一腿跨上摩托車，偏了偏頭，「上來。」

逢寧扣著安全帽帶子，自顧自地說，「哥，你知道星星幾點會消失嗎？」

「不知道。」

「凌晨四點。」逢寧在發抖，穿好外套，「小時候我不懂事，喜歡纏著我媽問我爸在哪裡，後來我媽說我爸在天上，變成星星了。然後我有段時間就特別喜歡看星星，想找最亮最大的那顆，一找就找到早上，看不見了才睡覺。」

摩托車發出低沉的轟鳴，飆馳在深夜空闊的街道上，兩邊的景象開始飛速倒退。長髮被呼嘯的風揚起，她把頭抵在他肩頭，怔怔了一下，喃喃自語，「我還挺想我爸的。」

孟瀚漠本來就寡言少語，逢寧一貫堅強開朗，偶爾有脆弱的時候，他也不知道怎麼安慰，只能默默陪在她身邊。

雨江巷口，雙瑤披著睡衣，打著手電筒來回踱步。

「瑤瑤！」逢寧從摩托車上跳下來，剛剛的失落一掃而空，親熱地衝上去，「還是妳對我最好啦。」

「噓噓，小聲點，別靠近我，妳身上一股油味。」雙瑤嫌棄地躲開她，伸手跟不遠處的孟瀚漠打招呼，「嗨，漠哥。」

孟瀚漠點點頭，把車掉轉方向，「妳們早點睡，我先走了。」

「路上小心！」

「漠哥好酷。」雙瑤花痴了一下。

逢寧掐她手臂，「警告妳，不許打我哥主意。」

四周黑暗，她們悄悄推開院門進去，雙瑤嘆了一聲，「妳好不容易放一天假，又要跑去幫漠哥的忙，你們兄妹感情可真好啊。只是呢，苦了我這個守門的，幫妳瞞著齊姨不說，一等還到大半夜，連覺都不敢睡。」

逢寧搖了搖頭，又點頭，掏掏耳朵，「行了行了，別抱怨了，欠妳一頓飯。」

週一早上，江問走進教室，教室裡有幾個人跟他打招呼，他像沒聽見一樣。

經過郗高原身邊時他噗的一下笑出聲。

江問停下腳步看他。

郗高原豎起大拇指，「問哥，臉還疼嗎？」

江問垂睫，沒吭聲，沉默了一下子，瞇著眼，「誰告訴你的？趙瀕臨？」

「哈哈哈哈哈哈哈哈，不然呢，除了他還有誰。」

郗高原笑得臉部表情扭曲，猛然間看到江問陰沉的臉色，自覺停下，閉緊嘴巴做了個拉鍊的動作，老老實實道：「我知道，您放心，您放一百二十個心，我一個字都不會說出去的。」

江問一言不發地走了。

同桌往後張望了一眼，好奇地壓低聲音，「發生什麼事了？」

郗高原做了個神祕的表情，「不能說，說了我和江問這兄弟就沒辦法當了。」

趙瀕臨正在座位上拿筆唰唰唰趕作業，聽見砰的一聲，江問拉開椅子，在位子上坐下。

趙瀕臨拿手捅了捅他手臂，「問哥，作業拿來抄抄。」

江問丟開書包，往後一靠，側頭瞥他一眼，臉上神情也瞧不出生氣沒生氣，「你傳給郗高原的？」

趙瀕臨裝傻：「傳什麼？」

他按捺著火氣，「你說呢？」

身為一個絕對的優等生，江問在人前向來光鮮亮麗，端莊矜持，做什麼都體體面面，哪裡遭遇過被女生摑巴掌的事。

年輕男孩面薄，當時還沒澈底清醒，被他們看了笑話，混混沌沌的，也沒有特別尷尬的感覺。

等到半夜酒醒，在一片漆黑中，他躺在床上睜開眼，望著天花板，翻來覆去，一想到自己大庭廣眾跟個傻子一樣不知羞恥地追著逢寧問她喜歡誰、到底喜歡誰，頓時就想反手再給自己兩個耳光。

趙瀕臨還在回味這件事，津津有味的，湊過來火上澆油，「怎麼了嘛，你那天在逢寧面前真的好乖，讓小爺看得目瞪口呆。我這輩子就沒見過這麼乖的小問問，心都要化了。」

江問好半天沒出聲，過了一下子忽然爆發，「趙瀕臨，能不能別讓人覺得噁心！」

「怎麼還急了呢！」趙瀕臨張大嘴，呆呆看著他，「你剛剛是罵髒話了嗎？哇，有生之年啊，江問你居然也罵髒話。」

江問把書拿出來，低下頭，單手撐著頭，「別煩我。」

趙瀕臨撇撇嘴，老老實實抄作業，不敢再生他的火。

逢寧半昏半睡，被人推起來收作業。

收到江問那裡時，他一動也不動望著別處，瞧也不用正眼瞧她。

她睏得要死，打了個哈欠，懶得點破他的彆扭樣，嘀咕道：「交作業了。」

喊了幾聲，也沒人理。

逢寧也笑得咧嘴，「嘿嘿，故意不理人啊？」

江問眼睛終於看向她這邊。

趙瀕臨在後頭擠眉弄眼，指一指江問，用口型說話。逢寧看了兩秒，反應過來他的意思。她收起玩笑的表情，「好了，交作業了。」

第三節下了課做課間操，下樓的時候，趙瀕臨湊過來和逢寧小聲說話，「妳要不要去跟江問交流交流？我感覺他被妳甩了耳光，到現在還沒恢復過來呢，說不定留下什麼心理陰影了。」

逢寧詫異，「有這麼誇張？」

趙瀕臨連連點頭，苦笑，「唉，妳不知道他悶了一早上了，誰都不理，心裡難受著呢。妳就當幫我個忙吧，去哄哄。」

逢寧挑了挑眉，悠悠嘆氣，「你們還真把他當寶寶呢，這都要哄。」

「可不是嗎！」趙瀕臨也跟著嘆口氣，「算欠妳人情。」

九班今天的體育課剛好和課間操連著，上課上到一半就有女生忍不住太陽曝曬回教室。

江問前天身上撞了好幾塊的瘀青，渾身上下的骨頭都發疼。他懶得打球，坐在場邊上看了一陣子，拎著礦泉水起身，獨自晃回教室。

「江問！」逢寧剛剛小跑了一段路，有點喘氣。

被喊的人裝作沒聽見，繼續往前走，也不回頭。轉眼已經上了一層樓梯。

她使勁一拍他的背，「嘿，江問！」又在同樣的地方拍了拍，『喊你呢，聾了？」

他一頓，繼續上臺階，還是不理。

逢寧快步跨上兩級臺階，直接攔在江問面前，和他四目相對。

「幹什麼？」他眉頭不耐煩往中間蹙。

「我有話跟你講，咳，就是那個，你前幾天的事。」

「我不想聽。」江問聲音很冷靜，試圖從逢寧身邊繞過去。

「慢著。」逢寧突然往旁邊挪了一步，示威般抬起一條腿，澈澈底底擋住他去路。她歪著頭，有一半的臉在陰影裡，無聲扯了扯嘴角，語氣邪惡，「怎麼？之前還挺主動的呢，現在就裝不認識我啦？」

江問僵著臉，鼻尖微微冒汗，握緊的手指發白，「妳到底要幹什麼？」

醞釀了兩三秒，她開口，「我也不是故意要打你巴掌的，這不是醒酒最快的方法嗎？真的，百試不靈。你怎麼這麼記仇呢。」

逢寧討好地笑笑，收斂了那副欠揍德行，難得正經。她單手握拳，轉過來，朝上攤開，「喏，看看，寫了什麼。」

江問稍微低下眼。

她小小的掌心扭扭曲曲畫著三個字——對不起。

沉默了一下，他神情依舊冷冷跩跩，低哼一聲，走了。

教室裡三個冷氣都在運作著，嘶嘶吐著冷氣。

趙瀕臨進教室，班上沒幾個人。他剛打完球渾身都是汗臭味，拎著領子擦了一把汗。

江問停下在寫習題的筆，把椅子前挪了一點。

趙瀕臨擠進去的時候，眼一掃，突然定住，奇道：「咦？你背上貼著什麼啊？」

江問往後背瞄了一眼，「什麼？」

「這個，便利貼？」趙瀕臨把他肩後的粉色方形紙條扯下來，「誰貼的，寫了什麼？又是哪個小女生的信？還挺有創意呢。」

江問事不關己，繼續提筆，在計算紙上算題目。

趙瀕臨靠著牆壁，困惑地盯著研究了一陣子，躊躇了一下，醍醐灌頂，「不對，這應該是逢寧給你的吧？」

江問把紙條搶過來。

他呆了一下。

映入眼簾的是一隻Q版的醉酒小孔雀，繫著毛茸茸的斗篷，癱坐在地上。尾巴開屏成半弧形，尖尖的小腦袋頂著一個皇冠，可可愛愛地靠著一個大酒瓶，栩栩如生地打著鼾。

旁邊是長頭髮正在流寬眼淚的大眼萌妹子，仰著頭，左臉有個巴掌印，跪在一行飄逸的英文之上。

——An apology to the lovely little prince.

孟桃雨剛剛在教室裡圍觀了逢寧如何在便利貼上作畫：先是用鉛筆把線稿打出來，然後拿水性筆描輪廓，一氣呵成，全程不到十分鐘。她好奇地問，「逢寧，妳畫畫怎麼這麼好呀？」

她們站在場邊。逢寧看著別人打羽毛球，回憶了一下，「我小學五年級的時候，報過繪畫才藝班，教畫畫的老頭特別喜歡我，不過後來就沒去了。」

「為什麼？」

「因為我覺得同班那些小屁孩程度太差，配不上我這麼優秀的同學。」逢寧掰著指頭數，「然後國中的時候我就開始幫別人畫塗鴉牆賺錢，就是餐館或者遊樂場之類的，還有室外的，不過這種比較麻煩，因為說不定會被保全或者警察追，被追到了還要賠錢，做義務勞動什麼的。」

她不停嘴地講，察覺到了什麼似的，停住，歪著頭睨向身後。

離她們不遠不近的地方，幾個女生抱臂站著，正朝著這邊指指點點，隱隱帶著火藥味。

其中有個鮑伯頭，逢寧莫名還覺得有些眼熟的。心裡正在想是誰，那個人就走了過來。

她蠻趾高氣昂的，「知道我是誰嗎？」

逢寧若有所思，看著她思考了一下，「不太清楚。」

「妳！」鮑伯頭露出一個不可置信的神情，「妳別在這裝傻。」

逢寧「喔」了一聲，終於辨認了出來，「妳就是那個、那個，梨花頭？」

段雨薇冷笑，「還記得我就行，妳之前不是特別囂張嗎？喜歡替孟桃雨出頭是不是？」接著她語出驚人，「那妳下午放學別走，我在校門口等妳。」

逢寧聽她的臺詞差點沒笑出來，還以為自己穿越到了哪部中二熱血漫畫裡頭。她慢慢地哦了一聲，似笑非笑，「好，幾點？」

「說了放學！聾子。」鮑伯頭下完戰書，輕蔑瞪了她一眼，和旁邊的姐妹們挽手離開。

孟桃雨愁容滿面，六神無主地惶惶道：「怎麼辦、怎麼辦，要告訴老師嗎？還是報警？都是我拖累妳了，我我，我跟妳一起去吧。」

「呿，不用了。著急什麼，你們啟德的小乖乖平時能接觸什麼人，八成是臨時找的混混，來撐場子唬人的。」

不用猜也知道，鮑伯頭這種含著金湯匙出生的大小姐，平時養尊處優，根本接觸不到社會真正黑暗的地方。欺負人的手段就是搞搞排擠，撕幾本書，丟個書包什麼的，已經是極限了。

前兩年南城掃黑除惡的力度加大，很多大哥進了警局鐵窗淚，東街那片也安靜了不少，沒怎麼鬧出過人命來。

而逢寧以前在孟瀚漠還沒「從良」的時候，就跟著他經歷過一段在東街搶占地盤的混戰時光，那裡的混混才是真刀真槍。

逢寧面色如常，嘆口氣，「這個鮑伯頭，真有她的。也不掂量自己幾斤幾兩，我倒要看看她能玩出什麼花樣。」

「不行，真的不行，妳不能去冒險。太危險了，我不能讓妳一個人去，我陪妳。」

孟桃雨外表柔弱，其實也是個倔強性子。她最怕的就是讓別人添麻煩，還是對自己好的人。心裡更加難受。

看孟桃雨都要憋出了眼淚，逢寧好笑又無奈，一扯她臉皮，「好了吧，別哭啊，我最怕別人哭，妳跟我演苦情偶像劇呢？」

她聲音微微帶了哽咽，「不是，我真的擔心妳。」

逢寧十分鎮定：「那妳到時候偷偷跟在後面，要是他們真的動手，妳就去校門口找巡邏的老師，我就跑，這樣可以嗎？」

孟桃雨連連點頭。

回到教室第一件事。

逢寧踱步到某人身邊，眼睛彎折起，溫柔地詢問：「小王子殿下，我的道歉，您還滿意嗎？」

江問渾身一僵，額角經絡跳動，一時不作反應。

因為探身的動作，少女的馬尾落下，輕輕刷過他的肩頭。她突然的湊近，讓江問躲開了一點，「幹什麼？」

「看看你的臉好點沒啊。」逢寧微微弓腰，雙手背在身後，認真觀察。江問皮膚天生嫩，又白，過了兩天，還是能隱隱約約看到痕跡。

隔太近，還能聞到一點點肥皂的檸檬香。

江問右手還握著筆，另一隻手舉起，擋住臉，不准她看。他突然瞥了一眼逢寧，「妳畫孔雀是什麼意思？」

「百鳥之王，突出您地位尊貴囉。」逢寧一本正經說完，直起身，招手晃晃，「對了，我的畫呢？」

他眉心皺緊又鬆開，垂著眼，偏長的黑睫遮住了眼瞼，落下一片陰影，「丟了。」

逢寧呵呵笑，往後退了一步，回到座位上坐下，毫不留情點破，「你不會是藏起來，要等到夜深人靜的時候再拿出來偷偷開心吧。」

江問臉色一變。因為她的話，他走了好一下子的神。等腦子裡終於鎮定了些，又忍不住煩躁。不懂為什麼只要她一出現，一靠近，胸口就會出現氣悶忐忑的感覺。

他潛意識裡拒絕往下想。

最後一節課是自習，逢寧趴在桌上美美地瞇了個覺。叮鈴咚隆像彈鋼琴的下課鐘聲把她從睡夢中吵醒。

逢寧伸了個懶腰，睡眼惺忪地下樓，去學校門口找鮑伯頭。

天氣陰沉，像是要下雨的樣子。

跟在鮑伯頭身後，剛剛踏進一條小巷子，身邊隱約有幾個人圍上來。

冷不防，後衣領被人揪住，「就是妳欺負我妹妹？」逢寧轉頭看，一位穿著黑色緊身衣滿臉橫肉的大叔，脖子上還掛著挺粗的金鍊。

這位粗金鍊大叔，長得就是那種只要你敢反駁一句，他下一秒就能把你拖進小巷子暴打的臉。

靠牆邊有幾個廢棄的紙箱疊起來，逢寧扯出自己的衣領。眾目睽睽之下，風輕雲淡地走過去，拍了拍上面的灰，坐下來，抬起頭來嫣然一笑，「這位叔叔，看您也是混江湖的，人在江湖飄，不能什麼道理都不講，是吧？」

「您？」粗金鍊大叔本來滿臉殺氣，被她的敬稱逗笑了，「哦，妳說說看，妳有什麼道理？還有，我才剛過二十，怕是當不起妳這聲叔叔。」

段雨薇在旁邊站著看，不耐煩地說，「你們扯什麼閒話，趕緊把她教訓一頓完事。」

逢寧本來就是個做戲高手，心理素質極好，此時面不改色，「既然你剛過二十，那我應該喊你一聲哥。是這樣的，你們都別急，你剛剛說，我欺負你妹妹。但事實上，是她欺負別人在先。這就要扯到是雞先生蛋，還是蛋先生雞的哲學問題。你欺負了我，而我也欺負了你，那麼這到底是誰欺負了誰？」

「噗」的一下，有幾個人笑場，緊張的氣氛被破壞得一乾二淨。段雨薇三兩步過去，用手點了點她的肩膀，罵道：「妳現在矯情個什麼，又來裝讀書人了？國旗下演講還沒講夠啊？誰要聽妳講這些狗屁不通的話，妳當時罵我不是很起勁嗎，現在變小白兔了？妳以為妳是誰啊妳。」

逢寧微微抬起下巴，表情忽然變得乖戾，「我是誰？我是正義的使者，光輝的代表，天上下凡的仙女！妳幾歲啊心腸就這麼毒。刑法第二百三十四條妳知道是什麼嗎？故意傷害罪處三年以下有期徒刑，就在妳頭上，看到沒，沒看到仔細看，監視器鏡頭都拍著呢，我立刻去警察局檢舉妳信嗎？」

段雨薇明顯被罵愣了一下。

粗金鍊小哥作勢一拍逢寧的腦袋，凶道：「妳囂張什麼！」

段雨薇也反應過來，她現在人多勢眾，好歹氣勢不能落下面子。她狠狠踢了逢寧一腳，「對，就是，妳囂張什麼。想嚇唬誰，有本事妳就去檢舉啊。」

「我一開始心平氣和地講道理，是妳不想聽，那我只能換個方式。」

逢寧靠著身後的牆，努了努嘴，繼續談判，「妳別不信，我手機裡還真有妳欺負孟桃雨的影片，開學第一天拍的。還有監視器鏡頭，妳自己沒看見嗎，我這是在唬妳？反正我光腳不怕穿鞋的，到哪裡讀書都是讀，大不了大家一起別讀了。今天我來是打算把這事給解決了。妳若不願意，那我們走著瞧。」

她們講得專心致志，突然一道殺氣騰騰的怒吼橫空插進來，「住手！」

逢寧神色一斂，轉頭搜尋喧譁的來源。隨即，她的嘴張成O形。

只見趙瀕臨衝過來，一個飛毛腿，踹倒了最旁邊的某個小嘍囉。

郗高原緊隨其後，「逢寧還真的是妳啊，沒事吧？」

他們幾個人剛準備去找地方吃飯，路過看到孟桃雨蹲在巷口急得直抹眼淚。上去問了兩句才知道，逢寧被人找了麻煩。

被踹倒的小嘍囉躺在地上，表情痛苦地翻滾。視線突然出現了一雙帶著甩鉤的運動板鞋，漫不經心踩過他的手過去，背影竟然有幾分斯文貴公子的味道。

粗金鍊大哥提高嗓門喝斥道：「哪裡冒出來的人，找死啊！」

其實趙瀕臨平時挺隨意的，也沒什麼大少爺的架子。但是一旦被惹毛了誰都拉不住，凶得很。更別說郗高原了，本來就是個火爆脾氣，一點就燃的那種。

趙瀕臨：「你再罵一句試試？」

郗高原：「看什麼看？你們的眼睛給我老實點！」

逢寧：「……」

黃毛擋在江問面前。

江問說了句，「滾開。」

被他又冷又蔑視的神情刺激到，黃毛呸地把菸頭吐到地上，「現在的高中生都這麼狂了嗎？」說著就上手推了江問一把。

江問站穩身形，「你再敢碰我一下試試？」

於是黃毛換了隻手推，挑釁地說，「碰你怎麼了，碰你，就碰你。」結果被甩了一個踉蹌，他正準備發動新一輪的大罵，「你他——」

下一秒，就被踹翻在地。

江問把手錶摘掉，往旁邊地上一丟。緊接在他肚子上狠命補了一腳。

黃毛掙扎著從地上爬起來，二話不說，兩人瞬間扭打到一起。

段雨薇汗毛都嚇得豎起來了，驚叫兩聲，迅速讓開場地。

短短幾分鐘就澈底失控的場面，讓逢寧有片刻的失語。

預料之中，偶像劇裡英雄救美的情節沒有順利上演。

帥不過幾秒，黃毛這邊的幫手也都衝了上來。江問他們只有三個人，很快形成以少對多的狀況，漸漸落入了下風。

城裡長大的幾個少爺，從小被保護得太好，沒有經受過丁點社會的毒打，到哪裡都唯我獨尊，實際戰鬥力和地痞流氓完全沒有可比性。

那群流氓盯準了肚子粗暴地掄拳，眼看著英雄就要被暴揍成狗熊，段雨薇想上前勸架，瞧著那個架勢又腿軟，不敢動彈。

「別打了，別打了，怎麼回事！」遠處有幾個巡邏的保全過來。

正在纏鬥中的混混眼看不對，臭罵著抽身，往反方向跑了。

幾個保全是孟桃雨喊來的。他們來了之後，認出在場都是啟德的學生，詢問是什麼情況。

孟桃雨眼眶還是紅的，鼓起勇氣，顫顫巍巍指向段雨薇，「是她……就是她。」

段雨薇底氣不足瞪了她一眼，知道事情鬧大，低下頭，不敢說話。

另一邊，趙瀕臨和郗高原也從地上邊罵著邊爬了起來，他們兩個還好，稍微受了點傷，沒見血。

江問因為吸引了大部分火力。眉骨擦破了皮，傷口裂開，滲出血絲。

他一聲不響，隨手抹了一下。

過了一下子，班導師和年級主任都來了，把打架的幾個人都領走。

帶回學校盤問了一番，問清楚緣由，拖拖拉拉很久，才知道他們是見義勇為。於是段雨薇和孟桃雨留下，把趙瀕臨他們從教務處放出去。

外面的天已經轉黑，隱隱約約飄起小雨。幾個人身上髒兮兮的，都有點疲憊。

郗高原手勾住江問脖子，「看不出來啊紅牌，打起架來這麼瘋。」

江問神情慵懶，頭髮有點亂，他隨手撥了撥。

趙瀕臨抬手，捶了江問一把，「你忘了嗎，小時候打架就是他最狠，現在『從良』了而已。」

他嘶了一聲，「下手輕一點。」

直覺作祟，趙瀕臨促狹道：「說，老實說，逢寧對你下什麼藥了？」

被調戲的人置若罔聞。

郗高原知道江問最近心情糟糕，他這下子後知後覺，忍不住問了，「所以紅牌現在什麼情況啊？」

「沒情況，就不上不下地被人吊著囉。」說完了緊跟一句，「被人吊著也就算了，自己還倔強，還不肯承認，當局者迷啊當局者迷。」

江問臉色微變。

「別說，她還挺會欲擒故縱的。」

趙瀕臨聽出他語氣不好，忙道：「沒沒沒，逢寧不是那種人，我剛剛開玩笑的。」

郗高原還是覺得荒謬，「長這麼帥，搞成這樣，你像不像話？」

江問終於不耐煩了，打斷他們，「別吵了，真的好煩。」

郗高原逼著他問，「那你是喜歡，還是不喜歡？」

「……不知道。」

「你現在稍微想一下吧。」

還欲再聊，趙瀕臨眼尖，一眼就看見逢寧。

她從石凳上站起來，拍了拍褲子，望著這邊說，「走吧，大俠們，請你們吃飯。」

逢寧沒問他們意見，自己做主挑了一家菜館。雖然招牌破舊，裡面環境衛生倒是還可以，幾位少爺勉強接受。

若是平時，他們連餘光都不會給這種蒼蠅館子。

唰唰唰點完菜，逢寧出去了一下。回來的時候，手裡拎了個塑膠袋。

菜很快上桌，綠綠的炒肥腸，滷過的濃香醬肉，還有香噴噴的小羊排冒著熱氣。郗高原挑剔地拿筷子撥動兩下，嚐了一口，眼睛一亮，發現味道出乎意料的不錯。幾個人都餓了，吃得津津有味。

吃了一陣子，逢寧放下筷子，默默注視對面正在進食的幾個人，清清喉嚨，「不得不說，諸位剛剛罵髒話的樣子挺帥的。」

幾個人還沒反應過來，嘴裡嚼著飯，沉默著，又聽逢寧諷刺道：「雖然後來挨揍的時候也是真的蠻狼狽的。」

被她一說，郗高原又想起剛剛丟臉的場景，氣壞了，「改天我找人揍死他們，別被我逮到。」

逢寧環起手臂，「如果今天老師不來，你們三個現在大概就躺在醫院了喲。」

趙瀕臨摸摸鼻子，朝氣蓬勃地嚷道：「妳懂什麼叫年少輕狂嗎？躺醫院怎麼了，不失為一種人生體驗。」

「躺醫院是運氣好，如果躺去太平間了呢？」

趙瀕臨無語了一下。

逢寧對別人進行訓話的時候，和平時嬉笑的時候完全不是一個模樣，聲音都變得很嚴厲，「我知道你們輪不到我批評。但我還是想說，識時務者為俊傑，逞一時威風不可取，有什麼能力做什麼事。」

趁著其他三個人還在怔愣，她又變回那副輕鬆的模樣，「低頭是一門必修課，現在學不會，沒關係。不過就是跌的跟頭不夠疼，受的傷不夠重。遲早哪天，你們痛得夠刻骨銘心，痛得忘不掉了，就學會了。」

她語重深長地說完，席間安靜了好一陣子。江問抬眼，和逢寧目光相撞。

趙瀕臨辯不過，鼓起掌，「燈紅酒綠惹人醉，聽我寧姐講社會。」

郗高原的表情有點怪異，「逢寧，妳看上去怎麼這麼像個訓導主任啊？」

逢寧看他一眼，正正經經地回答，「你看得沒有錯，這是我的夢想之一。」

趙瀕臨被她逗得大笑。

幾瓶果汁擺在桌上，逢寧逐一撬開蓋子，遞給趙瀕臨和郗高原。又重新拿了個杯子，倒了一點出來，放到江問面前。

她自己先灌了一大口，把手裡瓶子舉了舉，對他們說，「不過今天還是要謝謝你們。」

匪夷所思兩秒，郗高原跟著悶了一口，「頭一次碰到妳這種女生，真新鮮。」

趙瀨臨也興奮了，「換酒怎麼樣？」

「算了，明天還要上學，意思意思就行了。」

飯吃到中途，趙瀨臨突然說，「啊，我去上個廁所。」

過了一下他回來，湊到逢寧耳邊問，「妳剛剛不是去買東西嗎，把帳給結了？」

逢寧神色安然，「說了請你們，安心吃。」

趙瀨臨急了，「那要被別人知道，我們三個出來吃飯還要女生請客，多丟人啊。」

逢寧笑得很壞，很惡劣，「我教你玩一招怎麼樣？」

「什麼？」

逢寧壓低聲音，湊到他耳邊嘀嘀咕咕一陣。

沒過多久，郗高原又突然從位子上站起來，連臺詞都一模一樣，「我去上個廁所。」

逢寧擺擺手，說，「行了、行了，你坐下來，別溜去結帳了，說了今天我請客。」

郗高原皺眉，「這怎麼行？」

「那這樣吧。」逢寧單手一拍桌子，宣布道：「我們誰也不結帳了，今天吃霸王餐！」

其他兩個人側目。

逢寧指了指自己，「等一下，我先跑。」然後指了下郗高原，「再你跑。」

又指向趙瀨臨，「你跟上，江問墊底。」

逢寧笑得高興，眉飛色舞的一拍手，「大家都記得機靈一點，跑快點，千萬別被追上了。」

郗高原看趙瀕臨的樣子，瞬間反應過來，笑得不行，應和道，「好啊，玩就玩吧。」

「好。」逢寧賊賊地眨了眨眼，壓低聲音，「準備好了嗎？」

趙瀕臨和郗高原嚴陣以待地點頭。

「三、二、一——跑！」

她發號施令完，像陣風似的捲了出去。

服務生立在原地，嚇了一跳，還沒回過神，又跟著兩陣風捲過。她摸摸胸口，平復心跳，搖了搖頭，難以理解這群高中生的行為藝術。

江問一個人坐著，等他們前後都跑出去了，慢吞吞站起來，去櫃檯結帳。

剛點開手機支付，手臂就被人扯了一下。他回頭，看到逢寧喘著氣，一臉恨鐵不成鋼的表情，「早就結完了，你這個傻子。」

出去才發現下了小雨，淅淅瀝瀝的。郗高原和趙瀕臨早就跑得不見人影。

逢寧左右張望，「你身上有傷，不能沾水，走，先去那邊的亭子躲躲雨。」

江問沒反對，默默地跟上去，在逢寧旁邊的長凳上坐下。

她低頭，打開塑膠袋，翻得稀里嘩啦地響，掏出了雙氧水、優碘、ＯＫ繃、棉花棒。

「會用嗎？」她遞給他。

江問注視了兩秒，搖搖頭。

逢寧有點不耐煩，「把膝蓋伸直。」她在他面前蹲下。

先是觀察了兩秒，才開始動手。她幫孟瀚漠處理傷口的次數多了，也越發熟練起來。

藥液沾上的瞬間，江問直覺躲了一下。

逢寧手停了停，眼風一掃，「疼？」

「還好。」

她速度放慢，「是會有點疼，忍著點吧。」

江問看著她認真塗優碘的模樣，有點走神。

頭頂懸掛的一盞燈，勉強照亮這方天地。更遠的，都被黑夜和雨模糊了去。逢寧瞇著眼，面容被光影襯得詭譎，嘴角帶了點微末的笑意。

像極了第一次見時，她也是這麼忽遠忽近地笑，他鬼迷心竅，被她騙走了衣服。

等回過神來，才發現已經掉進她的圈套。

江問心跳一點一點加快，腦海裡閃過很多碎片，還有郗高原的話。

他已經分不清她對他，到底有沒有欲擒故縱的成分。

如果她是欲擒故縱，那他呢？

逢寧一抬頭，和江問直勾勾的目光對上。

兩人無聲對視，他眼裡的情緒不加遮掩，逢寧一看就懂。

他問，「妳對誰都是這麼好嗎？」

距離這樣近，逢寧輕挑了一下唇，朝他一笑，「江問，你不是吧？」

他茫然了一瞬，「什麼？」

「你當我自以為是也好，自作多情也罷，我就再跟你說一遍。」

逢寧定定地看著他，語氣篤定，「別喜歡上我。」

江問不接話。

明明知道被人三番兩次，這麼明確地拒絕，識趣一點的，有點羞恥心的，該滾了。

公車亭外的雨絲沒停，燈影晃動間，似乎下得更大了。

時間被慢慢拉長。

某一刻，江問對自己失望至極。因為，他聽到自己說……

「——如果是呢？」

第六章　天崩地裂

以前有人這麼問，她怎麼回？

那你就自認倒楣囉，逢寧是這麼說的。

但眼下，江問坐在那裡，眉骨上方還貼著逢寧親手買的ＯＫ繃。

卡通的，粉藍色，一頭天真的小象頂著白雛菊。配上他那個失魂落魄的模樣，活像是受了什麼天大的欺騙。

逢寧不由地有點小小的慚愧，反思著對他做過的事。

轉念一想，好像真的是自己不厚道在先，猶豫一下，到底是心虛了，溜到嘴邊的話變成了，「那就不好意思囉。」

靜悄悄的公車站，連行人都很少，偶爾飛馳而過的車濺起一灘水。雨天，夜色，燈光，他們一坐一蹲，誰都不動。真的很像是電影裡的一幕。

「不好意思？」江問語氣低緩，重複了一遍，強忍下怒氣，「難道不是妳先招惹我的嗎？」

「……啊？」逢寧頓了一下，表情複雜，「嗯，那個，我現在已經清醒了。」

但是江問已經不清醒了。

書裡描繪動心的時候，對這個詞加了太多美好的濾鏡，然而現實卻讓人隱隱恐懼、難受。陌生的茫然和痛苦，讓江問心中湧起一股強烈的怨恨。自尊、矜持、冷淡，什麼都不管了，全都拋在腦後。

他忍無可忍，又難以理解，「所以妳不喜歡我，為什麼還要對我開那種玩笑？下雨天一見鍾情、便利貼，都是妳在說謊？」

「……」

接連的質問讓逢寧成功語塞。

她很無奈，又不禁疑惑，疑惑江問和外表完全不符的純情。

逢寧不否認最開始江問的做作讓她產生了一種欺凌欲，逗他逗到後來自己甚至都有點得意忘形了。

她自認理虧，又不想承認這一切的源頭都是自己的惡作劇。

逢寧暗嘆一聲，真誠懺悔兩秒，很小人地偷換概念，「如果突然喜歡上一個人，需要耐心一點。等能夠分清楚，是愛還是荷爾蒙，再做接下來的決定。」

這話似是而非，讓人一時間聽不出來她在自嘲還是指責別人。不過，江問能確定的是，自己被人耍了。

情緒到了臨界的邊緣，反而能冷靜下來。

月光下，亭簷的水珠落得很安靜。他的眉目俊秀冷冽，眼裡最後一點光，像是山澗裡最刺骨的冰泉，被籠罩了一團淡淡的霧氣。

江問站起身，已經恢復成面無表情。經過她身邊的時候，停了一下，慢慢地說，「妳真可笑。」

逢寧從口袋裡拿出一塊巧克力，撕開包裝袋，掰成一小塊，放進口裡等它融化。

接連不斷的雨幕像是把他們分割成兩個世界，她靜靜看著江問逐漸遠去。

大雨落在馬路上，他衣服被打濕了，沒有回頭。孤獨的剪影遠遠地，被昏黃的路燈無限延伸。

第二天在走廊上撞上，逢寧主動打了個招呼。

江問穿著乾淨的白色校服襯衫，目不斜視，把她當作陌生人一樣，擦肩而過。

坐在學生餐廳吃飯，雙瑤聽說了這件事後，還挺驚奇的，「冷面貴公子這是造了什麼孽。」

「什麼冷面貴公子。」逢寧皺眉，「妳平時少看點言情小說行嗎？」

「江問十五、十六歲了吧，活了十幾年，他是在真空長大的嗎？這種高冷的大帥哥實在是太不符合形象了，居然是個小白兔？太反差了吧！」

逢寧一拍桌，懊惱地說：「就是啊，早知道他這麼玻璃心，我肯定不會去招惹啊！再說了，我也沒做什麼啊，我真的冤死了！」

她憤憤然，餵了一口燒肉和炒麵到嘴裡，洩憤似的嚼。

「妳好粗俗啊，聲音稍微小一點，想被別人聽見嗎？」雙瑤隱約覺得這事哪裡有點不對勁，又想不出到底是哪裡不對，她沉思了一下，「話說回來，也是妳犯賤在先，妳就真誠地跟別人道個歉吧。」

逢寧放下筷子，「道個屁的歉，我要怎麼說，你很好我不配，忘了我吧下一位？」

「……」

雙瑤翻了個白眼，「妳不該在這裡，妳該去說相聲。」

逢寧歪起嘴角一笑。

誰知道世事難料，受完雙瑤的譴責不過兩天，逢寧就解脫了。

這是一個普普通通的週三，金烏西沉，搖搖欲墜掛在天邊。逢寧跑完步，從操場回到宿舍大樓，要穿過一個幽靜的小花園。花園曾經是個生態園，很多曲折的小徑。

經過假山的時候她突然放慢了腳步。小石子被踢出去，咕嚕嚕滾了一段距離。

這裡格外地安靜，零零落落偶爾才有學生經過，人聲顯得格外突兀。

一道含羞帶怯的女聲，「我……有話要跟你講。」

逢寧有點石化，思忖著眼前這是在上演什麼劇情。正準備轉身往回走的時候，腳步頓住了。

還蠻巧的。

那個男生居然是江問。

少女背對著她，踩在草地上，穿著及腳踝的淡色長裙，微捲的長髮鬆散。

俊男美女，配上恰好的黃昏，唯美煽情得就像是童話的插圖。

女生抬起手臂，遞了個東西過去，臉色微微發紅，「給你的，現在就看好不好？」

逢寧會意。她換了個站姿，既等著，也看著。

她心情不錯，捏著手裡的蘋果又啃了兩口。手上還黏黏糊糊沾了點汁。

存了點故意聽牆角的心思，她不敢弄出大的聲響，怕打擾到他們的興致。

江問臉部線條流暢，身上一件鬆鬆垮垮的運動防風外套，拉鍊敞開，裡面是黑橙色的拼接短袖。

他茫然地打量了面前的女生幾秒，略帶敷衍和冷漠地，從她手中抽出那封情書，拆開。

程嘉嘉如釋重負地低下頭，一聲不吭。

冷不防地，他來了一句，「妳喜歡我？」

江問的表情很平靜，問的聲音不大，也沒什麼感情波動。

程嘉嘉一時摸不準他的態度，愣了兩秒，有點忐忑，她揚起臉，不自覺露出一點渴望和懇求，「江問，別拒絕我好嗎？」

江問像是走神了。望著假山那裡，眼裡失焦。

視野所及，有一片微微晃動的陰影。

影子的主人以為自己藏得很好，卻不小心露了一半的肩膀出來，拿著殘缺的蘋果，手腕上明晃晃地繫著一根紅繩。

他的視線散漫，回到程嘉嘉臉上，半邊嘴角往上挑了一下。

「哦，好啊。」

這大熱的鬼天氣，逢寧偷聽了不到十分鐘的牆角，腿上居然被蚊子咬了四五個大包。

這一定是八卦的報應。

她癢得要死，待不住，悄悄摸摸地溜了。專心致志數著腳下踩的方格磚，紅的藍的綠的，到一百個，剛好把剩下的一半蘋果啃完，乾乾淨淨，她心滿意足地把果核丟進路邊的垃圾桶。

回到宿舍，室友都不在。

逢寧慢慢悠悠地去陽臺吹了一下風，把衣服收進來，去洗了個澡。

洗完澡出來，晃了晃滿頭的水，她上床盤著腿，塗了點花露水，靠在枕頭上跟齊蘭講電話。

『妳不曉得棉紡廠那個王曉麗有多好笑，天天在我眼皮子底下出老千，上個星期在牌上面做記號被我逮住，今天我跟她當對家，牌打到一半突然踢我一腳，我根本懶得理她，煩不過，直接蹲到椅子上去了。』

逢寧聽老媽抱怨笑得停不住，「媽，妳好幼稚啊。」

『要不是為了我麻將館的生意著想，早把她轟出去了。』齊蘭氣哼哼的，咳嗽兩聲，『對了，妳在學校還過得習慣嗎？和室友關係怎麼樣？錢還夠花嗎？我最近晚上睡不好，胸有點悶，總是夢到妳和妳爸爸。』

「我挺好的呀，認真念書，按時吃飯，同學關係和睦，您就別操心我了。」逢寧用指甲掐腿上的包，嘴裡跟著念念叨叨，「妳身體不舒服，抽時間去醫院體檢啊，別總是懶，怕麻煩，健康最重要。妳要是出了什麼事，那我該怎麼辦。」

『知道。』

電話打到一半，孟桃雨提著兩杯燒仙草回來了。

她拉了個椅子坐在旁邊，等逢寧掛了電話，從袋子裡取出一杯，插上吸管，遞過去，「寧寧，帶給妳的，嚐嚐看好不好喝。是學校附近新開的一家飲料店，聽她們說味道很好，我排了好久的隊。」

逢寧淘氣地嘻嘻兩聲，又耍起嘴皮子，「妳對我這麼好，我無以為報，只能以身相許囉。」

孟桃雨自己也喝了一口，猛地搖搖頭，認真道：「是我要謝謝妳才對。妳對我的好，我都不知道怎麼報答了，真的。」

「以身相許怎麼樣？」

孟桃雨噗哧一笑，連連點頭，「好啊。」

段雨薇和孟桃雨的事情鬧得很大，最後把兩方家長都請來了學校，連學校論壇都有發文討論。

笑了一陣子，想到母親交代的事，孟桃雨說，「對了寧寧，妳週六晚上有時間嗎？我家人想請妳吃飯，還有郗高原、趙瀕臨、江問他們。」

「咦，這麼客氣？」逢寧換了個疑惑的音調，她想了一下，「要不然妳先告訴我地點，我放假通常都在打工，你們沒事的話可以吃完了再來找我。」

「去哪裡找妳？」

「簡糖，我把名字發給妳，妳到時候上網搜一下。」

「好呀，但是我不會喝酒。」

逢寧拍胸脯，「到時候我親自幫妳調一杯，沒酒精濃度的果汁飲料，味道超好。」

她拿起手機，「大概幾點？人數確定嗎，週末位子難訂，要是來，我提前幫你們開個座位區。」

「吃的話，七、八點就能吃完了。」孟桃雨露出點糾結的表情，「江問他們應該都會來的，因為我爸爸……還特地去拜託了江問的爸爸，約了趙瀕臨他們的家長。」

「哇，這麼正式，你們爸媽還認識？」

「不是，工作上的。我爸爸、媽媽都是江問爸爸公司的律師。」

她們聊著，其他兩個室友回來。苗樂好奇，「逢寧妳今天怎麼沒去教室自習啊？」

「唔，讓自己放假一天。」

「吃荔枝嗎？剛買的。」

「不用啦，謝謝。」

逢寧從坐著換到床上換到趴著，一邊晾乾頭髮一邊翻了翻手機裡的未讀簡訊，把垃圾廣告和陌生人表白挑出來，全部刪了。

她有強迫症，簡訊數必須是九十九則。從通訊錄裡翻出趙慧雲的號碼，撥過去，「老闆，我媽最近胸疼，這個星期我打算陪她去醫院做個體檢，可能要晚點才能到店裡。」

扯了兩句，趙慧雲在電話裡說，『妳明天中午有沒有空，幫我帶凡凡去吃頓肯德基，我最近忙得要死，沒功夫管他，他鬧了好幾天了，我已經跟老師說好了。』

凡凡是趙慧雲兒子，本名叫趙宇凡，小學六年級，也在啟德讀書。這兩年趙慧雲一直都對逢寧很照顧，她心裡清楚也感激。只要週六沒什麼事，中午吃完飯就提前去店裡，輔導趙宇凡寫作業。這個小胖子和他表哥趙為臣一樣，都特別崇拜她。

逢寧滿口答應下來，「沒問題。」

不到半天時間，關於江問的八卦就傳開了，迅速引起了整個年級的關注。

從別人那裡聽到消息，郗高原下了課，專程跑到這邊來，「真的假的？老實交代！是不是哥們，這都瞞著？」

其他幾個好事的男生也湊過來開他玩笑。一個語氣中頗有羨慕的意思，「我酸了，程嘉嘉不是校花嗎，你們倆是什麼時候看上的啊？」

另一個說：「上次去馬場就開始了吧。」

江問左手撐著頭寫習題，敷衍地「嗯」了一聲。

「江問，體育股長給的運動會報名表，你和趙瀕臨填一下。」逢寧從後面叫江問，用筆戳了戳。

他一動也不動。

她沒好氣，拖長語調，「大哥，理一下我吧。」

江問翻過一頁書。

逢寧懶得再喊。

這幾天誰說話，江問至少都理一下，除了逢寧。

就連趙瀕臨都察覺出不對勁，轉過來把報名表接過去，奇怪道：「妳最近是不是和江問吵架了？」

「我沒有。」逢寧搖搖頭，輕描淡寫一筆帶過，「他單方面的。」

那晚攤牌以後，其實逢寧一直都是抱著想和江問和解的心思。但是他總是那副惡劣樣子，死傲嬌，假高冷，不肯好好講話。

逢寧熱臉貼冷屁股貼得煩，也不主動找話說了。

反正她又不欠他的。

「欸對了，趙瀕臨，你和郗高原，你們週六和孟桃雨吃完飯有沒有安排？」

「不知道，應該沒安排。」

「好，要是沒安排，我替你們安排。」

趙瀕臨偏著頭看她，「什麼安排？」

「來簡糖囉，說好的，欠你們的。」

「好啊！」

聽到逢寧和別人談笑，若無其事地漏掉他的名字。

江問心裡的火又一點一點冒上來。

郗高原當初有個哥們條件好，人長得也不錯，結果暗戀程嘉嘉半年，人家連眼神都沒給過一個，傲得不行。他想到這件事，感嘆兩秒，「我們問少也是鐵樹開花啊。」

「你要說多久？」

江問語氣微怒，把郗高原搞得一愣，「兄弟，你這是在交朋友還是在炸碉堡啊？」

江問也意識到自己失態，煩躁地垂下眼，「要上課了，你走吧。」

生物老師在臺上講著生物進化論，逢寧在臺下和孟桃雨講他壞話，批評他課堂乏味，沒有生動性，板書也寫得醜，愧對了啟德的高薪，還不如讓她上。講著講著，鐵娘子陰著臉，從窗戶邊慢慢走過。

嚇得逢寧立刻噤聲，吐了吐舌頭。

啟德的小學部比高中部早放學半小時。趙宇凡規規矩矩地揹著小書包，坐在走廊的長凳上等逢寧。

有路過的人笑，「你等誰啊，小弟弟？」

趙宇凡一板一眼地說，「等逢寧。」

逢寧還在整理東西，聽到外頭有人高聲嚷嚷，「逢寧，妳弟弟在等妳。」

九班在四樓，逢寧出去的時候還挺詫異，「你怎麼摸上來的？」

趙宇凡老成地皺著臉，「有班級牌，我又不是傻子。」

逢寧摸了摸小胖子的腦袋，幫他拿過書包，「吃趟肯德基，你還帶個書包幹什麼？」

「哦，等一下妳帶我去超市，我還要買點零食。」

逢寧肉痛，罵道：「你這個臭小子，還挺會宰人，姐姐都要破產了。」

趙宇凡急道：「用我的錢，媽媽給了！」

「騙你玩的，姐姐有錢。」

人潮擁擠，他們手牽著手下樓梯，沒注意後面還跟著兩個人。

「我們週末去開卡丁車？就我們兩個，或者再找人，都行，你決定。」

見旁邊的人遲遲不回答，程嘉嘉仰頭，望向江問。

逆著光，他不知有沒有聽見她的話，無動於衷注視著前方。

程嘉嘉卡住了，凝視著他的側臉，真的好帥。被人忽視的惱怒消了點。她扯了扯他的衣角，半真半假地說，「江問，你是不是不開心？如果有什麼心事，你能告訴我嗎？」

江問略微抬起眼，「我沒有心事。」

「老師簽的假單呢，我看看。」趙宇凡從口袋裡掏出來，遞給逢寧。啟德小學部、國中部、高中部的校服和校牌樣式都不同，小學部的學生平時沒有假單不能出校門。逢寧掃了兩眼，「你還挺能折磨人的，專程跑出來就為了吃個肯德基？」

「當然不是。」

中午午休時間大概兩個多小時，逢寧帶他去了學校附近的某個商圈。吃完肯德基，小胖子不要那個哆啦A夢的玩具，又去櫃檯找服務人員，換成了冰雪奇緣的安娜公主。

逢寧好笑，損他，「你竟然喜歡冰雪奇緣啊小胖子。」

趙宇凡瞪了她一眼，「妳懂什麼，我要送給別人的。」

「哦。」逢寧恍然，「喜歡的？暗戀的？」

小胖子扭扭捏捏半天，才點頭。

逢寧心裡偷笑，八卦地問：「小妹妹叫什麼？」

「江……」小胖子剛說了個姓，就趕緊閉嘴，「我不能告訴妳，妳也不准告訴我媽。」

「好啦。」逢寧拍了他腦殼一下，糗道：「這麼小就有能耐呢。」

最近不怎麼忙碌，逢寧把日子過得規律極了，晚上跑完步，按時到教室自習。

寫了一下作業，前面有個女生落座。不出幾分鐘，空氣裡都帶著點很高級的香水味。不是花露水，還挺好聞的。

前排的聲音雖然小，但逢寧隔得近，難免聽到些聲響。

「江問，這題為什麼要畫輔助線呀。」

「這裡加速度為什麼和那裡不同？數值怎麼看呀？」

莫名其妙的問題一個接一個，聽到後來，逢寧恨不得捲袖子，拿起筆，親自上去講解。順便推銷一下自己的筆記最好了。好看好懂好記住，比書局賣的講義都好用。

她暗暗唾棄自己喜歡竊聽的毛病，或許這就是別人培養感情的手段呢？

逢寧把習題本收起來，淺淺尋思著，是時候換個自修場地了。

程嘉嘉耐下性子，又裝模作樣看了一下數學題。耳邊突然傳來短暫且急促的呃嗚聲，這道聲音斷斷續續，很微弱，悶悶地帶點壓抑。

有點像哭聲。

察覺到異樣，程嘉嘉轉頭看去。

逢寧頭抵著一隻手臂，臉埋在底下，肩膀一聳一聳的。

程嘉嘉擺出擔憂的表情，敲了敲她的桌角，「同學，妳怎麼了。」

逢寧沒理——她沒聽到。

於是程嘉嘉湊到江問耳邊，溫溫柔柔道：「你後面的女生好像在哭，她怎麼啦，沒事吧？要不要問。」

江問神情冷淡，沒說什麼。

其實程嘉嘉認識逢寧。

逢寧的長相是過目難忘類型的，非常漂亮。之前程嘉嘉就從裴淑柔那裡聽過一點她和江問的事，後來去東街吃宵夜碰上，她一眼就認出來了。

程嘉嘉自我感覺良好中帶點憐憫地想：逢寧正處在「失戀」中，她這樣明目張膽地和江問互動，的確是有點殘忍。

一想到踏碎那麼多芳心也不回頭的男生現在就坐在自己旁邊，程嘉嘉打從心底裡感到滿足。

這種滿足甚至可以讓她忽略對逢寧說不清道不明的歧視。

程嘉嘉最終還是戳了戳她的手臂，「妳沒事吧？」

江問也轉頭去看。

逢寧仰起臉來，臉頰微粉，牙齒嵌著唇，被咬的地方顏色是熟透的櫻桃紅。

她伸手，拽掉兩邊耳機，因為剛剛憋著笑，聲音有點啞，但是很軟，「啊，怎麼啦？」

一不小心耳機孔也連著扯了下來，安靜的教室裡響起相聲老師郭德綱的大嗓門：『我拿著邱比特的弓箭追啊追，你穿著防彈背心飛啊飛！』

程嘉嘉愣了愣，「妳沒哭呀。」

「啊，什麼？」逢寧跟他們說著話也心不在焉，見沒人再出聲，就把耳機插上，又去看手機螢幕。

郭老師相聲說得精彩，她自得其樂笑了兩下，睫毛輕飄飄地扇了扇，眼裡亮亮的水光，像是夜空落下來的星星。

江問心裡一堵。

江問回到寢室時，大燈已經關了，只留了兩盞檯燈。他掀開被趙瀨臨隨意丟棄的雜誌，在自己椅子上坐下。

趙瀨臨翻一個身，從床上探了個頭下來，小聲說：「郗高原昨天晚上去電影院看《復仇者聯盟》的首映，今天九點不到就睡了。」

江問點點頭。

「那你呢？」

「我什麼。」

「和程嘉嘉做什麼了？」

「教室念書。」

「裝，你就繼續裝。」趙瀨臨滿臉都寫著邪惡的念頭。

江問擺弄著手機，不理他。

早已經習慣他的冷淡，趙瀨臨也不介意：「跟程嘉嘉傳簡訊啊，這麼認真？」他脖子都快仰斷了，換了個角度才看到江問手機螢幕上的花花綠綠，是一款新的賽車遊戲。

「沒意思，真沒意思。」趙瀨臨長嘆一聲，自言自語地喃喃，「也是，傳簡訊怎麼會比打遊戲有意思呢。」

運動會如期而至。

啟德運動會歷來允許不穿校服三天。

短暫地在操場集合以後，鐵娘子讓班長領著他們去九班的看臺坐下。

因為上一屆有人趁著運動會溜出去玩，結果路上出了事，家長到學校鬧了很久，這一屆就重視起來，管得格外嚴，鐵娘子再三強調，讓他們一個都不准跑，定時定點來簽到。

天氣酷熱，幾個女生各自結伴，坐在一起談著閒話打發時間。

江問膝蓋上有傷，什麼項目都沒報，戴了頂白色棒球帽擋太陽，拿著iPad看影片。快到中午吃飯時分，大朵大朵的雲聚集在一起，天色突然晦暗下來，又要下雨了。

江問一抬眼，發現眼前不知何時立了個人。他反應得並不及時，視線從下往上看。

破洞牛仔褲，到黑色T恤，胸前的骷髏頭項鍊張牙舞爪，很酷的一身。江問的錯愕慢慢累加。短暫的沉默後，他問，「妳站在這裡幹什麼？」

他們已經冷戰很多天了。

逢寧眼角眉梢微微挑起，不答反問：「還記得我這身衣服嗎？特地穿給你看的。」

他臉色一變，嘴硬道，「不記得了。」

「怎麼會不記得？我不信。」逢寧笑得很開心，很胸有成竹，「你不是對我一見鍾情嗎，怎麼連我穿的衣服都不記得了？」

「誰對妳一見鍾情？」江問唰地站起身，激動極了，「真是無聊！」

江問連 iPad 都不管了。他惱了，又羞又惱，賭氣地往前走，腳步急得像逃荒，而她不急不徐跟他在身後。

兩人一前一後出了校門，繞了幾個彎，幾條街，又走到那條熟悉的巷子口，逢寧悠悠攔在他身前。

江問終於放緩腳步，口氣不善，「不要跟著我。」

逢寧還是笑，一雙桃花眼放著電，「我跟著你嘛你也生氣，我不跟著你嘛你也生氣，那你到底想怎麼樣嘛？」

「我要妳別跟著我。」

「你都不想知道我為什麼來找你嗎？」

「不想。」

她揚著頭，一下一下推著他的肩膀，「又口是心非，你還要裝模作樣到什麼時候？嗯？說謊話的小孩子要長鼻子哦。」

江問比逢寧高一個頭，卻腳步趔趄往後倒退，直到被她壓著擠到牆邊，退無可退，「妳到底要怎麼樣。」

她踮起腳，又湊近了一點，兩人離得近，骷髏項鍊碰到他胸口，硬硬得發疼。見他沒反應，逢寧收起漫不經心的表情，傷心地說：「江問，我後悔了，我不知道該怎麼辦才好了。我心裡好難受，難受得天天上課聽不了課，睡不著覺。我每天都在想你，想你對我的忽冷忽熱，想你對我的愛理不理。」

「妳也會難受？」他失了魂一樣指責道：「妳根本就不難受，如果妳難受，為什麼還在看相聲？」

「我苦中作樂，我強顏歡笑。」

遠處雲層悶悶地傳來轟隆的雷響，不出一分鐘，豆大的雨珠應聲而落。路上行人匆匆，走著走著都跑起來，急著找屋簷躲雨，沒人關心這個角落正在發生什麼。

「妳騙人。」江問要瘋了，他昏了頭，連聲音都格外委屈，「妳一點都不把我當回事。」

逢寧在雨聲裡輕輕地說，「怎麼可能，你是我的小王子呀。」

他們身上都溼答答的。

江問眼睜睜看著自己的手被她深情款款地拉起來，五指纏著，纏得他的心往下墜。

——叮鈴鈴……叮鈴鈴……

手機的鬧鐘在微亮的晨曦準時響起，驚醒了這場荒誕又無厘頭的夢。

像喝醉了一樣，江問背都汗濕了，他平復著呼吸，半夢半醒之間，腦袋還是混沌的，怔怔愣愣回不過神。

失落、難堪，懊惱，各種複雜的情緒攪在一起。他躺在床上閉了眼，又睜開，望著天花板，神志終於清明。

幾秒之後，他捶了下床，暗罵一聲。

週五，要放假的前夕，教室裡面總是格外地躁動。

今天輪到逢寧當值日生，最後一節自習課結束，她勤勞地掃地、拖地，把瓷磚地板拖得光鑑照人。等打掃完，教室人都走光了。

關好門窗，關掉風扇，檢查電源，逢寧滿意地拍拍手，揹著書包下樓。

雙瑤今天有事，要和家裡人出去吃飯，她只能一個人搭公車回家。

出了校門，經過路邊小店，她溜去挑了一根巧克力口味的雪糕。沒走幾步，突然聽到有人喊。

逢寧舔了舔唇上的糖漬，轉身，看到一輛越野車緩緩減速，車窗降下，趙瀕臨從副駕駛座探頭，「逢寧妳要去哪裡啊，要不要送妳一程？」

「公車站還有五十公尺，直接到我家門口，不用送啦。」

「車子裡有誰啊，你們要出去玩嗎？」她好奇，彎腰看了看，開車的不認識，後面坐著的那位倒是蠻熟的。

江問坐在車裡。看到逢寧舉著一根快要融化的冰棒，帶著慣常的笑，不經意和他的目光對上。

他渾身一僵，立刻撇開頭。

趙瀕臨樂呵呵的，「明天我們吃完飯去找妳玩啊，簡糖？」

逢寧點頭，「對，要來是吧，我等一下回去就幫你們訂位。」

「多帶兩個人，可以嗎？」

「沒問題啊。」逢寧很爽快地答應完，又板起臉，嚴肅地說：「但也別太多，別把我喝垮了。」

後面有汽車按喇叭鳴笛，逢寧揮了揮手，「好啦，明天見，你們快走，別擋路了。」

「哈哈哈哈哈，好，那明天見。」

逢寧嗯嗯兩聲，「注意安全哦。」

計遲陽樂顛顛地笑，「她好有意思啊。」

「是吧，特別有趣。」

計遲陽躍躍欲試，「你們明天去哪裡，加我一個吧。」

說完這話，他下意識看了看江問。見他沒什麼表情，計遲陽暗暗鬆了口氣。

他可沒忘當時說要逢寧聯絡方式的時候，江問那個黑臉。

晚飯在郗高原家裡新加盟的連鎖餐廳吃。十幾個人要了個包廂，吃得熱熱鬧鬧。

飯後有人起鬨，非要在場的情侶一個一個Kiss。此提議一出，氣氛更是高漲。

大家都玩得開，郗高原的哥哥和女友率先帶頭，剩下幾個人紛紛效仿。

他們在笑在鬧，江問望著滿桌的杯盤狼藉，卻不怎麼專心。

趙瀕臨歪過頭，問，「你今天怎麼了，走神一整天了。」

眾人剛好起鬨到江問這裡，女生推程嘉嘉，男生推江問。

江問一把推開男生，站起身，「你們玩，我去上個廁所。」

他這一走，徒留程嘉嘉一人在原地尷尬。場間氣氛凝了一瞬間，裴淑柔安慰地拍拍她，「沒事，阿問就是這樣的人。」

郗高原嘆了一句，「唉，我們都以為江問鐵樹開花了，結果到頭來只開了花蕾。」

隔絕了熱鬧，用冷水洗了把臉。水嘩啦啦地流，江問看著鏡子裡的自己，還是心煩氣躁。

就在剛剛，程嘉嘉湊過來的一瞬間，他又控制不住想到了昨晚的夢。

連細節都栩栩如生，在腦海裡重新上演了一遍。

只是眼前的人卻換了一個。

洗完手出來，江問獨自找了個露臺吹了半天的風。

他猛地拍了一下欄杆，還覺不解氣。原地轉兩圈，洩憤似地一腳踹到牆上。

誰也不知道，在這個的季節，在這無人的角落。

鐵樹江少爺，已經把花蕾開得轟轟烈烈，天崩地裂。

第七章　小孩子

週六晚上，簡糖還沒到營業時間，逢寧整個人沒骨頭似的趴在櫃檯。

休息了一下，運貨的大哥將物流箱領回來放到店門口。逢寧被喊過去，現場清點完，她熟練地把酒水分類，烈酒、開胃酒、甜酒、水果酒、鮮牛奶依次排開，擺到冰箱的格層裡，邊和彤彤有一搭沒一搭說著話。

彤彤拿著濕毛巾，手腳俐落地清潔吧檯和工作檯，看逢寧頹靡的樣子，「妳生理期來了？」

「是啊。」逢寧有氣無力，一邊記單子一邊說，「肯定是昨天那根冰棒惹的禍。」

她經期不準，第一、第二天通常都特別疼。有時候太難受了，恨不得用刀子捅到肚子裡一了百了。

看看牆上掛鐘，時間快到了，逢寧把店裡的氣氛燈都打開。

沒多久就來了一夥人，聚在角落那桌吆五喝六。

有個年輕人跑來櫃檯問逢寧，「你們這裡有水菸嗎？」

「有啊，西瓜味、哈密瓜味、草莓味、藍莓味，要哪個？」

「妳推薦一下吧，女生通常喜歡哪個味道？」

逢寧想了想，「西瓜味吧，幾根水菸管？」

「四根。」年輕人扭扭捏捏，略帶尷尬地說，「還有，妳能幫忙給點熱水嗎？我女朋友生理期來了，她想跟我們一起喝，我怕冰的她喝了肚子疼，所以想用熱水溫一下酒。」

逢寧笑著說，「挺會心疼人啊。」

逢寧找了個電熱水壺，裝滿水，拿起裝碎冰的玻璃碗上了樓，朝那桌走過去。她把插頭插好，囑咐道：「等燒開了就把水倒進這個碗裡，還要的話去下面喊我。」

年輕人道了聲謝。

球形燈三百六十度地往全場照射斑斕曖昧的光線，逢寧喝了口滾燙的紅糖水，出了一下神，忽然感覺腳被踢了一下。

她抬頭，「怎麼？」

剛剛送水果盤的彤彤微微漲紅了臉，指著門口，「有幾個人找妳。」

他們等在臺階上，趙瀕臨穿著騷包紫色T恤，嚼著口香糖。

一看只有四個人，逢寧問：「孟桃雨呢，沒來？」

「她爸媽不准。」郗高原指了指旁邊的女生，「我把我朋友帶來了。」

「歡迎啊，進去坐。」

澄澄燈光之下，江問又高又瘦。他今天穿的衣服款式簡單乾淨，一看便知家世良好。

彤彤帥哥雷達啟動，眼巴巴望著那邊，不自覺出聲評論，「老天爺，那個男生太帥了。」

逢寧閒閒地道：「帥吧，流到嘴邊的口水稍微收一收，要淌到下巴上了。」

彤彤被說得回神，還是戀戀不捨的，「嗚嗚嗚嗚，他是妳同學？」

「是啊。」逢寧低頭擺著餐盤，不太認真，「人家不僅帥，家裡又有錢，成績還好，厲害吧？」

「這麼完美。」彤彤臉頰飄起一朵紅暈，滿臉都是嚮往的表情。

逢寧親自做了份優酪乳水果涼飲。

她去挑了幾瓶口感不錯的果汁，端過去。替他們布置好餐盤、紙巾、小燈，笑咪咪地道：「你們先玩，我這時候還要忙，忙完了來陪你們。」

江問斜靠著，一隻手臂懶洋洋搭在桌沿。

郗高原的朋友，林如好奇道，「她在這種地方打工啊？」

郗高原不以為意，「這種地方怎麼了？」

「沒什麼，感覺有點……」林如沒說下去。看他們玩了一下牌，她起身去上了個廁所。

回來途中，被一個梳著 All Back 頭的男人攔住搭訕，「小姐姐，能加個帳號嗎？」

林如是個火爆脾氣，眼高於頂慣了，翻了個白眼，「讓開。」

「那我請妳喝杯酒？」

「滾開，我不想喝。」

好不容易甩脫，剛回到位子上坐下。那個 All Back 頭也跟了過來，手裡還端了杯酒，好整以暇：「小姐姐，只是請妳喝杯酒，怎麼還罵人呢。」

All Back 頭後面跟著幾個人痞勁十足，熟絡地在他們的沙發上坐下，吵鬧地喊，「你們幾個人啊，我們一起玩怎麼樣？」

趙瀕臨幾個面面相覷。

郗高原聽林如說了剛剛發生的事，大為光火。衝動之下，他抄起手邊一杯酒，潑到 All Back 頭臉上，「混蛋，你調戲誰呢？」

All Back 頭神色一頓，安靜兩秒。

桌子被轟地掀翻在地，杯子四分五裂的碎片濺開。

郗高原喘著氣，一左一右兩個人壓著他的後肩，他奮力掙扎著大罵，「放開我。」

遠處傳來喧譁，彤彤忙拉過正在和別人說話的逢寧，「寧仔，不好了，出事了。」

逢寧急匆匆趕到，藉著周遭微弱的光線，她認出來鬧事的人裡面有個是熟人。

阿信甩了郗高原一個耳光，「小兔崽子，挺狂啊。」

旁邊桌的人不知道發生了什麼，不過看這個架勢，都自覺散開。有的人看戲，還有的人掏手機。

阿信手指向四周，大聲一喊：「我看誰敢拍。」

眼見著鬧起來。服務生來了又離開，過了一陣子，下面被清了場，往日熱鬧的酒吧安靜地讓人連呼吸都不敢太大聲。

阿信神色自若地玩著一把水果刀，彤彤嚇得腿軟，悄悄問趙慧雲，「要不要報警？」

趙慧雲抱臂靠在一邊，「報警沒用，這群人不知道犯了多少事，隨時準備跑路的。我們別惹，不然以後麻煩多。」

逢寧獨自站在阿信跟前，「信哥，這幾個都是我同學，能不能先把他們放了。」

「放了，那潑我一臉酒的帳怎麼算？」阿信打量她兩眼，「我知道妳，妳是孟瀚漠的妹妹？妳認識他們？」

逢寧點頭，「對，但今晚這事和我哥沒關係，我擔了。」

阿信身子往後一靠，環著手臂，毫不在意，「妳擔了？妳想怎麼擔，擔幾個人，規矩知道嗎？」

「他們四個。」

阿信看著她，考慮了兩秒，「好，我今天就給孟瀚漠一個面子，算妳三倍，十二杯，怎麼樣？」

逢寧停頓一下，「可以。」

阿信吩咐手下，「去挑酒。」

很快，滿桌黃的、白的、紅的，滿滿擺了一桌子。

逢寧粗略掃了一眼，拿起其中一杯，「這些夠了嗎？」

阿信揚了揚下巴，「差不多。」

沒等別人說，她自顧自一仰頭，咕嚕咕嚕，喝乾淨了。

窒息感從升騰到喉嚨處，江問也被人按著。他使勁掙了兩下掙不開，熱汗從後背湧出，「放開我！別讓她喝了！」

林如哪見過這種場面，哭哭啼啼地，抽噎不止。

第十二杯，眼見著快要到底。

旁邊幾個人已經被震到說不出話了，有人撇開眼，甚至沒勇氣再看下去。

阿信也慢慢收了戲謔的神色。

暗沉的光影交錯，其他聲音統統都消逝。逢寧什麼都聽不見，直到旁邊的人一把奪過她手裡的酒杯，「行了，夠了。」

她停下，用手背抹一抹嘴角，竭力把聲音鎮定下來，「這事結束了嗎？」

等到阿信終於點頭，逢寧鬆了口氣。

她扶著東西往外走，東倒西歪走了兩步遠，跌跌撞撞衝出門口。

鉗制著江問的人冷不防被他一把推開。罵聲還沒出口，他頭也不回地追到酒吧外面。

逢寧醉醺醺地扶著樹，地上一灘被吐出來的東西。

腿軟站不住了，就蹲下來。

江問無措地伸手，想碰她，又不敢。笨拙地拍她的背。

她不停催吐，吐到後來，喉道微微痙攣，什麼都吐不出來了。逢寧大著舌頭苦笑，「唉，果然，女英雄不是那麼好當的。」

好不容易緩過氣來，她勉力起身，卻往後倒。

江問垂首，下意識用手臂箍住她的腰，防止她繼續往下滑。

逢寧已經完全沒力氣，懨懨地任由江問抱在懷裡。

一團朦朧中，他的衣衫凌亂，眼睛裡全是慌張。即使意識不清，依然能感受到那失控的力道。

「喂，你抱我抱得好用力……」逢寧整個身體都微微止不住地發抖，還在笑。

她失去意識前，聽到有人在耳邊，一遍一遍地說對不起。

夜晚降溫降得厲害，馬路上風大。終於攔到一輛計程車，急忙拉開車門，把司機嚇了一跳。

趙瀕臨喊：「去醫院！」

「你別激動，年輕人。」逢寧冒著濃烈的酒氣，司機聞到味道，按下計表器，「這是喝了多少？」

逢寧衣領已經濕了大半，唇薄蒼白，脆弱到讓人心驚。

趙瀕臨坐在車上，扭頭看向後座。從他的視角，只能看到她被人用手臂緊攬著，貼在胸口。

視線移到江問臉上，他愣了一下才反應過來。默默地轉頭，看向窗外。

江玉韻趕到醫院時已經很晚了。

幾個小崽子並排坐在外面，各個都是一臉沮喪樣，罪惡感全寫臉上了。

看到她來，趙瀕臨有些慌亂地站起來，喊了聲姐。

江玉韻心一沉，「發生什麼事了？小問呢。」

郗高原一臉欲哭無淚，講了一遍今天發生的事。

「誰欺負到我弟頭上來了？」

江玉韻簡直氣到爆炸，咬一咬牙，撥了一通電話出去，「幫我查幾個人，我明天不把那幾個混混一窩掀了老娘就不姓江！」

見她發飆，幾個保鏢安安靜靜，無人敢開腔。

打完電話，江玉韻把手機遞給助理，她平復了一下呼吸，「你們那個同學怎麼樣，沒事了吧？」

趙瀕臨搖搖頭，緊張道：「洗胃了，還在裡面躺著。」

站在病房門口，江玉韻微微側頭，往裡面看了一眼。

自家弟弟坐在床邊，前傾身子，抱著極大的耐心，用濕毛巾幫別人擦手，從指關節擦到手背。

床上的人迷迷糊糊說了什麼。
江問遷就她的高度，額前的髮滑下來，含胸湊近了聽她講話。
喀噠一聲，門輕輕推開，江玉韻停了一下。
房間裡飄著消毒水和藥味。
江問坐在床邊，視線停在逢寧身上。他像個雕塑一樣，一動也不動，對別的動靜置若罔聞。
她張了張口，最後什麼都沒說，反手把門帶上。

再次有意識，是被渴醒的。
逢寧手撐著身子，坐起來一點，打量了一下四周。挺高級的房間，懸掛式的電視機，碎花壁紙，歐式沙發。要不是有點滴瓶，她都沒反應過來這是醫院。
實木壁燈發出淡淡的光。她一動，趴在邊上的人就醒了。
窗簾半開，外面一片漆黑，月亮掛在天邊很模糊。她勉力提起精神，「幾點了，你怎麼在這裡？」
江問揉揉眼睛，聲音低啞地有些沙，「妳好點了嗎？」
「好多了。」逢寧胃在抽搐，強撐著跟他說話，「有水嗎？幫我倒一點來。」
時間很晚了，周圍幾乎沒有別的聲音。溫水灌進喉嚨，乾到冒煙的喉嚨終於緩解不少。
暗淡的光線裡，江問立在幾公尺遠處，神色萎靡，整個人凌亂不已。
目光交會，逢寧對上他水潤潤的眼睛，輕鬆地笑了笑，「我好好的，你擺出這個樣子幹什麼啊？」
他頓了頓，「今天……」

「我國中就出來賣酒了，什麼大風大浪沒見過。再說了，逢老師只是以身作則，告訴你們形勢比人強。上次嘴皮子碰碰你們都聽不進去，這次夠形象生動，夠印象深刻了吧？」

她打了個哈欠，依舊是玩笑的語氣，「行了行了，翻篇翻篇，你看看你自己那個晦氣樣，不知道的還以為你在跟我哭喪呢。」

隔了好一陣子，逢寧動了動身子，感覺小腹一陣血崩。她拎著自己衣領嗅嗅，差點又嘔出來。

逢寧抬頭，「嘿，幫我個忙吧。你去附近轉轉，找家二十四小時營業的超市，隨便買件棉短袖，還有一包夜用的衛生棉。」

江問臉色青一陣，紅一陣。隔了好一下，他艱難開口，「什麼牌子……」

深夜便利商店。江問一個人獨自徘徊在女性用品這邊，臉上有點不正常的潮紅。

旁邊有個下夜班的小護士路過，好奇地看著他。

被人這麼注視著，江問不得不假裝鎮定地彎腰，從貨架上取下那個包裝紙藍藍的衛生棉。拿去櫃檯結帳，速戰速決。

店員也沒什麼精神，把條碼一掃，懶洋洋地說，「挺寵女朋友的啊。」

他神情淡然，含糊地應了一聲。

逢寧洗完澡出來，發現江問闔起眼簾，呼吸沉重，似乎是累極了，倒在沙發上直接睡著了。

她輕手輕腳過去。看了一下，找了薄毯子替他蓋上，把燈關了。

第二天孟桃雨來得很早，把買的水果放到一旁。

逢寧正靠在床頭打點滴，有點無奈，「我下午就出院了。」

「到底是怎麼回事？」孟桃雨憂心忡忡，「我昨天晚上傳訊息給妳，打電話，妳一直都沒回。後來我從同學群組裡找到趙瀕臨，傳訊息給他，才知道妳在醫院。妳現在好點了嗎？」

「嗯哪，沒事沒事，好著呢。」

「趙瀕臨說江問昨天晚上留在這裡了，他走了嗎？」

「早上走的吧，我在睡覺，不知道。」

孟桃雨換了個話題，舉舉手裡的書，「妳無聊嗎，要不要我唸給妳聽？」

護士把窗戶推開透氣，外面來了一陣風，吹得頭髮把眼睛擋了擋。

孟桃雨放下書，空出手來，把綁好的馬尾散成一堆，將腮邊的幾縷碎髮重新理好。

一陣走動的聲音傳來，她側頭一看，不知房間什麼時候進了四、五個人。

孟桃雨抱著一本書，毫無徵兆愣在原地。

帶頭的人很高，毫無表情很冷硬的一張臉，肩膀寬闊。他穿了一件汽車修理服，還有機油印子，似乎剛剛才結束工作。袖口堆到手肘，露出微褐的手臂。

孟桃雨趕緊退開半步，空出位置。那人跟他擦身而過，她感覺手臂被人撞了一下。

病床上的逢寧喊了聲，「哥。」

「妳怎麼搞的？」

逢寧似笑非笑，「喝多了啦。這問題我猜還要回答好幾遍，乾脆我寫個牌子掛在脖子上算了。」

「是阿信？」

逢寧斂了神色，「事情解決了，你們別管。」她跟孟桃雨笑咪咪地說，「介紹一下，這是我哥。說起來你們兩個還是本家，同一個姓呢。」

孟桃雨白淨瘦小，一副好脾氣的溫柔長相。纖細清秀，文文氣氣的很討人喜歡。

她有點怕生，咬住唇，訥訥打了個招呼，「哥哥好。」

孟瀚漠微微側過頭看她，「哦……妳好。」

趙瀕臨進到醫院，上到三樓，轉了個彎，看到一個人倚在走廊上。

聽到腳步聲，江問把臉轉過來。

趙瀕臨猶疑，打量了他一番，用手指了指裡面，「你怎麼不進去？」

江問撩起眼皮淡淡看他一眼，「有人。」

「誰啊？」

「不知道。」江問答。

趙瀕臨看他的樣子，有些莫名，探出頭，鬼鬼祟祟偷看幾眼，恍然，「啊，逢寧的朋友？」

江問轉了視線去看旁邊，「嗯」了一聲。

他認出了孟瀚漠，是逢寧那天餵橘子的人。

輕易看出好友的沉默失落。趙瀨臨忍不住多嘴，蚊子似的聲音，「那反正……你和逢寧，你們都有……是吧。」

「我沒了。」

趙瀨臨有點沒反應過來，「啊？啊？怎麼沒了。」

「不喜歡啊。」江問說這句話的時候很平靜，帶點漠然。

「不喜歡……」趙瀨臨重複了一遍，欲言又止，「那你是喜歡……」

接近幾分鐘的靜默。江問自嘲地笑笑。

他們在交流，孟桃雨盯著腳下的地板，眼觀鼻，鼻關心。

孟瀚漠似乎還有事，講了兩句話就走了。孟桃雨忍不住用餘光看過去。

等在外頭的平頭男遞了根菸過去，他沒看也沒接，一手擤開。

人走後，逢寧忽然叫了一聲，「我哥的鑰匙忘在這裡了。」

孟桃雨追到樓下，心臟如鼓擂。她透過玻璃往外看，尋到那道身影。腳步緩了緩，又忍不住加快。

他們幾人都上了各自的摩托車。

孟桃雨一著急，在幾十公尺外喊了一聲：「——孟哥哥！」

這麼一喊，一群人都聽見了。幾個人動作頓住，均望向發聲源。

「孟、哥、哥？」平頭咬文嚼字地品了品，肩膀直抖，「漠哥，你哪裡認的妹妹啊？」

「好像是個學生妹，清純的喲，漠哥口味清淡不少哇。」

孟桃雨一來就聽到了這麼句話。腳步滯住，一股熱血衝上腦門，臉和耳垂肉眼可見地開始發紅。

孟瀚漠不輕不重踹了那人一腳，「別調戲小妹妹。」

這下可真把幾個人逗樂了，一人一句什麼都不怕地道：「哎喲哎喲喲，小妹妹妳怎麼這麼害羞啊。」

「這就臉紅了嗎？小妹妹。」

「還鬧呢，你們這群人，都不准調戲人家孟哥哥的小妹妹。」

不管其他人的笑鬧，孟瀚漠把菸熄了，眼睛瞧著她，「什麼事。」

「那個，鑰匙。」孟桃雨如夢初醒，趕緊把東西遞過去，輕輕柔柔地說：「寧寧要我送來給你的。」

「謝謝。」孟瀚漠略彎腰，接過來。

孟桃雨後退兩步，趕緊搖頭，「沒事沒事，不用謝的。」被這麼多人看著，她實在是太緊張了，居然微微鞠了個躬，「那我走了，哥哥再見。」

「噗。」平頭憋笑到臉抽筋。

孟瀚漠微微揚眉，好像也笑了一下，漫不經心地道：「嗯，再見。」

孟桃雨心跳聲大得離譜，腦子還處於半空白狀態。她小心翼翼躲在花壇的邊上，偷偷看著他們一行人遠去。

週一照常上學。

逢寧這兩天胃隱隱作痛，連生理期的疼痛期限都好像延長不少。她覺得特別累，無精打采地在桌上趴了兩節課。

第三節是英語課。

上課鐘還沒響，鐵娘子站在講臺上，拍了拍桌子，「都安靜一下，把上週的作業放在桌上，我一個一個檢查。沒寫的都自覺地給我站出去。」

此話一出，滿班譁然。窸窸窣窣的聲音立刻響起。

逢寧在醫院躺了兩天，什麼作業都沒碰。無聲嘆口氣，剛想起身，桌上突然被丟了張寫滿的作業。她精神不濟，連帶著腦子都有點轉不過來。

前方傳來椅子的拖拉聲音。

她眼睫動了動，錯愕地抬頭，見到江問站了起來。

鐵娘子剛好走到身邊，打量了他兩眼，「你站起來幹什麼，沒寫作業？」

江問垂下頭，「嗯」了一聲。

「作業呢，拿來我看看，寫多少了？」

江問低聲說：「沒寫。」

「一個字都沒寫？」

江問沉默。

趙瀕臨內心風起雲湧，嘴張成了O型，看了一眼逢寧，又看了一眼江問，又看了眼逢寧。

鐵娘子臉色不上不下，按捺著火氣，「你為什麼不寫？」

「忘了。」

「忘了？」鐵娘子沉下臉，驟然拔高聲音，「我強調了幾次你還能忘？把老師的話當耳邊風嗎？你知道自己週考名次滑到哪裡了嗎？」

江問一言不發。

這下子，全班的目光都聚到這裡來了。

鐵娘子平復了一下呼吸，揚聲道：「還有沒有沒寫的？」

幾分鐘後，班上又稀稀落落站起來三、四個男生。

「你們幾個，排好隊。」鐵娘子手往外面指了指，「現在就給我下去，到操場上跑！」

「我早就把醜話說在前頭，還是這麼多人要挑戰底線。不要以為成績好，就能偷懶，就能把老師說的話不放在心上。睜開眼看看這個世界，比你優秀還比你努力的人多了去了，為了一時的成績而滿足、而懈怠，以後的人生也不會有什麼成就！」

這番批駁炮火針對得太明顯，滿教室的人都呆了。

「還愣著幹什麼，出去！」

江問無動於衷地穿過錯愕的目光。

「你們先在教室自習。」鐵娘子丟下這句話，走下講臺。

議論聲在鐵娘子踏出教室那一刻驟然響起。

「阿鐵這次動了大怒啊……」

「這話說得也太狠了。」

「哇哇哇，有好戲看了。」

趙瀨臨親眼目睹了在老師到來的前兩秒，江問反手往後丟作業的舉動。

他實在是太震驚了，甚至不知道要做什麼反應才能表達自己的震驚。奈何腹中墨水有限，哽了一下，居然吐出一句：「鐵娘子心是真的鐵，江問的頭也是真的硬如鐵。」

江問被罰跑操場，那絕對是校園裡的一道風景線。

——至少同年級的幾乎沒人不認識江問。

綜合家境、相貌等因素，江問在課餘各種八卦帥哥的小道消息裡，被提到頻率差不多是最高的一個。他國中當過學生會主席，課業常年名列榜首，為人冷峻斯文，對搭訕的女生目不斜視。

而他越是冷淡，高中女生越是覺得神祕，和斯德哥爾摩患者一樣，受虐的同時又無法自拔。

其實大家都沒有認真聽講的心思，只有班長和英語小老師在勉強維持著紀律。

竊竊私語中，逢寧撐著下巴，放空地看向窗外。

透過玻璃，能看到遠處操場的某個小角落。過個幾分鐘，江問的身影就會一閃而過。

陽光熱辣，操場周圍三三兩兩聚著上體育課的人，有的假裝路過，有的假裝在欣賞風景，實際上目光都偷摸往某人身上拐。

罰跑的男生也不覺得丟臉，相反還挺開心的。因為他們發現和江問一起跑個步，還能順帶著被女生圍觀，出出風頭，真好。

很快論壇上有了貼文，而且這個貼文的標題也很精采：『什麼情況，王子犯法與庶民同罪？』

下面留言蓋得很快：

路人1：『王子是誰，犯什麼法了，求指路？』

路人2：『回答樓上，王子是江問，在操場那邊跑步呢』

路人3：『王子犯法和庶民同罪可還行哈哈哈哈哈哈哈！』

路人4：『發生什麼了？江問怎麼了？』

路人5：『聽說是沒寫作業被罰了』

樓主上傳了一張模糊的照片，只有側臉，像素一看就是臨時用手機偷拍下來的。儘管糊，但是仍然掩蓋不住其中姿色。

於是留言的熱情越發高漲。

路人甲：『哇哦，求問，他是高幾的，幾班！』

路人乙：『我的天！有點帥！皮膚看上去好好！』

路人丙：『所以……你們真的都不知道江問嗎？他以前就很有名了……不知道他的建議去翻一下論壇精華區，有個盤點校草的裡面有他，我敢保證，他真人比照片帥上一萬倍！』

路人丙：『補充一下，不僅帥，成績也爆炸好。不過他挺高冷的，不是一般冷，而是冷到北極的冷，不僅冷，還不近女色。我舉個例子，他能面不改色繞過跟他表白的人，連別人情書都不收。各位妹妹下手前請慎重。』

幾個人進來了，像剛從水裡撈出來的蔫茄子，教室裡所有學生的目光都集中在他們身上。

江問走到自己座位，拉開椅子，安靜地坐下。

「哎喲您終於回來了！」郗高原隔了好幾排的人，裝出一副關心急切的樣子，往這邊喊：「沒累著，沒中暑吧！」

而趙瀨臨則是深情款款地開始唸詩，「我也渴望著有這麼一個人，免我驚，免我苦，免我顛沛流離，免我無枝可依。我也渴望著有這麼一個人，在我沒寫作業的時候，義無反顧地擋在我身前，免我——」

「欠揍？」

被江問不冷不淡的一個眼刀之後，趙瀨臨把後半截話生生吞了回去。

他剛剛劇烈運動完，後背上都濕了，校服貼在身上，汗把身體的輪廓顯出大半。

「喂。」逢寧拍了拍他。

江問側過臉，一縷縷的汗順著往下淌。他呼吸還沒平復，微微地喘。

「抄完了，謝謝學霸，謝謝謝謝謝。」

江問接過作業，掃了一眼。姓名那欄被人填上名字，筆鋒淩厲，問字的最後一筆被拉得很下，拐了個勾。

看了大概有一分鐘，他把作業收到抽屜裡。

趙瀨臨用手機滑論壇八江問的卦，作為半個知情人士，他突然嬌羞地哼起歌，「一生熱愛回頭太難，苦往心裡藏……」

江問低頭拿書的動作一頓，盯了他幾秒，轉開視線。

趙瀨臨背靠牆壁，閉上眼，孜孜不倦地陶醉，「可知心痛的感覺，總是我在體會……」

看他這個傻樣，前桌要笑不笑地轉過頭，「怎麼，趙少失戀了啊？」

「不不不，情場失意的人可不是我。」趙瀨臨擺出高深莫測的表情，「年少不聽張學友，聽懂已是傷心人。」

上午的課還沒上完，下課時間有不少小女生打聽到江問的座位，藉著上廁所路過的名義，來九班走廊圍觀，還有不認識的人喊了一聲他的名字。班上也有人對著這邊在竊竊私語。

江問不知道發生了什麼事，不明所以。

但他很快就知道了這件事的源頭——他的舊照被人翻出來了。

因為論壇那個貼文的緣故，有好奇人士直接搜尋江問的大名，順藤摸瓜就看到了以前的照片。

這張照片是郗高原某個好友從社群媒體搬運的，在隔壁精華區盤點校草貼文裡貢獻了出來。

當時是夏天，在場沒女生。他們一群人剛剛打完籃球，都熱得把上衣脫了。

和其他男生混作一堆時，江問就算不站在最中間，也是最顯眼的一個。

大中午正是光線最強烈的時候。他仰脖喝水，只穿了一條寬鬆的運動褲。濕濕的髮，小腹和腰的線條一覽無遺，全部暴露在鏡頭下，青澀又性感。

不少女生一邊忍著羞恥一邊把這張照片存到手機裡。

趙瀕臨在旁邊拿著手機調戲，「完了完了，我紅牌的『豔照』怎麼又被翻出來了，這下清清白白的身子都被人看光了。」

江問坐著沒動，埋頭看書不理會。

「什麼東西，什麼東西？」逢寧是個不折不扣的色女，且八卦欲旺盛，「什麼照片！我也要看！」

「江問的照片，妳要看嗎？」

逢寧「哇」了一聲，招了招手，「真的假的，我要看啊，讓我欣賞一下。」

趙瀕臨探個頭過去，假模假樣詢問似的：「那我給她看了？」

江問沉默。

「嘖，你要是不想，我就不給囉。」

「隨便。」他口氣聽不出好壞。

趙瀕臨哦哦兩聲，還在故意逗他，「給個確定的話嘛，隨便的意思是……？」

江問又不作聲了，沉默一下子，才道：「不給。」

趙瀕臨感受到了他口是心非那股傲嬌，切了一聲，把手機遞給了逢寧。

星期一的上午總是格外地難熬，等到中午放學，趙瀕臨從座位上跳起來，像解放了一樣歡呼，「走啊，去吃飯。」

吵吵鬧鬧之中，江問說：「你先走吧。」

「為什麼，你不吃？」

「嗯。」

他的臉色褪成一種不正常的蒼白。手撐著額頭，揉了揉，眼睛閉上。

外面傳來放學的音樂廣播，有人走來走去，撞到桌椅，談話聲笑聲，忽大忽小。就維持這麼個姿勢等了良久，終於等周圍嗡嗡的聲響都漸漸弱下去。

「——篤篤」

有人敲了兩下桌子。

江問睜眼，視線還有點渙散，逢寧的臉突然在他的眼前放大。

兩人貼得太近，他不自覺地往後仰了點距離。

目光相碰，江問腦海裡電光火石之間閃過的卻是那晚的夢。她也是這樣近的距離，讓他在夢裡險些鬼迷心竅丟了魂。

逢寧微微歪著頭，從容地打量他的臉色，半晌直起腰，「起來。」

江問沒反應過來，仰起頭看她。

「你中暑了，我陪你去保健室。」

這個時間，保健室只有一個值班的女醫生，她丟開正看了一半的書，「你們兩個怎麼了？」

逢寧大致說了一下情況。女醫生「哦」了一聲，「頭暈嗎？會想吐嗎？大概難受多久了？」

江問一一回答。

女醫生伸手，「學生證拿來，我幫你打個點滴。」

打完點滴，女醫生讓他在那張窄窄的病床上躺下。

逢寧站在一旁，幫他調點滴的速度，「那個作業，謝謝啦，看不出你對朋友挺講義氣呢。」

這話她講起來像是公式化的感謝，漫不經心之中和他把距離拉開。

有一句話是這麼說的。

當結果擺在這裡，事實是什麼重要嗎？不重要，每個人都只會選擇自己想要的答案。

所以逢寧並沒有問他的動機，而是自己選擇了一種方式去解釋他的行為，掩飾太平。

江問感受到她的疏遠，垂著眼睛，開始煩自己。

他不知道是在掩耳盜鈴，還是催眠自己，「就算是別人我也會這麼做的。」

頓了頓，他說：「妳去吃飯吧，我一個人就行了。」

逢寧答應得很爽快，「好，那我走了，你要是不舒服就去找老師請假，下午回寢室睡一覺。點滴打完了記得喊人啊。」

江問「嗯」了一聲，乾脆把頭撇向一邊。

腳步遠去，門被輕輕關上，很輕很輕的一聲響。

那塊垂下的白簾就在眼前，有跳躍的陽光，被窗稜劃分出的陰影格，隨微風晃蕩。

江問盯著看了良久，依舊是那副表情。

擾人的風漸漸沒了，半晌，白簾停止擺動。他把點滴用力拔掉。

手背青筋凸起，不停溢出血珠，他一瞬間心裡好受不少。

起身準備下床，一側過頭，江問愣住。

逢寧靠在旁邊，像什麼都沒發生似的，似笑非笑看著他，「小江同學，發什麼脾氣呀？」

無言對視了五、六秒。

「妳怎麼沒走？」江問維持原本的姿勢坐著，冷淡地問她。

「你好像小朋友哦，得不到大人的關注，就開始亂發脾氣。」

隔了一下子，他才找回自己的聲音，「我沒有。」

「嗯？」逢寧奇怪了，「沒有鬧脾氣，那你幹麼拔針頭。」

江問的手背還在冒血，臉色沉下去，「不想打了。」

周圍很靜，靜得只能聽到他略重的呼吸。逢寧慣會察言觀色，而江問一點也不設防。

他冷清冷面的，長得好看，眉眼間全是被寵出來的神氣。

嘖嘖，真是個小心眼。

她呵呵笑了兩聲，拿了根棉花棒，試探性遞到他跟前，「喏，把傷口按住。」

江問看了棉花棒兩眼，還是接了過來，乖乖照做。

「不想打就不打了。」逢寧看看錶，「走吧，去吃飯吧。」

本來打算去學生餐廳，結果空空一片，很多窗口已經關閉。他們從西門出去，路邊擺攤的也沒幾個。

逢寧突然好奇，「少爺，您在學生餐廳吃過飯嗎？」

「別喊我少爺。」江問皺眉，沉穩的優等生形象又端出來了，「不怎麼吃。」

「怎麼？別人都這麼喊，那我喊什麼？」

「名字。」

「江問？」

「嗯。」

她又喊了一聲：「江問？」

江問看了她一眼。

「你為什麼不到學生餐廳吃啊？」

「我不喜歡聞……」江問猶豫了一下，措辭半天，含糊吐出兩個字，「菜味。」

「菜味？」逢寧笑倒。

她突然想到趙瀕臨說過，江問表面上看著很酷，很冷漠，其實內心就是個小嬌嬌。

「你也太金貴了吧，金貴的江問，連菜味都聞不得，哈哈哈哈哈哈。」

江問被她笑得臉色很差。

其實逢寧自己精神狀態也很萎靡，前兩天剛洗完的胃實在是太傷了。兩個病患胃口都不是很好。

江問跟著她走，隨便摸去了一家清粥小館。

「等等。」站在門口，逢寧用手攔住他，用鼻子嗅了嗅。

江問莫名，「怎麼了？」

她扭過頭，嚴肅地說：「您先聞聞，看看這家館的菜味您看還能忍受嗎？」

江問被氣得一哽，撥開她的手，「我沒這麼矯情。」

逢寧點了一碗餛飩，又替江問點了一碗皮蛋瘦肉粥。

她抽了張紙巾擦桌子，「你喝不喝手搖飲料？孟桃雨前幾天帶了一杯給我，好像就是附近買的。」

江問搖搖頭，「我不喜歡喝飲料。」

餛飩和粥端上桌，逢寧往碗裡倒醋，「居然有人不喜歡喝手搖？我最喜歡喝手搖了，奶茶加泡麵，是天下最完美的組合，幸福感爆炸。」

「垃圾食品。」

看江問評論得一本正經，逢寧心裡都要笑翻了，怕他又生氣，只能憋著笑，「這就垃圾食品啊？你上次吃燒烤，不也是垃圾食品嗎，你還幫垃圾分類啊？」

他的神情語調依舊淡淡，「我偶爾吃，吃得很少。」

逢寧點點頭，豎起大拇指，惡狠狠地表揚道：「那你可真是健康養生的好寶寶。」

江問不喜歡吃燙的東西，用勺子把粥攪到溫涼了才勉強吃一口。口裡有東西的時候也不講話，他專心把粥吞下去，說，「我不是小孩。」

「哦。」

他悶悶地吃了一陣子，發現逢寧不講話了。抬眼，她心不在焉，嘴裡鼓鼓地嚼餛飩，眼睛卻一直瞄手機。

江問發現被她忽視，說不清的惱火情緒湧上來。他忍了一下才出聲問：「妳在看什麼？」

「看帥哥囉。」

逢寧唔唔兩聲，「這個。」手機丟到桌上，螢幕上正是啟德論壇的畫面。她按照別人的提示，順利找到了那個盤點帥哥貼文。

「嘿嘿，他們在選十大校草，我換了三個帳號幫你按讚投票。」

江問瞥了一眼，臉色陰轉多雲，「哦……我又不在乎這個。」

「上面說的八卦是不是真的？」逢寧咬著勺子，「你也太絕了吧。」

他把手機拿起來，「說什麼？」

「說之前有個女生在你面前哭了很久，結果你等人家哭完了，說了句，妳誰？」逢寧直起腰，眼睛瞪大，咕噥道：「你居然說，妳誰？江問你太絕了，小小年紀已經對女生無情到這個地步了嗎？」

江問微微困惑，皺著眉頭想了想，「什麼時候的事情？」

「國中。」

「那個、那個女生，不是喜歡我的。」江問解釋得頗為費力，「她是趙瀕臨的朋友。」

「嗯？」逢寧滿眼都是獵奇的光，「趙瀕臨的朋友找你哭幹麼？你做了什麼？哇，難道你們……」

「和我沒關係，是趙瀕臨不肯見她。」

逢寧追問：「趙瀕臨為什麼不肯見她？」

「因為……她說，說想畢業了就跟趙瀕臨結婚，然後趙瀕臨害怕了。」江問的表情略顯尷尬，支吾了一陣，「他們……那個，就是……」

逢寧看他難以說下去的樣子，恍然大悟，憤憤道：「我靠，趙瀕臨太渣男了吧。所以是趙瀕臨的債，結果找到你身上了？」

話題如此詭異，他們居然還聊了下來。

江問嗯了一聲，又加了句，「不是我，我從來沒有……」話說一半，尷尬地耳根子都紅了，頭偏過去不看她。

逢寧笑得很賊，眼睛黑亮，「是嘛，這樣才是好孩子，你想做什麼，也得等到十八歲，這才符合法律。但是你拒絕別人的時候，可以溫柔一點，溫和一點。不要搞得這麼不留情面嘛，大家都是青春期，低頭不見抬頭見的，十幾歲的花季少男少女，面子薄，這樣傳出去多不好。」

江問反問，「那妳呢？妳說我對別人不留情面，妳自己呢？」

「我什麼？」逢寧毫不在意，吃了一大口餛飩，「被我傷過心的人可太多了，你要說，我一時間還不怎麼想得起來。但是男生的心理承受能力明顯比女生強嘛，狠一點也無所謂的。」

然而她對面坐著的就是個患得患失的玻璃心。

玻璃心說道：「我聽別人說，國中有個男生剪了妳的頭髮。」

江問很少，或者說從不主動探聽別人的八卦。他說的時候，剛對上逢寧的視線，他滿臉彆扭，聲音越來越低，「後來喜歡了妳三年，還偷偷跟妳回家，但是妳沒理。」

「是啊。」逢寧沒注意到他扭捏的情緒，「他偷偷摸摸跟我上公車，結果被我暴揍一頓。」

「……」

逢寧瞇起眼，一副憶往昔的表情，「這男生不知道是電視劇看多了，還是有被害妄想症，把自己幻想成大俠，非要保護我的安全，我才沒這個工夫陪他演偶像劇！」

江問：「……」

夏季的午休時間短，吃完飯一看時間，回寢室午覺也睡不成了。

逢寧吃了碗小餛飩，胃口大開，拍拍鼓脹的肚皮，「我去買兩杯飲料，你要不要先回學校？」

江問頓了頓，跟著站起來，「我也去買一杯吧。」

逢寧懷疑，「你不是不喝？」

「想……試試。」

江問不喜歡喝飲料，但他習慣了她的嘰嘰喳喳。

如果安靜下來，心也空了。

其他的，他也不懂。只知道自己還沉浸在和逢寧剛剛輕鬆快樂的聊天氣氛之中。

江問貪戀這點限定的快樂。時間快到了，捨不得抽身。但他什麼都不能說，無計可施，只能把這些往心裡藏。

手搖飲料店名字很可愛，叫櫻桃小丸子和布朗熊。就隔了一條馬路，這時候排隊的人還是很多。其中不乏啟德的學生。有女生瞄到江問進來，曖昧地推了推同伴的手臂，用口型，「看帥哥。」

逢寧有很嚴重的選擇困難症，她每次在點吃的點喝的之前，都會仔細研究，糾結很久。

她揚起頭，髮頂帶點清淡的香味，擦過他的下巴。

江問心神搖曳，怔愣了一瞬間。

逢寧手舉著，對著點餐牌指指點點，「你說我是要招牌布丁還是仙草凍奶茶？」

他比她高，低著眼，很耐心的說：「我不知道哪個好喝。」

「上次小孟帶給我的就是仙草凍奶茶，那我這次喝招牌布丁吧。」逢寧皺起臉，終於下定決心，問他，「那你呢，你想要什麼？」

「都可以，妳幫我點吧。」江問說。

逢寧露出異常煩惱的表情，「你不能讓我點啊，我自己已經選得很痛苦了！」話這麼說，她還是重新去認真地看點餐牌。

江問站在她身後，露出一點微弱的笑。

「芒果椰汁西米露如何？還是檸檬茉莉茶？你想要哪個。」她轉頭。

江問故意說，「妳選。」

逢寧做了個深呼吸，沉思半天，拍板，「那就芒果椰汁西米露吧。」

「嗯。」

隊伍很長，前面差不多還有十幾個人。逢寧是個聒噪的人，一說起話來嘴巴就停不住。她甚至不需要任何人接話，自己就能滔滔不絕地講個半天。

「你知道嗎，我當時一看這家的店名我就喜歡上了。」

「櫻桃小丸子和布朗熊。」他重複了一遍店名，「為什麼？」

「因為我最喜歡的動畫就是櫻桃小丸子啊，我到現在都特別喜歡看呢，還經常搖頭晃腦模仿小丸子的臺詞。」

逢寧臉旁邊還有點汗，眼神亮晶晶的，得意道：「我小時候剪了短頭髮，別人都說我和小丸子特別像，我媽媽也說像。」

突然有道聲音傳來，「江問……你怎麼在這裡？」

兩人一起回頭，程嘉嘉旁邊還有個女生。與此同時，她們也看到了逢寧。

程嘉嘉立在原地，表情複雜，「能跟我出來一下嗎？」

江問遲遲沒動。

等了大約一分鐘，程嘉嘉見他沒反應，「我們把話說清楚。」

「說什麼？」

程嘉嘉咬了咬下嘴唇，「你確定要在這裡說？」

江問默然。

逢寧保持著深沉的表情，看著江問跟著程嘉嘉推門出去。心底止不住惋惜，可惜正在排隊，太可惜了，不然她也好想跟上去看看他們怎麼演青春偶像劇呢！

太陽光熾烈，悶熱如影隨形裹在人身上，窒息又黏稠。剛剛不覺得，現在頭卻開始隱隱泛疼。心像是被灌滿藥物的化學試劑瓶，連一陣溫柔的風都能點燃他的不耐煩。

程嘉嘉眼底有點淚光。

江問一聲不響，臉上依舊看不出明顯情緒。

她轉開頭，憋了憋眼淚，又轉回頭，繼續說，「那天大家一起吃飯，都是你的朋友，鬧成那樣，你一聲不吭就走了，把我一個人丟在那裡，你不打算對我解釋什麼嗎？」

「抱歉。」

「你明知道我就是說氣話，你為什麼連解釋一句都不肯？我本來也沒有想要那樣的。」

程嘉嘉氣得發抖，「這兩天你知道我過得有多難受嗎？我們剛剛吵完架，你就和別的女生一起買飲料，你們在一起了是嗎？你喜歡她？」

她的情緒投入，而他的心落不下來。眼睛看著飲料店的門口，掛著幾個晴天娃娃，櫻桃小丸子笑得很燦爛。更遠的地方，有一排樹，黑色的電線桿，白的雲，藍的天，顏色很不均勻。

江問開始想像她短頭髮的樣子。

「好，那我換個問題。」程嘉嘉把手握緊了，「你不喜歡我了對嗎？」

路邊有小孩在亂跑，他注意力不是很集中，「是啊。」

「那你喜歡過我嗎？」

許久，她聽見江問開口。

「沒有。」

他們的對話到此為止。

第八章 愛要怎麼說出口

逢寧啜著吸管，手臂曲起抵在桌上，專注地看著手上的一本《考題狂背》。

她的腿伸直，斜了點搭在走道上。腳尖跟著店裡的音樂節奏，左左右右地晃動。門口的風鈴晃動，叮鈴鈴一聲響，有人推門進來。

感覺到被人輕輕踢了一下，她抬頭。

江問在對面坐下。他額角出了點汗，曬了這麼久，臉蛋還是雪白的。

「哇，回來了。」

「嗯。」

逢寧用眼神示意，「你的芒果椰汁西米露，自己插吸管喝。」

江問看了一眼，卻矯情地沒有動。

她繼續低頭看講義，和無事小神仙一樣，嘴裡哼著不著調的歌。

「妳看什麼？」

「考題狂背，裡面的小考重點講解特別齊全。」

逢寧快速看完兩道題，順便還不忘自吹自擂，「以我這個學習態度，這麼聰明，還這麼勤奮。誰看了不佩服？誰看了不驚嘆？就連鐵娘子見了也要落淚！只能說年級第一這個名號當之無愧。」

她順口溜一樣地說完一大段話，結束了還深沉地下結論，「沒錯，我值得。」

江問臉色神情少見的柔和。中途他偏過頭去，很淡地笑了一下。

她隨口問：「你和你朋友怎麼樣了？」

江問剛要說話。

「——別！」逢寧忽然腦袋微低，五指張開伸到他面前，比了個停止的手勢，眼睛瞇起來，「別說，讓我名偵探柯寧猜一猜！」

江問靠在椅背上，覺得有點好笑。他雙手環抱，伸了伸下巴，示意她說。

「根據剛剛她喊你出去的神情分析，你們肯定在鬧彆扭？」

「嗯。」

「但是你現在很平靜，很放鬆。那麼根據你現在的神情分析，你們剛剛談得不錯。」

江問繼續頷首，「還可以。」

「哦……我懂了。」

「懂什麼？」

「你們又和好了。」

江問黑下臉，「沒有。」

逢寧挑起一邊眉，一副事不關己的局外人模樣，「喔，鬧翻了？」

江問十分矜持地說：「我不喜歡她。」說完了，又淡淡補充一句：「誰也不喜歡了。」

逢寧簡直要笑出來，「怎麼了，您這是要斷情絕愛，青燈古佛相伴一生啊？」

江問沒說話。

過了一陣子，逢寧才後知後覺，和學校有名的風雲人物坐在飲料店，有多引人注目。

她想起平時別人的議論，說江問多像多像少女漫畫的男主角。這個皮相啊……唉，確實是有點過於標致和秀氣了。逢寧將巴掌大的講義收起來，手一揮，「走吧走吧。」

一群女生偷瞄的目光中，江問也跟著站起來。

她指了指絲毫未動的飲料，「你不喝？」

江問屈尊瞄了一眼，心氣不順道：「不想喝。」

「帶著吧。」逢寧吩咐，「你比雙瑤三四歲大的弟弟還要不懂事。」

「……」

「他雖然年紀小，但是也知道不能浪費糧食，想吃什麼，就能把什麼解決。」她話裡帶著點別的意思，「別人家的小朋友都很懂事，你再看看你。」

聽她說完，江問臉上不動聲色地問：「妳多大？」

「十五，到年底要滿十六了。」

「妳生日是年底？」

「是啊，十二月。」

「我比妳大。」江問神色認真，「我也會比妳先成年，我不是小朋友。」

他聲音有點低，帶點沙啞。逢寧似有所悟，「男人都介意別人說自己小嗎？」

「嗯。」

江問很快答應完，瞥到逢寧曖昧又下流的表情。他回味兩秒，反應過來上了別人的圈套，又氣又惱，還有點羞，「妳……」

逢寧哈哈大笑。

她在市井間摸爬滾打著長大，開起帶顏色的笑話向來葷素不忌，猥猥瑣瑣的，張口就來。

「對不起、對不起，我不該說這個。忘記了您還小，我的錯，我該死，我自己掌嘴。」逢寧和電視劇裡的狗腿太監一樣，左右兩邊輕拍自己的嘴巴。

他們往外邊走，江問被她氣到了。路上任憑她怎麼逗，就是不肯再開口說一句話。

「你能不能別生氣了。」逢寧有點無奈，「開個玩笑嘛，怎麼這麼小心眼呢。」

江問沒多想就說：「我不喜歡妳說我小。」說完自己也一頓，「我不是說那個小，我是說……」

逢寧嗯嗯兩聲，眨著眼睛，疑惑道：「噢噢噢噢，那你是哪裡不小啊？」

江問腦子瞬間的短路。

她一頓爆笑，笑得直捶牆，連腰都直不起來。

江問心裡氣，腳步加急，往前走，澈底不理她了。

逢寧追上去，一邊說還在笑，「你說吧、你說吧，我真的不開玩笑了，真的不開了，我發誓。」

不知道是天氣太熱了還是他真的惱了，連脖子和耳朵都紅了。

「行了，別氣了。」逢寧現在覺得江問生氣的時候特別可愛，「來，姐姐帶你去個好地方。」

她心裡生出一點感慨。

有的人表面正正經經，其實就是個很乖的老實人。逗起來特別好玩。

江問惱她亂七八糟的話，堅持道：「我比妳大。」

「好好好。」逢寧迅速改口，沒臉沒皮地哄著他，「那我帶哥哥去個地方。」

她往前走，他卻不動了。

陽光曬下來，逢寧手彎著擋在眼前，側身，「怎麼了？」

江問反應了幾秒，挪著腳步。

把哥哥這個詞反覆咀嚼了兩遍，默默往心裡裝。

她帶著他七拐八彎，到一個店面前停住。

抬頭一望，小小的紅招牌上面寫著：福利彩券

裡面狹小逼仄，連空調都沒開，只有兩個破風扇呼啦啦轉著。老闆娘穿著大花褲，正在用電腦看最近大紅的宮鬥劇，見兩個高中生模樣的人進來，懶洋洋打了個招呼。

這裡連坐的地方都沒有，一條窄窄的走道，勉強能容身四五個人。

江問掃了一眼周圍的環境，有點嫌棄，「妳要幹什麼？」

「打劫。」

江問：「……」

老闆娘問：「你們要買刮刮樂還是雙色球，五十塊錢一注，自己選號碼。」

「你生日是什麼時候？」逢寧扯了扯他。

「一一一四。」

「喲，天蠍座啊，怪不得這麼記仇呢。」她想了想，笑嘻嘻地說，「你知道嗎，我們摩羯座是你們天蠍座唯一的剋星。」

江問不置可否。

老闆娘對著電腦按一按，輸入逢寧報的號碼。

出了彩券行，逢寧舉起來，對著陽光看了看，反手把彩券交到江問手上，「送你啦。」

江問看了看上面那串號碼：『9245911149959。』

「這是什麼意思？」他問。

逢寧神祕地說，「你自己猜出來才有意思嘛。」

「……妳經常買彩券？」

「是啊。」逢寧嘿嘿笑，「偶爾買一注，只是為了等待，不求千把萬，只願五百萬。」

江問把彩券收好，嗤笑一聲。

「你笑什麼？」逢寧一板一眼地說，「有時候你買彩券，買的不是彩券，買的是希望，懂嗎？」

他們是一起進教室的。

教室裡只到了差不多一半的人，趙瀨臨低頭在玩遊戲機。看到他們兩人同時進來，嘴角露出點意味不明的笑來。

一整個下午，江問的心情都還不錯。坐在他旁邊的人感覺是最明顯的。

要知道前段時間，足足有一個星期，江問也不知道在跟誰生氣。反正整個人就像一個隨時都能引爆的定時炸彈，搞得趙瀕臨都快崩潰了。

晚上和籃球隊的幾個人打完球，一群人在場邊歇息了一下。郗高原左右看了兩眼，「咦，怎麼沒看見程嘉嘉送水給江問？」

他消息落後，被趙瀕臨拐了兩肘子，郗高原還蠻驚訝的，「太可惜了。」

「可惜什麼？」江問哼笑，灌了一大口水，「無聊。」

趙瀕臨嘴賤道：「嘖，我拜託你就別口是心非了。」

走出燈火通明的籃球館，外面天黑下來了，快到十月份，一入夜就涼得特別快。

郗高原打了個哆嗦感嘆，「我和林如低調點吧，免得羨煞你們一群人。」

「嘔嘔嘔，你夠了。」

「郗高原是射手男，我是牡羊女，我們兩個契合指數是百分百。」

有人笑她，「妳還信這個啊。」

林如噘嘴，「這個講究星盤，很準的。」

趙瀕臨起了點興趣，「那妳幫我算算，我的真命天女是什麼星座？」

幾個人輪著算完了，郗高原指了指江問，「妳幫他也算算，我們這裡就數他的情路最坎坷了。」

「他是什麼星座啊？」

趙瀨臨代替回答：「天蠍。」

林如「啊」了一聲，有點驚嘆，「天蠍男一般外表低調，其實內心火熱，還悶騷，我以前超級迷的。」

郗高原清清喉嚨，「妳好好說話。」他突然笑得很賊，「對了，天蠍這個星座，是不是占有欲特別強啊？」

江問瞥他一眼，不鹹不淡道：「滿腦子廢料。」

「你裝什麼。」郗高原拐了他一肘子。

他剛剛打完球，爪子髒兮兮的。江問往旁邊躲了一下，眼裡全是嫌棄，「別碰我。」

郗高原氣得臉都歪了，委屈道：「女孩子喝多了吐到你身上你都不嫌棄，結果兄弟連碰一下都不行，你的破潔癖還選擇性發作啊？」

林如在鍵盤上滴滴答答地打字，一下子之後抬頭，「算出來了。」

趙瀨臨躍躍欲試接過她的手機，照著上面唸：「和你最契合的三個星座是……巨蟹、雙魚、金牛。」

別人還在想身邊有沒有巨蟹妹子，江問突然道：「摩羯呢？」

其實問得還挺突兀的，幸好沒什麼人在意，林如回道：「摩羯好像只適合和天蠍座當朋友，親情配對指數比較高。」

一陣鬧哄哄中，江問冷冰冰撂下一句，「垃圾網站。」

林如看著他遠走的背影，一時語塞。

九月的尾巴咻地一下就過去。

熱夏漸涼，雙瑤最近遇到了嚴重的感情問題。逢寧在操場剛剛跑完步，綿軟無力地任由她拖著。

「我明天帶妳去看看他，真的，他完全長在我審美的點上。我暈了，又高又白又瘦。」

「叫什麼？」

「還不知道。」

逢寧笑她：「別班的？那妳一個人在這裡陶醉，人家認識妳嗎？」

雙瑤掐了她手臂一下，嘴裡說著：「妳說話能不能別這麼難聽？雖然我們彼此都不知道對方姓什麼、叫什麼，但是我有很強烈的感覺。」

「什麼感覺？」

「我對他來說一定是特別的，因為我和他隔著擁擠的人潮對視過很多次。」

「既然你們心意相通，那特別的瑤瑤又在苦惱什麼？」

「本來，我覺得他是不愛理女生那一種。但是今天，今天有個人來找他要聯絡方式，他居然給了！他！居然！給了！」

說到這裡，雙瑤又來氣了，說起話來都顛三倒四的。她趕緊做了兩個深呼吸，「我當時正好經過，看到他在紙上唰唰寫完遞給那個女生，我真的，我要氣死了！」

踩過大片落葉，逢寧提出建議，「那妳也去要啊。」

雙瑤搖頭，向好友細膩地描繪著自己的心路歷程，「不行，我不能要。這樣一點都不浪漫了。我能每天都為了他寫日記，計算好距離跟他擦肩而過，我也能在心裡默數跟他對視的每一秒，但是我不能主動邁出這一步。」

「為何？」逢寧犀利地評論，「妳這不就是在自我感動嗎？」

「妳根本不懂。」

夕陽欲落不落，她們繞著操場溜達，身邊還有退休的老教師。鬥了半天嘴，看雙瑤委委屈屈，逢寧嘆氣，「既然這麼痛苦，那妳就別喜歡他了吧。」

雙瑤忿忿，可憐得很：「我不是做不到嗎？」

「我幫妳分析一下。」逢寧歪了一下嘴角，「妳有沒有想過，妳喜歡的可能不是他，妳喜歡的是『喜歡他』這件事為妳帶來的屈服感。」

雙瑤停下來，「屈服感？」

「是的，妳好好體會一下這個詞。」逢寧裝出一副理性的樣子，「平平淡淡喜歡一個人，是沒意思的。客觀地說，喜歡本身就是個愉悅且痛苦的事情，就是要有這種朦朧之中悵然若失的感覺，難受的同時也讓妳享受。」

雙瑤沒她腦子轉得快，頗為費力地理解這番話。

她丟完一個接一個的論點，迅速蓋棺定論，「妳還記得我的演講嗎？尼采的觀點，歸根究柢，妳喜歡的都是自己產生的欲望，而欲望的對象是誰其實不重要。妳如果想通這一點，換個人喜歡也不是件難事，對不對？」

雙瑤下意識跟著點頭，疑惑著，陷入沉思。

達到想要的效果，逢寧得逞地笑笑。

她在胡扯的時候，總能面不改色地把一些自己都不信的話圓到邏輯一致。順便引據一些經典名言，讓人乍一聽覺得特別有說服力，分辨不清真與假，繼而不留痕跡地把別人唬弄得暈頭轉向。

逢寧本質就是個不折不扣的流氓。

運動會臨近。

班長為了項目報名的事焦頭爛額。男生都好說，主要是女生這邊不怎麼積極，參與度太低。

「鐵娘子讓我和體育股長兩個人解決。但是我們在班上問了兩天，女生不是這個不能曬太陽，就是那個不能劇烈運動。妳說我們班男女比例還挺平均的，到時候這個項目缺席，那個項目沒人，不是挺丟臉的嗎？倒也不是什麼班級榮譽感，至少能交個差也行啊。」

晚自習，班長四處說服人，嘮嘮叨叨的本事快要趕上瓊瑤劇女主角了。

五分鐘了不帶停歇的。逢寧被他唸得頭都痛了，啪地放下筆，抬頭：「好了，你別說了。報名表給我，差哪個？」

班長帶點討好和小心，「別的都勉強能湊上幾個人，一千五百公尺這個實在是……」

逢寧懶得聽他廢話，迅速掃了一眼，在一千五百那欄簽下自己名字，把表格丟給他，「好了，我要念書了，你趕緊走，別在這裡妨礙我念書。」

「還有跳高……妳要不要也考慮一下？」班長說話的時候肩膀被人點了一下。他絲毫沒察覺，說沒說完，頭頂上方傳來一道不耐煩的聲音。

班長張了張嘴，不確定道：「江問你……你找我有事？」

江問身形修長，冷著臉立在旁邊，「這是我的座位。」

「哦哦。」班長緊張地站起來，讓出位子。

不知道為什麼，女生們都說江問很帥，但他總覺得江問身上有種陰鬱的感覺，一個眼神就能凍死人。班長有點害怕，很快就走開了。

謝天謝地，逢寧耳邊終於清靜下來。她晚上跑步出了不少汗，又陪雙瑤在外面吹了半天風。這下子頭痛發作，幾道物理題目看了半天都沒想法。

她懶懶地抬臂，戳了戳前面的人，「江問。」

三、四秒後，江問背往後靠，側扭著頭望過來。

逢寧把手縮回來，有氣無力地將本子轉了方向，「幫我看幾道題吧。」

他接過去，研究了一下。

江問講解題目的時候側著身，手臂搭在她的桌子邊緣。一邊講，一邊用筆在紙上畫受力分析圖。

他垂著頭，黑髮細軟，落在眉前，不經意洩露了一點溫柔的意味。

逢寧沒什麼力氣，腰塌下，軟趴趴地把下巴墊在桌上。

江問說話的氣息輕輕拂過她的鼻尖。逢寧抽了一下鼻子，嗅到一股清新的味道，清新到她都有點走神了。

眼睛瞄到江問的嘴巴，心裡想著，他嘴唇好紅哦，不知道用什麼牌子的漱口水……

橘子味？

還是葡萄柚味……

一分鐘，逢寧趕走腦海裡的思緒，集中注意力，認真聽他講課。她用手點上作業本，「這裡啊，定滑輪兩邊受力不是一樣的嗎？」

江問唰唰又畫了兩條線，「滑輪軸的摩擦不計，但是不能忽略繩子拉力對P的作用力。」

「哦……」

逢寧收斂心神，心無旁騖地聽他講。她睫毛長長的，眨了眨。連眼裡的光都被眨碎。

他微微抬眼，不小心看到這一幕，握筆的手一抖。

頭頂的燈忽然「啪」一聲，與此同時，整個教室陷入黑暗。

前面有人喊，「什麼情況啊？跳電了？」

班長連忙出去看了看，整棟教學大樓都停電了，只有樓梯處的緊急照明燈亮著。

班上亂了起來，逢寧還是維持著原來的姿勢沒動。

在漆黑中，江問無聲等了一下。他手裡還握著筆，有熱熱的呼吸噴灑在手背上。是她的。

他手緊了緊，又鬆開。收回去的時候，手腕突兀地擦到她的額頭。

什麼都看不見，觸覺和聽力的感官變得越發敏銳。

砰，砰，砰，這是心跳的聲音。

「妳聽懂了嗎？」

逢寧哼了一聲，「……差不多了吧。」

「還有兩題，我回寢室再跟妳講吧。」

他們互相看不到彼此的表情，逢寧疑問地「啊」了一聲，「回寢室你要怎麼跟我講？」

「……妳有手機嗎？」

「有啊。」

江問靜了一下，說得很艱難，似乎挺勉強的樣子，「……那妳把手機號碼告訴我吧。」

逢寧樂了，毫不留情拆穿他，「江問，你這個聯絡方式要得略微有點僵硬啊。」

「……」

正好走廊的燈亮起，微弱的光線漫進來。教室恢復了一點點光亮，江問羞惱的表情還來不及收起。

兩人眼神對上，逢寧仍然保持著剛剛的姿勢。

除了羞惱，她居然還看出點委屈來。

他扭過頭，努力維持著自然的表情，嘴硬道：「算了。」

沒過多久，有巡邏的老師過來，讓在教室自習的學生都回去，說今晚不知道什麼時候才能來電。

江問開始整理東西。他站起來的時候被人叫住，逢寧兩指間夾了張紙片遞給他，一看就是臨時從本子上撕下來的。

江問氣還沒消，頭沒動，眼神向下，「什麼東西？」

她嘻嘻一笑，「你想要的啊，我的電話。」

「我不要。」江問沒接，也不看她。

逢寧差點翻白眼。

她耐著性子，把自己本子翻開，雙手遞上筆，好聲好氣地說：「好好好，是我想要您的電話號碼行不行？您是否能賞個臉，把手機號碼寫在我的本子上呢？」

郗高原和趙瀕臨正在用電腦看球賽。他們瞥見江問推門進來，還挺驚訝的，「不是在教室念書嗎，怎麼回來得這麼早？」

他言簡意賅：「停電了。」

江問去換了睡衣，在床邊坐下。閒著沒事，和趙瀕臨他們看了一陣子球賽直播。

上半場結束，啦啦隊出來跳舞。興致勃勃評論了一下，郗高原回過頭來，突然說了一句，「江問你在等誰的訊息啊？」

江問懶得和他廢話，「我用手機看時間。」

「裝。」郗高原笑得很賊，「就這十幾分鐘，你至少看了五六次時間，怎麼了，急著熄燈睡覺啊？」

正說著，手機就嗡了一下，是訊息提醒，江問滑開螢幕。

一則好友申請，櫻桃小丸子的頭像，名字是Fnn：『你好，我是你的班導師，來檢查一下你的讀書進度。』

他從喉嚨裡哼了一聲，看了看時間，關閉了螢幕。沒有允許這則好友請求。

大概過了幾分鐘，手機又亮了一下。有陌生人傳來的簡訊：『人哥，你怎麼不理人啊？』

江問無聲地笑了下。看著時間，又是幾分鐘過去，終於勉為其難地允許櫻桃小丸子的好友請求。

Fnn_：『你怎麼這麼慢？』

W：『加我的人這麼多，我怎麼知道是妳。』

Fnn_：『你講話好冷漠。』

W：『……』

Fnn_：『你現在應該還不用睡覺吧？』

W：『嗯。』

趙瀕臨的大嗓門在耳邊炸響，「江問，你一個人對著手機傻笑什麼？」說著就要把頭湊過來看。

江問得意的表情還掛在臉上，下意識把手機一收，「沒什麼。」說完這句話，他快速起身，拉開陽臺的門出去。

趙瀕臨和郗高原對視一眼。

逢寧又傳了一則訊息過去。

Fnn_：『或許你有興趣跟我探討一下傳送帶那題嗎？』

隔了幾分鐘，他回。

W：『沒興趣。明天再說吧，打字有點累。』

逢寧最受不了他這股矯情勁。她把檯燈調亮了一點，丟開懷裡的抱枕。從床上坐起來一點，直接打了電話過去，那邊響了五六聲才接。

『嘿嘿，你理解一下，我不搞清楚這道題，我晚上睡不著覺。』逢寧嘩啦啦地翻書，『我就是一個問題，就那兩個物體打滑的時候，摩擦力方向為什麼是相同的？』

春風沉醉的夜晚，晚風裹著絲絲的涼意。江問靠站在陽臺的欄杆上，望著遠處的夜空。背後的門被人拉開。郗高原探了個頭出來，「你跟誰打電話，還躲起來？」

江問反應慢半拍，把手機拿遠了點，「幹什麼？」

郗高原猜：「你姐？」

他否認：「不是。」

「你妹？」

「不是。」

「逢寧？」

「……」

江問靜了一下，郗高原眼疾手快奪過他的手機，往寢室裡鑽。

江問一時沒反應過來，愣了兩秒追過去。被趙瀕臨用手臂圈住腰，動彈不得。他有點惱，掙扎著喂了一聲，「你們要幹什麼？」

郗高原清了清喉嚨，按開擴音，「喂喂，是逢寧？」

逢寧語氣平常：『是啊，怎麼啦？』

「這麼晚打電話……」郗高原眉開眼笑，意味深長：「你們兩個是不是有鬼啊？」

『有什麼鬼啊，沒鬼呢。這就單純的年級第一和年級第二討論學術問題。』逢寧回答。

江問怒視，壓低聲音，「把手機還我。」

郗高原比了個手勢，要他別急，「那我能不能問學霸兩個問題？」

『可以，問吧。』

郗高原把手機的音量鍵又調大了一點，「妳跟妳媽在一起的時候妳媽喊妳什麼？」

『喊名字啊。』

他拖長音調「噢」了一聲，「那妳跟江問在一起的時候他喊妳什麼？」

『喊名字啊。』

趙瀕臨笑得歡快，大聲接上一句：「——那妳什麼時候跟江問在一起的啊？」

江問把手機搶過來，「郗高原腦子有問題，不用理他。」他一邊說著話，一邊側頭，把搭在自己身上的手拽開。

郗高原和旁邊的趙瀕臨互相交換眼色。兩人擺出看戲的姿態，擠眉弄眼地比來劃去，心照不宣。

掛掉電話以後，江問臉上維持著沒有任何表情的狀態。

郗高原輕嗤，繼續激怒他，「你認不認？」

江問緘默。

「你以為我們看不出來？」郗高原誇張地嘖嘖兩聲，「剛剛又急著搶手機做什麼？」

江問額頭一脹，「有完沒完？」

「算了算了，不說了，說多了你還生氣。」

江問無視他們的調侃，又低頭查看手機。

沒收到新的訊息。

點開聊天畫面，最後一則回覆是他傳的。

又看了幾秒，還是沒等到訊息。江問關掉螢幕，把手機扣到桌上。

運動會這兩天，天氣出奇得好。第二天下午，逢寧跑完一百公尺的半決賽，氣喘吁吁回到位子上坐下。正在繫鞋帶，耳邊傳來一道著急的聲音，「寧寧！」

逢寧側頭看，是雙瑤。她莫名其妙，「怎麼了？」

「妳得罪誰了？」雙瑤眼神古怪，遞給她一個東西。

幾張A4白紙上，印著一首藏頭詩。

逢彼之怒，

寧赴湘流。

小住京華，

三月七日。

「這哪裡來的？」逢寧愣了愣，翻過面看看，上面還有點未乾透的膠水。

「我去上廁所的時候發現的。」雙瑤壓低了聲音，「妳是得罪誰了，為什麼被講成小三？」

逢寧作思考狀，「哪個廁所？」

「南二棟一樓的。」

「只貼了這幾張？」

「嗯。」

逢寧還是一副平心靜氣的模樣，「好，沒事了。改天跟妳解釋，妳先回教室吧。」

有廁所被貼了，那麼肯定不只一個。

逢寧去操場臨近的教學大樓找。一樓、二樓、三樓、四樓，繞來繞去，她一個一個撕下來，抓了滿手的廢紙。繞轉到實驗大樓那邊，發現走廊也被人貼了好幾張。

女廁所也有。

逢寧思索著這件事的始作俑者，剛剛想到目標，背後的門喀噠一聲響。

回頭看去，一道人影一閃而過，門被人關上了。

逢寧走過去拉門，扭了半天，拉也拉不開，推也推不動。不知道是從外面反鎖了，還是有東西抵住了。

這兩天高一、高二都在辦運動會，很少有人來。逢寧搖搖頭，都快氣笑了。看看時間，差不多還有一個小時，一千五百公尺的項目就要開跑。

幸好這裡訊號還不錯。逢寧打電話給雙瑤，指揮她過來開門。

結果雙瑤聽她指揮，摸了半天還是找不到具體位置。最後逢寧邊說邊罵，開了個手機定位分享。

雙瑤用剪刀使勁撬著外面纏繞住門把的鐵絲，急吼，「逢寧妳沒事吧？」

「我能有什麼事！」逢寧在裡面中氣十足地回喊。

雙瑤放了點心，滿頭大汗搗弄半天，終於把門弄開，「這也太嚇人了，誰這麼惡毒啊？」

逢寧拍了拍巴掌，「妳這次還挺機靈的，帶了把剪刀，智商又上了一層樓啊。」

「還有心思開玩笑！」

逢寧板起臉，「我知道是誰。」

「誰？」

逢寧抓著她的手，快步往前走，「程嘉嘉。」

雙瑤有氣無力被拖著，「就說要妳別招惹別人吧，妳還得意，現在被人家女朋友制裁了吧。」

逢寧罵了一聲，「流星花園看多了給她們的靈感吧。」

雙瑤追著她，「欸欸欸，妳去哪裡啊？」

「算、帳。」

疾步走到體育館，逢寧計算了一下時間，還有半個小時檢錄。她隨手抓了一個路過的人，「問一下，你知道程嘉嘉幾班的嗎？」

程嘉嘉在年級裡還算是有名，沒問兩個就有人幫她指路。

逢寧走到十二班的地盤。

程嘉嘉撐著陽傘，用手機和朋友聊天。眼前突然出現一雙白色運動鞋，頭頂的傘被人敲了兩下。

「妳就是程嘉嘉？」逢寧笑咪咪地彎下腰。

她不算特別高，穿著寬鬆的運動短褲，腿又長又直。綁了一個高高的馬尾，美得殺氣騰騰。

坐在旁邊十二班的人紛紛朝這邊行注目禮，有窸窣的議論聲響起。

程嘉嘉有些緊張，不動聲色地問，「我是啊，怎麼了？」

「妳認識我嗎？」

程嘉嘉側身避開了一點，沒說話。

逢寧從容道：「整我的人是妳？」

「我聽不懂妳在說什麼，麻煩妳不要像個潑婦一樣。」程嘉嘉不喜歡這種大庭廣眾被別人看笑話的感覺，她起身想走，卻被人按住。

逢寧湊近她耳邊低語，「聽不懂？」她把手裡的一大堆廢紙塞到程嘉嘉懷裡，「冤有頭債有主，怎麼，分手了不敢找江問麻煩，柿子挑軟的捏啊？」

下一刻，旁邊的女生終於忍不住了，「還有臉提江問，妳要不要臉？」

逢寧陰著臉望向她，「妳又是誰？」

那女生梗著脖子，一臉不屑加厭惡，「妳管我是誰，倒是妳，想攀高枝的心真是藏都藏不住。什麼年代了還在做灰姑娘的夢呢，不嫌丟人。」

「這位同學，我認為做灰姑娘的夢一點都不丟人，相反的，嘲笑別人夢想比較丟人哦。」

逢寧盯著她看，九分嚴肅裡帶著一分鄙視，「我看妳年紀不小，階級觀念還挺嚴重。既然妳覺得和江問交朋友就是攀高枝，那妳無形之中就暴露了自己內心的想法——妳把自己放在了下等人的位置。」

被她一番冷嘲熱諷，女生氣急，「妳才是下等人！」

逢寧懶得和她多費口舌，看回程嘉嘉，從牙縫裡擠出來，一個字一個字地說，「把怒火出在不相干的人身上，這種做法愚蠢且無用。尤其是妳這種低級的手段，根本不能傷害到我，除了幼稚，我想不出第二個詞來評價。」

她表情有點狠，「這次我不跟妳計較，下一次妳再惹我，別怪我不客氣！」

說完，逢寧對程嘉嘉溫柔地笑了下，走了。

吵完架，逢寧像什麼都沒發生一樣，去一千五百公尺的檢錄處領衣服。她穿好之後，長長呼了一口氣，左右扭扭腰，開始替自己熱身、壓腿。

雙瑤在旁邊幫她拿外套，真是佩服她的好心態，「我這輩子都碰不到比妳心理素質還強大的人，上一秒被人關小黑屋，中途去吵了個架，下一秒就若無其事來跑步，我真是服了妳。」

「如果我能被這種小把戲就嚇唬到，我還是妳的偶像嗎？」她臉上又露出驕傲自負的表情。

「是是是，妳是我一輩子的偶像。」

年級報名參加一千五百公尺的人很少，每個班勉強有一個。學校只安排了一個場次，半決賽和決賽一次性跑完。這是今天的最後一個項目，場邊上聚集了很多看熱鬧的人。

槍響之後，有個男生跟在旁邊陪一個女生跑，起鬨得很厲害。

一共接近四圈，逢寧不斷調整著呼吸，放鬆臉部表情。第二圈之後，跑得很累，腳底下步伐越來越重。她抹了一把汗，目不斜視地看著前方。

班長組成了「醫療小隊」等在終點處，準備替跑完長跑的逢寧服務。趙瀕臨強行拉了江問過來。

「逢寧真的好強啊。」

郗高原五體投地，「這姐姐，我真是 respect（尊敬）。」

第三圈，汗水不停地滴落，漸漸模糊了視線。

就算再累，再苦，她也一定、一定能堅持到最後。她就是這樣的人。

逢寧轉過彎，在心底倒數：三、二、一。

班長激動地跳起來，「逢寧居然開始加速了！」

她像颳過的一陣風。這陣風帶著血性，颳過九班在的看臺，引起一片歡呼。

還有一百公尺。

逢寧拚命衝刺，就這麼一個接一個，超過前面的女生。最後和第一名齊頭並進。

風聲在耳邊呼嘯，踏過終點線的瞬間，逢寧控制不住往前衝了十幾公尺才慢慢停住。

雙手撐在膝蓋上，控制不住地喘。

有人踉蹌了兩步到她眼前。

逢寧稍微抬眼，瞟了一下，是江問。

他顯然是被好事者推過來的，那幾個男生滿臉八卦，笑得像朵花。江問整個人都不太自在，彆扭了兩秒，把礦泉水遞給她，「班長給妳的。」

孟桃雨太驚訝了，又開心又激動，也想跟過去，被趙瀕臨一把拉住，「欸欸欸，妳去湊什麼熱鬧？

看一下狀況！」

長跑之後不能坐下來，需要慢走，等待身體慢慢恢復。一千五百公尺跑完，今天的比賽項目已經結束。散場了，各班都收拾著東西，陸陸續續往體育館出口走。

應了班長的強烈要求，醫療小隊成員江問，被迫去陪女英雄逢寧繞操場走圈。

很久都說不出話，喉嚨和破風琴似的。逢寧默默喝水，再開口的時候，聲音還是有點沙啞，「江問，你是不是跟程嘉嘉分手了？」

他回神，有點茫然，「什麼？」

她打量著他，問得很直接，「因為我？」

「不是。」江問反應得很快，「程嘉嘉找妳麻煩了？」

她露出招牌的張狂表情，「這個我已經解決了，你不用管，你管好你自己。」

江問看著她。

「你這是什麼表情？」逢寧和顏悅色地問。

江問面無表情，自嘲地說：「我會跟她道歉。」他把道歉這兩個字咬得很重，「那妳呢？」

「我什麼？」

話剛說完，廣播臺突然響起播音員清晰溫柔的聲音：『今天最後一首歌，由匿名人士點播的，送給高一九班江某某同學——』

接著，整個操場全方位環繞著：

『叫我怎麼能不難過，你勸我滅了心中的火。』

『每一次神情眼光的背後，誰知道會有多少愁。』

旁邊經過兩個人，一人問：「這是什麼歌？」

一人回答：「好像是，〈愛要怎麼說出口〉？」

她們走遠了，最後一句話卻隨著風飄過來：「好搞笑哦，江某某同學愛誰說不出口啊？」

逢寧嗆了一口水。

江問全身的血都衝到了腦門。

第九章　怎麼樣才能不喜歡一個人

「江某某同學。」逢寧笑呵呵地叫他。

江問表情變了幾變，想開口，抿了抿唇，還是沉默。

「你不是我的惡整對象，就算是，那也是過去式。」逢寧慚愧兩秒，小心地看著他，「江問。」

每次她認真喊他名字，江問的心就忍不住跳。

「你我之間是買過衛生棉的情誼，你放心，我認了你這個朋友，不會再整你了。」她帶點討好意味，撞了撞他的手臂。

「……」

江問整個人沉默，臉色卻越來越難看。

「你為我出頭，我替你喝酒。這放在古代就是什麼？這是生死之交！」逢寧神氣地一揮手，胸有成竹道：「所以，過往的恩怨就此一筆勾銷，我們不如珍惜眼下這份單純的情誼，怎麼樣？」

她的話字字都像刺在他的神經上，江問努力讓自己平靜下來，「裝傻很好玩？」

逢寧笑得挺真誠，「我裝什麼傻啊？」

風溫柔地吹，二十幾度，貼著她的身體吹出輪廓。運動會結束，操場的人已經很少。旁邊落地式的綠鐵網，鐵網對面是籃球場，穿枝拂葉，男孩們嬉笑喧譁的聲音傳來。

林俊傑憂傷地唱著歌的結尾：『愛要怎麼說出口，我的心裡好難受……』

江問心裡一片淒涼，語氣冷冰冰的，「我倒了什麼楣要成為妳的惡整對象？妳欺負完我，再輕飄飄地用一句做朋友來結束，妳想得可真好啊。妳開心了，那我怎麼辦？」

「什麼怎麼辦，該怎麼辦怎麼辦囉，你是在埋怨我？」她簡直莫名其妙，話說得好好的，他怎麼又開始發火了。

江問長到這麼大，從來沒有遇過比逢寧還讓人心裡難受的人。

第一次見面，她就輕輕鬆鬆騙走了他的衣服。

後來江問被騙走的又何止是一件衣服。

他對別人向來不屑一顧，現在，他的懲罰終於來了。

江問微微發青的臉色被她盡收眼底。

逢寧認真考慮了一下，試探性地提議，「要不然，你少把精力放到我身上？」

「……」

江問一句話沒說，轉身就走。

逢寧頓在原地，看著他走遠。逢寧眉毛都皺成一團了，沉思道，孔雀少爺的心是不是又碎了……

運動會晚上管得很鬆，郗高原找了校隊的幾個人一起出去唱歌。

一群人玩開了，扯著喉嚨用麥克風喊 Beyond 的〈光輝歲月〉。

程嘉嘉今晚也來了，跟著她前兩天新認識的體育生一起。

裴淑柔一個人坐在高腳椅上，有一口沒一口地喝氣泡飲料。

程嘉嘉想了想，端著杯子過去了。她輕輕地喊，「淑柔。」

「嗯哼？」

「妳沒生我的氣了吧？」

裴淑柔轉過臉來，「我生什麼氣？」

「我前段時間跟江問表白。」

裴淑柔拍拍她的肩膀，「我不介意哦。」她主動碰了碰程嘉嘉的杯子，「妳高興就好，別放在心上。」

「……妳呢？」對視片刻，程嘉嘉頓了頓，還是說出來，「妳喜歡他嗎？」

趙瀕臨突然喊，「欸，你們有沒有人打電話給江問，他到底什麼時候來？」

「快了吧，剛剛傳訊息說還在路上。」

就在這時，包廂的門被人推開。江問進來，場內大部分女生的視線都停在他身上。他無知無覺，挑了個最邊緣的地方坐下。

郗高原捶桌，「怎麼只有你一個人來啊？」

趙瀕臨十分靈活地去點歌臺點了一首〈多情種〉，把麥克風交給江問，啪啪鼓掌，「接下來的主場交給我們江少爺。」

一群人笑嚷，「紅牌幾時變成情聖了？」

江問懶懶罵了句滾，要別人把歌切掉。看出他興致不高，剩下的人沒繼續去鬧他。

郗高原玩了一陣子，過來和他擠著坐，「怎麼，今天點給你的歌還滿意嗎？有沒有大膽表露心聲？」

他指的是〈愛要怎麼說出口〉那首。

下午在操場，江問陪著逢寧繞圈，幾個圍觀群眾就賊賊地跟在後面。不過他們站得遠，不清楚這兩人到底說了什麼。

哪壺不開提哪壺，直燙到江問心坎上。他說：「你很閒嗎？」

「哦豁，看來是不怎麼滿意。」郗高原拉開易開罐，遞過去。

「不想喝。」江問把頭偏過去。

郗高原吐槽，「哥，你心情這麼差還出來玩？」

江問沉默片刻。

和逢寧單方面的吵完架，他心煩意亂，晚飯都沒吃，拒絕了趙瀕臨他們晚上出去玩的邀請，獨自回到寢室。

只是一個人靜下來，她說過的那些話就在他腦海裡不停重播。重播一遍，心臟就難受一遍。

他很生氣，越想越生氣，氣她又氣自己。亂七八糟的暴躁情緒壅塞，還不如出來和他們待在一起。

「本來還想問下你今天戰況如何，現在這樣子也不用問了。」郗高原哼了聲，「早知道我們該幫你點一首〈夢醒時分〉。」說著說著就唱了出來，「早知道傷心總是難免的，你又何苦一往情深。」

江問冷笑著望向他，「你喜歡過別人？」

郗高原故意誇張地嚷道：「你這是什麼話，當然喜歡過。」

「那她不是你該喜歡的人呢？」

郗高原樂了：「你想說逢寧？」

短短一分鐘，臉色變幻幾遭。江問轉頭，繼續盯著眼前的桌子，冷不防地說：「喜歡她，就是在浪費時間和生命。」

聲音很小，不知道說給別人聽還是說給自己聽。

「說得好，你終於醒悟了！這女的看面相就特別絕情！是個狠心腸真的。」

說這句話的時候，郗高原還不知道自己兄弟以後還要來來回回「醒悟」多少次，他還在幸災樂禍地說：「天涯何處無芳草！我們紅牌多搶手啊，對吧，多少妹子拿著愛的號碼牌等著。」

江問微微弓著腰，眼睛就這麼閉著。忍耐了一陣子，他揉揉額頭，「算了……你滾吧。」

郗高原憤憤，「哼，滾就滾。你不想聽，少爺我還不樂意說了！」

運動會完了之後，老師對班上的座位進行了一次大調整。逢寧因為喜歡上課講話，被調到一組前排。孟桃雨還專程去跟老師申請和逢寧繼續當鄰居。

期中考試一過，日子過得很快，逢寧瑣事多，念書和打工之外的東西全然忘卻。

等想起江問這個人，還是聽別人議論期中考試的成績。逢寧倒是穩定在年級前三，而江問則直接掉出了前十的隊伍。鐵娘子拉著他去辦公室談了一整節課的心。

她晚上回到寢室，思索著安慰江問兩句，順便和他交流交流讀書心得。結果打開手機，傳了一個『hi』過去，發現已經被別人封鎖了。

逢寧：「……」

罷了罷了。

日子像本書，一頁接一頁地翻過去。耶誕節那天下了場不大不小的雪。

中午，逢寧正在學生餐廳吃飯，手機忽然震動了起來。是個陌生的號碼，她不大在意地接起來，「喂？」

那邊的聲音很焦急，『妳是趙宇凡的家長嗎？』

「嗯？」逢寧停了筷子，「趙宇凡，他怎麼了？」

等電話掛斷，逢寧急急忙忙去小學部的教務處。

趙宇凡身上髒兮兮的，褲子上都是泥雪，正一言不發坐在椅子上。

「你沒事吧？」逢寧快步過去，拉起他的手左右查看。

「有事的不是他。」

看到逢寧一副學生扮相，老師皺眉，「妳是他的誰，家長呢？」

「我是他姐姐。」逢寧鬆了口氣，「等等，我跟他媽媽打個電話。」

上次帶趙宇凡出去吃肯德基，留的電話是逢寧的。平時趙慧雲工作忙，趙宇凡在學校有什麼事都是直接找逢寧。

老師交代了一下大致情況，中午放學的時候趙宇凡和同班的男生在樓梯口打架。推拉間不小心把路過的女生撞下樓梯，導致別人小腿骨折。

逢寧把趙宇凡帶走，他們攔了個車趕到市中心醫院住院大樓。下了車，遠遠看見趙慧雲提著兩盒高級營養品等在門口。

趙慧雲脾氣衝動，見了趙宇凡就要打他，「你這個臭小子，一天到晚不讓我放心。」

趙宇凡怕得往逢寧身後躲。

逢寧攔了一下，勸道：「雲姐別衝動，別衝動，我們先上去看看是什麼情況。」

他們進到電梯。

逢寧摟著趙宇凡的肩，帶著點撫慰，「等一下好好跟別人道歉，記得要有禮貌，知道嗎？」

趙宇凡剛剛被媽媽凶了一頓，眼裡淚汪汪，害怕地點點頭。

那個女孩病房在ＶＩＰ層，住的是套房，他們等在客廳外，過了一陣子才有護士把他們引進去。

進了門，趙慧雲擺出歉意的笑容，誠懇地說，「哎，小孩子不懂事，這次真的不好意思，醫藥費我們肯定出，醫生也拜託朋友盡可能聯絡最好的，還有賠償費用——」

坐在沙發上的女人雍容華貴，瞧了他們幾眼，不客氣道，「我們家不缺這點錢。」

「媽，妳別這樣說話。」靠床邊坐著的人削好蘋果，倒了杯水，對他們說：「阿姨，她沒什麼事，您去忙吧。」

殷雁抱怨，「什麼沒事，正是關鍵的時候，不知道要耽誤多少課，醫生說至少要在家躺兩個月呢。」

「對，我理解，我孩子也是六年級。」趙慧雲適當地沉思半刻，「要不然這樣……我出錢找個家教，馬上要放寒假了，讓家教去家裡幫您女兒補補錯過的課？」

她誠意十足的樣子，讓殷雁態度明顯放緩了點，「不用了，家教也不知道學校進度。」

「欸，我知道妳！」躺在床上的女孩喊了一聲，大家視線都集中過去。小女孩似乎回憶了一陣子，眼睛一亮，「姐姐妳叫逢寧是嗎？我在學校門口的榮譽榜看過妳。」

逢寧身上還穿著啟德的校服，她笑笑，「是我啊。」

見狀，趙慧雲把逢寧帶到旁邊商量了幾分鐘，又去和殷雁溝通。

逢寧上前兩步，在床前蹲下，和小女孩平視，溫溫柔柔道：「姐姐平時週末都有教趙宇凡做作業，你們要學什麼我都知道。等放寒假了，姐姐去輔導妳做功課可以嗎？」

話落音，一陣腳步聲傳來。床上小女孩突然驚喜地叫了聲：「哥哥！」

彷彿心電感應一樣，逢寧偏頭。

外面的雪越下越大。

江問下巴線條流利，眉眼冷肅，一如既往地清高又禁欲。他穿著蒼藍色的防風外套，肩膀落了未化的碎雪。

視線投到她身上，他反應一下，腳步停了停。

見到房裡一群人，江問眉頭輕鎖。

「吃過飯了嗎？」殷雁先開了口。

趙慧雲笑著和殷雁交談？，「這位是您兒子？」

殷雁微微頷首，「我們家老二。」

其實那晚在簡糖，趙慧雲就見過江問，只是當時人多又雜，燈光暗，所以這時她總覺得面前這男孩眼熟，卻也想不起來。

江問掃過逢寧一眼，靜靜走到床邊。

江玉柔抓著他的手搓，「呀，哥哥，你的手好涼，我幫你捂熱。」

江問揉了揉她的髮，「好點了嗎？」

「好點了。」江玉柔左看看，右看看，眨著亮晶晶的大眼睛，「我是不是不用上課啦？」

江玉韻彎起唇角，「妳就這點出息。」

他們用崇西那邊的方言交流，別人也聽不太懂。逢寧觀察了一段時間發現，這一家幾口人，就沒有難看的。

江問大部分外貌都是源自於他的媽媽。殷雁不像同齡中年婦女那般臃腫，臉龐保養得當，絲毫沒有因為歲月的打磨而顯得蒼老，眉眼間依稀能看出年輕時候的風情。

不合時宜地，逢寧想起雙瑤評論江問的長相，說他特別清純。當時沒法理解，現在卻突然有點回味過來。

他氣質就很有距離感，才十幾歲而已，就連笑起來都覺得冷。在這種乾淨的雪天，無端端就給人一種冰清玉潔的感覺。

趙慧雲慣會察言觀色，「我們留個電話，那我們就不打擾了。」

逢寧也跟著站起來，牽過縮在旁邊的趙宇凡，指了指病床上的江玉柔說：「快點，跟小妹妹真誠地道個歉，然後說再見。」

趙宇凡飛快地看了眼在病床的人，諾諾地擠出三個對不起。

出了住院大樓，趙慧雲拍拍逢寧肩膀，「這次多虧了妳，我剛剛來的時候託朋友查了，摔的居然是江家小女兒。趙宇凡這個臭小子，一天到晚給我惹禍。」

呼啦啦一陣風吹到臉上，像被人甩了一巴掌似的。逢寧圈上圍巾，把臉縮在裡面，哈了口氣：「不謝不謝，老闆真要謝我，每個月多發點薪水就行。」

「就妳會算。」趙慧雲低語，「對了，妳和江家小公子認識？」

「誰？」逢寧反應了一下，哦哦兩聲，「江問啊，我跟他同一個班的。」

「這不是巧了，說不定藉這個機會能跟江家攀點關係，正好我想租幾間廣九那邊的商鋪。」

趙慧雲是個聰明人，剛剛對殷雁話說得那麼客氣不是沒原因的。內疚是一方面，或多或少還是存了點巴結的心思。她盤算著，「到時候我再聯絡一下，妳放假抽得出時間去教那個妹妹寫幾天作業嗎？薪水我按小時來結。」

逢寧想了想，「我寒假……除了肯德基的打工，應該也沒什麼了吧。」

「呵，肯德基還收『童工』？」

「短期工讀，管得沒那麼嚴格啦。」逢寧笑容燦爛，「再說了，您店裡不也用『童工』嗎？」

「妳怎麼不是我女兒，妳媽媽是怎麼生妳這麼懂事的孩子。」趙慧雲看看時間，從錢包裡抽出幾張鈔票塞到逢寧手上，「好了，我還有筆生意要談，我不送你們了，你們倆搭個車回學校。」

雪不停地下，一大一小兩個人在路邊吹了半晌的冷風。路面都被凍住了，來往的計程車很少。

沮喪的趙宇凡剛剛憋了半天，看媽媽終於走了，「哇」的一下，抽抽噎噎哭出來。

小胖子的悲傷來得突然。逢寧張目結舌，她站在旁邊跺腳，摸出一張衛生紙幫他擦鼻涕，「你哭什麼啊？」

趙宇凡臉頰鼓起來，「我就是想哭，我心裡難受。」

「你媽媽還沒揍你呢，你心裡難受什麼？」

「我、我不想告訴你。」趙宇凡打了個哭嗝，「但是我就是難受，嗚嗚嗚嗚嗚嗚嗚，我心裡特別難受，嗚嗚嗚嗚嗚。」

逢寧逗他，「你告訴我吧，你不告訴我，那你只能一個人哭，一個人憋在心裡多難受啊。」她忽然想到什麼似的，「哇，不會吧，你上次在肯德基要的安娜玩具就是要送給這個小妹妹的？」

聞言，趙宇凡哭得更大聲了。

逢寧快要笑死了，臉上還是一本正經，刺激他，「小胖子，你是不是暗戀別人啊？那你這次害得別人住院，人家肯定恨死你啦。」

說不過她，趙宇凡嗚嗚地哭，邊哭邊抽噎著瞪她。

「這可怎麼辦啊？」

逢寧正逗小孩玩得高興，身邊突然慢慢停下一輛高級的黑色轎車。

車窗降下，江玉韻問：「你們兩個是不是要回學校？現在不好攔車，你們上來吧。」

「好啊好啊，謝謝姐姐。」逢寧驚喜了一下。她也不扭捏，趕忙拉著趙宇凡起來。拉開了車門才發現後面也坐著一個人。

逢寧盯著他看，江問把頭扭到一邊，看向窗外。

驟然進入冷空氣，車窗起了一層白白的霧。逢寧拍了拍趙宇凡頭上的雪，她臉頰被凍得有些粉，笑卻特別甜，「姐姐妳真好，人美心又善。」

司機在開車，江玉韻笑了笑，問，「小孩在哭什麼？」

「沒事沒事，剛剛被他媽媽罵了一頓。」逢寧立刻解釋。

趙宇凡胸口上下起伏，「姐姐欺負我。」

逢寧抬手捂住他的嘴，「你瞎說什麼。」

路口有個紅綠燈，車子緩緩減速。江玉韻瀏覽了一下工作郵件，問：「小妹妹，妳多大了？」

「我高一。」

「哦？小問也是高一。」

「我們是同班的。」

「你們是同學啊？」江玉韻從後視鏡看了他們一眼，「我還以為你們倆不認識呢。」

「剛開學，大家都不怎麼熟悉。」

江問一直沒出聲，刻意冷淡她。正好來了電話，他接起來。

車裡的暖氣很強，趙宇凡脫下手套。摘圍巾的時候，放在腿上的手套掉到他腳邊，逢寧彎腰去撿。

江問心不在焉打著電話，看了一眼，不耐地把腿岔開，替她留出空間。

那頭趙瀕臨扯著嗓子吼了好幾聲，『你去哪裡了怎麼沒見人？喂喂喂江問江問？怎麼沒聲音了？問哥！』

江問回神，隨口應了聲，「吵什麼吵。」

『哦哦哦，你剛剛幹什麼了，突然就不說話了，我還以為沒訊號。』

江問眉目生冷英俊，臉上神情煩躁，「我馬上就到學校，掛了。」

「是趙瀕臨？」

江問板著臉，「嗯」了一聲，

「你黑眼圈怎麼這麼重？」江玉韻頭稍稍一偏，「你這才剛上高一，在學校不用給自己太大壓力。」

江問也不知有沒有聽進去。

「我說你這段時間怎麼回事啊，在家裡也一副丟了魂的樣子，是不是學校遇到什麼事了？」

江問打斷她，「別說了。」

江玉韻不甘休，「是不是跟朋友吵架了？」

「沒有。」

「我指的是異性朋友。」

江問表情很淡，「我沒有異性朋友。」

「真的假的？」江玉韻又去問一邊的逢寧，「這小子在學校不是很受歡迎嗎？」

「是啊是啊。」逢寧笑起來，「江問在我們年級可受歡迎了呢！」

她們聊天的時候，他微微側頭看逢寧，不過很快又移開。

「哈哈，國中我帶他出去吃飯，經常有小女生跟著。」江玉韻話題轉得快，「不過他不開竅呢。」

「確實。」逢寧一臉的贊同，「晚幾年開竅也沒什麼，反正還小。」

車開到學校門口。

逢寧替趙宇凡戴上帽子，耐心囑咐道：「你自己回寢室換身衣服，下午乖乖去上課知道嗎？」

趙宇凡懶懶地應了一聲。

逢寧直起腰，拍拍他的背，「好了，你快去吧，姐姐也要去上課了。」

旁邊有人經過。

往教學大樓的方向走，逢寧雙手插在口袋裡，默默地跟在江問身後兩三公尺的地方。

他們一前一後，隔著點距離。她突然腳步加快，喊了一聲，「欸，江問，你上次的彩券中了沒？」

「不知道。」他聲色如常。

逢寧還抱著最後一絲期望，「那你開獎的時候看了沒？」

「沒有。」

江問不想理她，連個眼神都不給。往前走，腳步邁得很快。

她嘴賤，「你走這麼快幹什麼，小心摔跤，今天路可滑呢。」

細細一想，江問對著她從來就沒給過什麼好臉色，逢寧也不自討沒趣了。

哼，什麼臭脾氣，最好狠狠摔他一跤！

逢寧盯著江問的背影，在腦海中幻想著，他走著走著，忽然摔了個狗吃屎。然後這時候，她趾氣高揚地走過他身邊，連一個眼神都不帶施捨的。

老天爺果然是聽到了她的詛咒，現世報直接就來了。逢寧想得入神，一時不察腳底路況。右腳忽然一個失衡，腳踝帶著小腿一扭，她猝不及防，下意識地尖叫一聲，驚起了蹲在枝頭的雪。

江問回頭。

只見逢寧以一個極其難看的姿勢，直接跪撲到路上。

鑽心的疼痛瞬間從腳踝席捲到中樞神經。逢寧臉發白，額角都滲出了汗，哎喲罵了兩聲，眼淚都差點飆出來了。

她被摔得有點懵。

幸虧冬天衣服穿得厚，摔倒的姿勢雖然難看，身上倒是不怎麼痛。腳還卡在那個被雪掩蓋住的小坑裡，把腳挪了一下，疼痛的感覺太鮮明，逢寧不得不坐在地上緩緩。

不幸中的萬幸，這時候是午休時間，校園裡的人很少。她丟臉的樣子沒人旁觀。

江問站在原地沉默了幾秒，走過來，垂頭打量了她的慘狀一番，「妳沒事吧？」

逢寧一動就疼，惱羞成怒地質問：「你看我像沒事嗎？」

江問哦了一聲，事不關己高高掛起的姿態，「還能站起來？」

「我試試。」

因為太痛，所以她起身的時候，換個姿勢就要頓一下，特別煎熬。她在他的注視下，屈辱地，慢慢地，從雪地裡爬起來。

「去保健室吧。」

他到底良心未泯，她心底寬慰了不少。逢寧由江問扶著，五官都皺在一塊了，艱難地進行單腿蹦跳。蹦了一下，又一滑，連帶著江問也差點摔倒。

她大怒，「我今天穿的不是防滑雪地靴嗎？這是什麼假冒偽劣產品，我快能在地上溜冰了，我改天一定要去投訴！這個黑心商家，欺騙消費者！」

前路漫漫，也不知道何年何月才能蹦去保健室，逢寧澈底累了，「要不要你去找個人來幫幫忙？」她疲倦無比，「我實在是跳不動了，你幫我借個輪椅什麼的。」

看她倒楣的衰樣子，江問不知為何心情突然變好。

他把她打橫抱起來。

逢寧嚇了一跳，差點沒跌下去，兩個手臂反射性地纏繞上他的脖子，「不太合適吧，這還在學校呢，被別人看見多不好啊。」

一句話把原本還有點小旖旎的氣氛破壞得乾乾淨淨。

「妳能不能別吵了。」江問很不耐煩，顛了顛她，「就算被人看到了，吃虧的也是我。」

「什麼叫吃虧的也是你？」逢寧現在沒行動能力，只能任他抱著，「算了，不跟你爭了。你看著瘦，力氣還挺大的哦。」

忍了片刻，江問從牙縫裡擠出幾個字，「妳要勒死我嗎？」

逢寧一抬眼，見他臉都浮上兩坨紅暈，她陪著笑，鬆了鬆手上的力氣，「我這是怕掉下去，沒安全感。」

走著走著，他呼吸越來越重。忽然，江問委身，把逢寧重新放到地上。

「又怎麼了？」

江問手臂發麻，甩了甩手，臉上都出了點細汗。他很冷漠很直接，「妳太胖了，我抱不動了。」

「我胖？你有沒有搞錯！」

逢寧真是無語，尷尬地理了理衣服，嘀嘀咕咕，小聲替自己辯解，「我哪裡胖了，我頂多是今天衣服穿得多了一點。我體重還沒過百呢，我一點也不胖！」

休息了一段時間，江問紆尊降貴地半蹲下，「上來。」

逢寧忿忿地趴上去，「人不能輕易說自己不行。」

江問用手腕托住她的腿，肌肉繃緊，動作一頓，「妳再說一句？」

「算了，我不說了。」逢寧唉聲嘆氣，「你總不至於小心眼到把我一個人丟在這裡吧？」

他歪頭，「妳可以試試。」

「我死也不會鬆手的！」

路上，趙瀬臨電話又來了。逢寧從口袋裡替他掏出手機來，放到他耳邊。等到掛電話，她手都舉酸了。

就這麼艱難地到了保健室，兩人都喘著氣。脫了鞋讓醫生檢查，還好沒骨折，只是腳扭傷了。

還是上次那個女醫生，一邊替她敷藥，狐疑地問：「我之前是不是見過你們啊？」

逢寧坐在床上，點點頭，「是的，之前他中暑的時候我們就來過一次。」

房間開了暖氣，江問把防風外套拉鍊拉開，去廁所洗了把臉。

趙瀕臨在旁邊關心，「哇，逢寧妳怎麼摔這麼慘啊？」

「剛剛走路想事情沒看路，誰知道這麼衰。」

趙瀕臨神情古怪，「哦，那妳怎麼和江問在一起？」

逢寧把今天發生的事大概說了一遍給他聽。

趙瀕臨點點頭，「那你們還是挺有緣分的。」

女醫生說：「差不多了，你們可以走了。記得這兩天不要劇烈運動，按時敷藥。」

「你們這裡有沒有輪椅什麼的？」逢寧轉頭四處找。

女醫生笑笑，「輪椅沒有，我幫妳開個單子，妳去領個拐杖吧。」

逢寧攤手，「那我現在這樣怎麼去？」

女醫生喏了一聲，「這不是有兩個男同學嗎？」

趙瀕臨嘻嘻笑著，舉起手來，「要不我把逢寧揹回教室吧，你去幫她領東西。」

江問也沒說好不好，素著一張臉，一副漠不關心的樣子。

「怎麼樣？」趙瀕臨問。

沒回應。

「不怎麼樣？」趙瀨臨又問。

還是沒回應。

趙瀨臨收起嬉皮笑臉，「算了，我突然想起來我最近的腰不太好，背人這種事還是交給江問吧。」

逢寧重新趴回到江問背上，趙瀨臨站在旁邊笑看著，特別意味深長地吹了個長口哨。

半路上，逢寧摸索了一下身上的口袋。她叫了一聲，「我手機怎麼不見了？」

江問停下腳步。

「是不是掉在我剛剛摔跤的地方了？」她懊惱地嘖了一聲，「你手機借我打個電話。」

撥出去，聽到嘟嘟的聲音，還沒關機。逢寧小小地鬆了口氣，「打得通，應該還沒被撿走。」

於是他們又往校門口走。

雖然這個手機是齊蘭儲值電話費送的，但是這麼不明不白丟了，逢寧也要心疼死。

她嘮叨，「我從小就特別怕弄丟什麼東西，我小學的時候掉了公車卡和十塊錢，真的感覺跟天塌了一樣，躲在雙瑤家裡的天臺不敢回去。」

說著說著，逢寧鼻子抽動兩下，「江問，你用的什麼洗髮精，味道還挺好聞的。」

江問靜默不語。

「你怎麼不說話？」

「說什麼？」

她又聞了聞，「你洗髮精的牌子。」

「妳買不起。」江問語氣淡淡的。

「……」

逢寧七竅生煙。

不過這時候她的行動不方便，找手機只能靠江問。她忍氣吞聲，沒有再自取其辱。

江問把她放到一個長椅上。

逢寧伸出手，「你的手機再借我用一下，我來查查怎麼快速消腫。」

江問稍微遲疑了一下，把手機拿出來，解開鎖遞給她。

一陣風吹過來，樹叢嘩啦啦作響，逢寧打了個哆嗦。捧著這個看樣子就很貴氣的手機欣賞了一下。

她點開瀏覽器，在搜尋欄裡剛剛打了出「怎麼」兩個字，歷史記錄就直接被帶了出來。

——怎麼樣才能不喜歡一個人？

第十章　校園論壇

「江問，你找到了沒啊！」她大喊。

「用我的手機打個電話。」他指揮。

兩分鐘之後，在「你不要再迷戀我，我只是一個傳說」的鈴聲旋律中，江問發傻了幾秒。他忍了忍，臉色晦暗，單膝跪在一堆雪裡，把吱哇亂叫的手機翻找出來。

正好唱到「hey yo——哥不會寂寞，因為有寂寞陪著哥」，他暗自深呼吸，黑著臉掛斷電話。

逢寧坐在長椅上，用一種很深沉的眼神，和江問隔空對視。

他把手機遞給她。手指尖被凍得通紅。

逢寧立刻換了副討好的表情，狗腿地收下，心疼地捧在手裡反覆查看。

好在國產機雖然山寨，但勝在耐摔耐砸，在冰天雪地凍了半天也沒有什麼損壞。

上樓的時候，江問真的忍不住了，問：「妳為什麼這麼非主流？」

逢寧有點茫然，微微抬起頭，「我怎麼啦？」

「手機鈴聲……」

「哦哦。」逢寧一下來了精神，語氣興奮，「我覺得很好聽啊！哎，我就是覺得這首歌，真的，我對它的一些歌詞特別感同身受。」

「……」

「我國中去KTV，特別喜歡唱這首歌給我的粉絲們聽。」

江問斜瞟她一眼，「粉絲……們？」

「是啊。」逢寧好臭屁的樣子，可惜他看不見，「我國中就是好多人偶像！我有些狂熱的粉絲，就雙瑤和趙為臣他們，曾一度要幫我建個後援會。我這個人吧，就是不喜歡高調，所以我嚴辭拒絕了！」

她說話的時候，氣息拂在他耳後的皮膚，癢癢的。

顛簸中，逢寧趴在江問的背上，從後面能看見他短短的黑色髮尾，半透明的耳垂，還有一小截高而挺的鼻梁。

「對了，你還記得那個燒我頭髮的男生嗎？」逢寧語氣歡快，「他不是追了我很久嗎？然後國中畢業的時候，吃完飯去唱歌，我就特別為他唱了這首歌，〈哥只是個傳說〉。」

「然後呢？」

「然後他被我雷到，畢業以後就再也沒聯絡我了，哈哈哈哈哈。」

笑完，逢寧哎地嘆了聲，「不過聽別人說，他上高中以後過得好開心。」

「你跟我說這個做什麼？」

她嚴肅地說：「幫你洗腦。」

「洗什麼腦？」

「什麼都不懂的年紀，遺憾是常有的。」逢寧敷衍的話就在耳邊，「喜歡不喜歡都是一瞬間的事情，不要太往心裡去哦。」

沉默幾秒，他問：「妳是腿摔了，還是腦子摔了？」

「嗯？」

江問語氣裡帶著毫不掩飾的嫌棄，比外頭正在下的雪都冷，「這種矯情的話也虧妳說得出口。」

逢寧：「……」

她被他的毒嘴噎了兩秒，氣鼓鼓，「嘿，我以前怎麼沒發現你這麼刻薄？」

「我以前也沒發現妳這麼弱智。」

逢寧怒而失笑。

雖然他們兩個之間的交集都開始於她的一場處心積慮。她懷著「教訓」的心思接近他，但是接觸下來發現，江問其實沒想像中那麼討厭，雖然欠了點禮貌，有時候還挺好逗的，挺可愛的。

所以他這時儘管講話難聽，她卻暗暗鬆了口氣。

——他話裡話外，不像是「被困住」的樣子。

而江問怎麼可能聽不懂她剛剛那句話的意思。她現在倒是知道拐彎抹角，沒之前那麼鋒利了。

誰還沒點骨氣了？

他從小到大在別人眼裡都是天之驕子，自尊心捧出去，三番兩次被踐踏。江問本來就已經灰心。如今稍微有一點接觸，她就避如蛇蠍，再三跟他劃清界限。江問心底壓了很久的火，又被她一點一點勾起。

他口不擇言，氣得開始爆粗口，「我之前真的是眼瞎了，才沒發現妳品味低俗，自戀又自大。麻煩妳以後不要用那些不知道從哪裡看的狗屁青春傷痛語錄來教育我。」

好好的談心怎麼變成了幼稚園小朋友互罵？逢寧回神，是不是有哪裡不對？

她也沒說什麼啊，怎麼就把這人點燃了。

逢寧掙扎了一下，氣沖沖地說，「某些人，之前對我愛而不得也就算了，現在怎麼還人身攻擊呢？」

「誰對妳愛而不得！」她一句話，又刺激得他惱羞成怒。

「欸欸欸，我可沒說是你啊，你自己承認的。」

江問作勢要放手，「妳下來，自己走吧。」

識時務者為俊傑。逢寧決定不跟他計較，裝出大度的樣子，「好好好是我錯了，錯了。」

快走到教室門口，江問把她粗暴地丟下。逢寧沒站穩，在地上跟蹌了兩下，勉強維持身體平衡。

要走的時候，她喊住他。

江問停步。

「雖然你今天各種羞辱我，罵我，但是我逢寧大人不計小人過，宰相肚裡能撐船。」逢寧拍了拍胸脯。

江問閉閉眼睛，用了畢生的教養克制自己。他抬腳就走。

她在後頭吼，「謝謝你今天幫我找手機！祝江問同學聖誕快樂，年年都快樂！」

元旦將近，學校人性化地放假半天。按照啟德的傳統，每年的元旦晚會都是各班自己在班上舉辦。學藝股長下午有個學生部的會要開，沒時間布置晚會。她找了班上最好說話的老好人孟桃雨，央求了半天，終於磨得孟桃雨答應幫忙去買採購要用的裝飾品、彩帶、氣球、禮花等。

從班長那裡領完班費，孟桃雨出了校門攔了個計程車。

司機按下計費錶，問她要去哪裡。

孟桃雨沒經驗，她想了想，「您知道附近有什麼地方賣小飾品的嗎？」

司機思考了一下，打方向盤，「知道！」

結果到了地方一下車，望著市集門口那塊略顯破舊的藍色招牌。孟桃雨人都傻了。

這、這裡是昌正集市？

昌正集市一共兩條主街，一個是洛街，一個是東街。

孟桃雨膽子小，一直規規矩矩，從來不敢去什麼亂七八糟的場合。上小學還是國中，就從別人口裡聽說過，南城有一個著名的下九流集中區，經常出現大型惡性鬥毆，常年混亂且熱鬧，就是昌正集市的東街。

孟桃雨看一看手錶，如果這時候再去別的地方，教室就來不及布置了。她進退兩難。徘徊猶豫半天，想著白天應該也不會出什麼事，就鼓起勇氣進去了。一路過去，有足浴店，理髮店，還有未開張的大排檔店。一切都挺正常的，不是她想像中的龍潭虎穴的樣子。

孟桃雨不敢走得太遠，隨便找了家雜貨店，挑了些糖果瓜子小零食。繞轉了一圈，按照學藝股長給的單子拿東西。

她沒怎麼一個人買過東西，結帳的時候呆呆的，也不會跟別人講價，老闆說什麼就是什麼。終於買完了出來，她鬆了一大口氣。走在街上，有兩三個人跟在身後介紹產品。孟桃雨是個好脾氣，拒絕得都很有禮貌，擺擺手，「對不起，我暫時不需要。」

眼看著就要走出去，有個男人雙手抱臂，攔住她。

她剛把對不起說出口，那個男的就笑了，「妹妹，一個人嗎？要不要陪哥哥去打場撞球？」

孟桃雨抱緊了手裡的塑膠袋，往旁邊疾走幾步。

男人錯開幾步，有一搭沒一搭地攔她，「就一盤，哥哥看妳好久了，第一次來？還是學生啊？」

孟桃雨身子明顯一僵，有點慌了。求助地看向四周，可來往的人似乎都見慣不慣。

她轉身想跑，發現身後早就跟了人，圍著她的小混混一起笑了起來。

「你們要幹麼？」孟桃雨腿都軟了，連眼神都不知道該往哪裡看。

「陪哥哥玩一場撞球。」

包圍圈漸漸縮小，她眼淚快掉出來了，「不行，我要回學校，我不去。」

有一個人笑，「南哥，你別嚇唬學生妹了。」

南哥走近一步，「又沒幹什麼。」

孟桃雨腦子裡突然閃過一個人，她小聲說：「你們別攔著我，我、我是來找我哥哥的。」

男人很感興趣，「找妳哥哥，妳哥哥是誰啊？」

「我哥哥……」孟桃雨白著臉，眼一閉，死馬當活馬醫了，「我哥哥是孟瀚漠。」

誰想這個名字一說出來，南哥定睛看她幾眼，重複了一遍，「孟瀚漠？」

孟桃雨心底又升起了一絲希望，急著點頭，「嗯嗯，就是他。」

就在這時，最旁邊的人大喊一聲：「漠哥！」

怎麼會有這麼巧的事？

孟桃雨滿臉驚詫，又睜大眼睛確認了一下。

真的是他。

孟瀚漠叼著菸，一隻手插在口袋裡。他望過來的瞬間，她激動又緊張，眼淚竟然掉出來。

「這裡有個學生妹說是你妹妹？」剛剛喊他的那人問。

他們讓開了條路。孟瀚漠身邊還跟著兩人，他瞇著眼看了看孟桃雨，頓了頓，說話的聲音低沉之中帶點沙啞，「哦，我妹妹。」

幾個人的調笑戛然而止。

整個「交接」過程十分平靜，孟桃雨跟著他們走了。

陳西也還記得她，「妳是寧仔同學吧？一個人就跑東街來了，夠勇敢的呢。」

剛剛劫後餘生，孟桃雨臉上淚痕未乾，臉幾乎要埋到胸口，「我們班元旦晚會，我來買點東西。」

「東西買完了？」一根菸抽完，孟瀚漠不急不徐側頭。

孟桃雨不敢跟他對視，提了提手中的塑膠袋，「應該……應該差不多了。」

陳西笑，「妳還挺聰明，知道在東街報漠哥的名號。」

他這麼一說，又把孟桃雨臊著了。她結結巴巴地道歉，「對不起……我不是故意的……」

不知道哪裡又戳到了這些人的笑點，他們轟地笑起來。

陳西他們平時很少能接觸到孟桃雨這種乖乖女，講兩句話就覺得新鮮。小女孩手套圍巾都是粉色的，羽絨外套的帽子還有兔子耳朵。人也跟個小兔子似的。

等他們笑得差不多了，孟瀚漠才懶散地偏偏頭，「走吧。」

「啊？」孟桃雨懵了一下。

「送妳回學校。」

陳西：「帕薩特的車鑰匙在阿虎那裡，他進貨去了。」

孟瀚漠「哦」了一聲。

看著他們走遠，平頭擺出個詫異表情，「漠哥今天什麼情況啊，這麼柔情。」

路上有積雪，車子開得慢。孟瀚漠坐在前頭，單手撐著頭。

孟桃雨兩隻手規規矩矩放在膝蓋上，就這麼看他的側臉，發呆數秒。

他扭過頭的時候，她突然回過神，臉紅了大半。掩飾性地拿起手機，開始翻班級群組裡的訊息。

⁂

逢寧就坐在班門口，親眼目睹了江問在走廊上，被幾個女生圍在中間。送圍巾、送手工餅乾、送巧克力。

她心不在焉地想，冬天真是個浪漫的季節，纏纏綿綿的雪一下，給人一種能攜手走到白頭的感覺。

趙瀕臨從後頭走過來，在逢寧課桌上放了一張賀卡。

逢寧直接打開，聞到一股香水味，咧嘴笑，「哇，趙瀕臨，你這麼精緻啊？」

「是啊，妳的呢？」

「我的什麼？」

趙瀕臨好奇道：「妳新年不寫賀卡給別人啊？」

沒看出來他還有顆少女心，逢寧挑挑眉，「我不寫賀卡，沒什麼意思。」

主要是賀卡這玩意也貴，普通的一張就要五十塊錢，漂亮點的要百來塊，一張破紙，也虧了那麼多人買。

趙瀕臨嚷嚷，「這不行，我都幫妳寫了，妳得回禮。」

逢寧掐著下巴，做出思考狀，「好吧，那你等我十分鐘。」

教室裡開始準備布置場地，越來越吵。趙瀕臨熱出汗，把外套脫下，隨手丟給江問一張折成三角形的紅色便利貼。

他一開始還沒反應過來，皺了皺眉，「這是什麼？」

「我找逢寧要的新年賀卡。」趙瀕臨搖了搖自己手上綠色的便利貼，「她順便也寫了一張給你。」

江問哦了一聲，也沒打開看，直接拋到桌上那堆禮物裡，視而不見。

趙瀕臨隨意地把便利貼放在桌上，側身跟別人講話去了。

江問拿過來看了一眼。

又是一幅畫，一個抱著籃球的男孩，腳上是ＡＪ球鞋。他不屑地看了一眼，把便利貼對折，扔到一旁。

維持著表面的冷淡，打開手機玩了幾輪遊戲，直到螢幕顯示遊戲結束。

江問後仰了一下，關掉手機，慢吞吞地挑了一個禮物，開始拆。

拆完一個，丟開，換下一個。

漸漸的，禮物沒了。課桌上只剩下一張三角形便利貼。

他臉上沒什麼表情，手指有一下沒一下地敲著桌沿，終於還是拿過來，打開。

『祝江問同學新年快樂，年年都快樂！』

光禿禿的一行字，其餘什麼也沒有，甚至連落款都沒有。

另一張便利貼就在手邊，江問拿過來，又重新看了一遍。

上面的人物可愛生動，穿著八號球衣，連臉上的酒窩都畫了出來。

十秒過去，他冷笑一聲。

江問把趙瀕臨的便利貼撕了。

撕完之後，他心裡舒服多了。

小小的一張綠色便利貼，轉眼間就四分五裂攤在他的掌心裡。江問手一收，風輕雲淡地把圍巾巧克力塞到抽屜裡，從椅子上站起來。

學藝股長正站在講臺上指揮幾個男生搬桌子椅子，空出元旦晚會的場地。

趙瀕臨和別人講完話，一轉頭，江問座位空了。歪頭找找，也不見人影，他傳了則訊息過去。

『你去哪了？』

『丟垃圾。』

不知道為什麼，明明車開得這麼慢，回程的路卻好像特別短。

到了目的地，孟桃雨差點沒認出來啟德的大門。司機按了聲喇叭，她才猛地回神。

頗有些費勁地用力拎住兩個塑膠袋。剛關上車門，手上忽地一輕。她轉頭。

孟瀚漠接過了那一大袋東西。他隨意站著，個頭一百八十幾公分，她的雪地靴很厚，也才只到他肩膀。

孟桃雨眨了一下眼睛，弱著聲音道謝。

他們並肩往前走，她聞到他身上淡淡的菸味。今天是元旦，校門口沒有門禁，孟瀚漠直接進去了。

剛剛走到樓下，有九班的男生路過。側看了他們兩眼，腳步一收，用著不小的聲音說，「孟桃雨，這誰啊？妳男朋友？」

男朋友這個詞乍一蹦出來，把她本來就一團亂麻的心攪得更亂。

「不是！」孟桃雨著急解釋，「不是男朋友，不要瞎說……」

孟瀚漠很平靜，低下聲音，「人都走了。」

孟桃雨「啊」了一聲，和他對視兩秒，如夢初醒，「哦哦。」

她只顧盯住腳下的流蘇，忽然手臂被人抓住。

他力氣很大，指關節粗糙，中指和食指都有厚厚的繭。孟桃雨驚地抬頭，一根石柱子近在眼前。

他撤了手，「注意看路。」

心裡湧起懊惱。孟桃雨沮喪極了，不知道自己今天為什麼頻頻出醜。在他的面前，慌張到竟然連話也不會說。

隔著幾層衣服，手臂似乎還有殘餘的觸感。孟桃雨忽然沒有了真實感。

今天發生的一切好像都是在做夢。

遠遠地，江問就看到了站在教室門口的逢寧。

他腳步一滯。

她的腳踝還沒澈底好，像個包租婆一樣搬了椅子坐在走廊上，正仰著頭和一個男人說什麼。

他看到孟瀚漠的瞬間，就認了出來。

江問經過的時候，她講話講得正高興，臉上是傻呼呼的笑，連正眼都不看他。

她高興的樣子真難看，江問面無表情地想。

逢寧聽說了今天在東街發生的事，罵道：「什麼黑心計程車，就是看昌正離這裡遠，故意繞遠路，看妳學生好欺負呢。」

她膝蓋上放著孟桃雨剛剛買的一大袋零食，逢寧隨便挑了幾袋小包裝的話梅出來，塞到孟瀚漠手裡，「喏，給你給你。」

給完又歪著脖子，賊頭賊腦地看了看四周，悄悄地問孟桃雨，「這不算挪用班費吧。」

「沒事的。」孟桃雨也跟著看了一下四周，「妳哥哥喜歡吃這個？」

逢寧使勁點頭，「對，這個是他最喜歡吃的！」

聽她這麼說，孟桃雨忙從羽絨外套的口袋裡抓出一大把，「我還有。」她雙手攤著，遞到孟瀚漠面前，「給你。」

逢寧瞇著眼睛笑起來，「小孟同學，妳怎麼回事？全給我哥了，班上同學吃什麼？」

「沒有沒有。」孟桃雨趕緊解釋，「這個……這個我也很喜歡吃，這些都是我自己花錢買的。」

孟瀚漠意外地沒拒絕，隨意從她手裡挑了兩個，「謝謝。」

「剩下的，你不要了嗎？」她有一點點失望。

孟瀚漠似乎笑了一下，「我不和小孩搶零食。」他輪廓冷硬，笑起來也沒什麼感情。

「好吧。」孟桃雨被他這句話說得訕訕的。

他看了手機一眼，收起來，「我要走了，妳們玩吧。」

逢寧「嗯嗯」兩聲，跟他揮手，「路上小心哦。」

「──等等！」

孟桃雨突然喊出聲。

孟瀚漠轉頭先看她，又看拽住自己衣服的手。

接著逢寧也看她。

他側臉的輪廓英俊，孟桃雨表情瞬間不自然了起來，觸電一樣，立刻鬆開，「那個，你、你能等我兩分鐘嗎？我有個東西要給你。」

她跑進教室，在座位上翻找片刻，再忙著跑出來，實際上可能一分鐘都沒有。

手裡拿著的是新年賀卡，一個星期之前就寫好的新年賀卡。其實耶誕節的時候也寫了，本來想託逢寧送，不過猶豫了許久，覺得怎麼做都好像很突兀。

「謝謝……」孟桃雨小小地喘氣，把賀卡遞給孟瀚漠。她頓了一下，不知道怎麼喊才好，「謝謝你，今天幫我。」

在路邊等車，從口袋摸打火機的時候，觸到硬硬的紙殼。孟瀚漠把那張賀卡順勢抽出來。緩緩打開，小女生字跡清秀，每個字都寫得極其認真，不潦草。

孟瀚漠回憶了一下她的臉，又看著右下角一筆一畫寫出的孟桃雨三個字，他笑了笑。

孟桃雨那模樣逢寧還看不出什麼隱情，那真是有鬼了。

孟桃雨還在望著窗外走神，耳旁傳來一道慢悠悠的聲音，「小孟同學。」

「嗯？」

「回魂了。」

她什麼都沒說，孟桃雨就聽懂了，一副被戳中了心事的模樣，不知道把手往哪裡放了。

逢寧問：「妳知道我哥哥多大了嗎？」

「多大……」

「二十三？快二十四了吧。」

孟桃雨盡量讓自己的表情自然一點，「這麼大……有女朋友了嗎？」

「嫂子啊？」逢寧做出思考的模樣，「我哥好像沒女朋友吧，曖昧對象倒是有幾個。」

孟桃雨反應了兩秒。

「哦、哦，幾個……」她結結巴巴重複，「幾個？」

看孟桃雨話都要說不順了，逢寧笑得彎腰，不逗她了，「妳怎麼說什麼信什麼，我開玩笑的。」

元旦晚會的主持人開始介紹。頭頂的白熾燈關了，教室裡昏昏暗暗的還真製造出一點氣氛。逢寧嗑著瓜子，津津有味地欣賞了一段時間。

她突然想到一件事，從書包裡抽出一個本子。翻山越嶺，瘸著腿在江問身邊的位子上坐下。

這正是熱鬧的時候，也沒誰注意到這邊的動靜。江問戴著耳機在看影片。

逢寧敲敲江問，等他看過來，她指指耳朵，示意他把耳機摘下來。

趙瀕臨看到她，問了一句，「欸，逢寧啊，剛剛在門口跟妳講話的人是妳的誰？」

「我哥。」逢寧隨便翻了兩下小胖子的筆記本，寫得蠻認真的，每個章節底下還有歪歪扭扭的標註，註明在書本哪一頁，她樂了，嘴唇翹起來。

江問摘耳機的手就這麼停在了半空中，「他不是妳男朋友？」

闔上筆記本，逢寧瞥了一眼他嚴肅的模樣，「我什麼時候說我有男朋友了？」她把手裡的本子交給江問：「對了，這是趙宇凡寫的，你帶回家給你妹妹，要她對著書暫時先看看，還有課後作業。」

只聽進去了前面半段話。

江問接過來，不著痕跡頓了一下。心裡難以抑制地泛起一點欣喜。他覺得自己很賤，於是又強行把這種甜蜜中帶點小苦澀的情緒壓下去。

可另一個念頭又隨即冒了出來。

「那她喜歡的人是誰？」

江問不會問出口的，問了又要被她笑話。他得管住自己。於是他平淡無波地說：「那對不起，是我誤會妳了。」

他指的是之前說她三心二意這回事。

逢寧大度地說：「沒關係，我原諒你了。」

下一個節目是播放九班同學錄的新年祝福。班長彎著腰，將電腦桌面的影片檔案點開。

放了十幾個人，班上突然傳來很大聲的喧鬧，江問隨意地看了投影機一眼，就是這麼一眼，他差點炸開了。

影片背景是江家的宴席，江問大概只有四、五歲的樣子，白玉糰子一樣，眉心點了一顆紅痣，圓圓的，軟軟的，被人逗了，還奶聲奶氣地說：「新年快樂。」

大家的目光全都掃射過來，停到江問臉上。有人憋笑，有人實在是忍不住了，猛地爆笑出來。

趙瀕臨和郗高原對視一眼，兩個人抱著驚天動地地嚎叫，幾乎要蹦起來。

「你們在搞什麼鬼！」這幾個字幾乎是從江問牙縫裡逼出來的。

平時不怎麼在眾人面前流露出情緒的江問，此時也有點管理不好表情，俊俏的眉眼幾乎氣得扭曲在一起。

郗高原笑到捶大腿，「我們從韻姐那裡要來的，這不是跨年助助興嘛！」

逢寧用手機拍照，一邊拍一邊笑，「哈哈哈哈我的天！」

趙瀕臨過來調戲他，江問反身給了他重重一肘子。趙瀕臨吃痛地捂住肚子，「紅牌你辣手摧花啊。」

江問一腳踩在他的聯名AJ上，甚至還碾壓了一下，「你有病嗎？」

「你這個混蛋，過分了啊！」趙瀕臨愛鞋如命，當即激動地跳起來。他腿壓到江問身上，兩人打鬧成一團，郗高原也上來湊熱鬧。

三人糾纏了半天，江問把他們兩個從身上推開，喘著氣，頭髮都亂了，很狼狽，又有些可愛。

插曲過去，下一個節目很快開始。

體育股長扯著公鴨嗓開始唱筷子兄弟的〈老男孩〉，下面有人糗他。

在一片搞笑和歡快之中，逢寧起身。

大家都沉浸在體育股長的表演之中，沒人管她去哪裡。

而江問並沒有專心看表演。

耳邊充斥著同學的歡呼，和體育股長「青春如同奔流的江河」的吼叫。

他一個字都沒聽進去。

腳踩在未融化的雪上，發出咯吱的輕響。

校園沉浸在夜色裡，在外面遊蕩的學生很少，四周沒有多餘的聲音。

逢寧坐在長椅上，背後有棵樹，她一邊漫不經心地往後仰，一邊數著天上的星星。

江問站在不遠處，又想起了那晚。逢寧用著很世故的、毫無顧忌的姿態，瀟灑地擋在他們面前，一瓶接著一瓶地拿起杯子。

他的心突然實在地痛了一下。

江問也不知道為什麼要跟著她出來，還站在這裡，她不離開，他也不走，跟一個蠢貨一樣。

或者是變態。

靜了一陣子，逢寧忽然側過頭，用著平時開玩笑的語氣，帶著一點點的涼，「杵在這裡幹麼呢。」

「我上廁所，路過。」

她微微笑著，兩隻手往後一撐，眼向上，輕飄飄一勾，「那你去啊，我妨礙到你上廁所啦，小朋友。」

她一這麼說話，他就上火。

良久沉默以後，逢寧問道：「來找我幹什麼？」

「妳把……」江問臨時想了個藉口，「妳把我的照片刪了。」

「什麼照片？」

「剛剛拍的。」

停了兩秒，似乎是覺得可笑。逢寧看他的樣子，還真的把手機拿出來，操作了一番，「刪了。」

江問把手攤開，「給我。」

「又幹麼？」

他要檢查她刪乾淨了沒。

這裡光線很暗，江問瞇了瞇眼，適應瑩白的手機螢幕。相簿的主畫面，是段短影片，趙瀕臨剛剛在元旦晚會上表演的一段麥可傑克森的太空舞。

又往前翻了幾張，都是元旦晚會的照片。他在這些照片中找，終於找到一張他入鏡的，就是跟趙瀕臨他們打鬧的時候。

江問有點惱，她這什麼破手機，怎麼會把他拍得這麼醜。

他毫不猶豫地刪除。

就這麼翻別人手機相簿其實相當沒教養、沒素質，若是在平時，江問絕對做不出這種事。但是這時候他暗暗著了心魔一樣，停不下來。

將近兩分鐘，逢寧懶洋洋地，「看完沒啊。」

「馬上。」江問檢查完了。他剛想把手機關掉，手指往旁邊慣性地一滑，突然一張格格不入的照片蹦出。

——是她的脖頸。

又白又瘦的蝴蝶骨挺立著，打濕的黑髮迤邐在肩頸，逢寧微微側過臉看向鏡頭。

大腦花了一秒處理這張圖片。心在胸膛重重跳動著，眼睛像被火燒了似的。

正好這時候，逢寧湊了過來，嘴裡說著：「你還沒檢查完吶……」

江問收勢不及，慌亂中想按鎖定螢幕，結果按成了音量鍵。

逢寧話斷了半截，眼尖地一把搶過手機，指責道：「你在做什麼呢！我就說你怎麼看了這麼久！」

江問立即否認，「我沒有看這個。」

逢寧嚷嚷：「幸虧我發現得及時，不然我的『清白』都被你看光啦！」

「我……不是……」江問腦中一片空白。

「你不是什麼你！」逢寧的聲音迴蕩在安靜的校園裡。

一片漆黑裡，江問嘴角緊緊抿著，大腦還處於當機狀態。

逢寧指著他罵，「知人知面不知心。」

「我真的——」話卡在嘴裡，他尷尬地停頓，轉開臉，「真的是不小心……」

「解釋就是掩飾，掩飾就是事實。」逢寧不依不饒，「要不是被我看到，你大概會假裝什麼都沒發生吧！」

「……」

逢寧疾言厲色，「沒想到你是這種人，道貌岸然的偽君子！」

劈頭蓋臉的一頓炮轟，江問簡直有苦難言，「好吧，我跟妳道歉。」

「道歉沒用。」

「那妳要怎麼樣？」

逢寧凶狠地威脅道：「我不管，你現在就想個解決辦法，不然我就把你偷看我照片的事情說出去，讓你身敗名裂。」

「……」

她面無表情地看著他，「這樣吧，你把你的照片也發給我，我們就一比一扯平。」

江問驚呆了，艱難的說：「我沒有。」

「那你就現場拍一張。」逢寧命令他，「快點。」

「……」

「不拍是吧，好。」逢寧作勢拿起手機，「那我現在就上論壇發文。」

江問眼疾手快地制住她的動作，激動地說妳瘋了。結果一抬眼，正好對上她促狹的表情。

憋了半天，逢寧終於抑制不住笑起來，一隻手捂住肚子，笑得肩膀直抖，幾乎要躺在地上打滾，「哈哈哈哈哈哈，江問你的臉怎麼紅成這樣啊？」

剛剛頹喪的心情一掃而空，她幸災樂禍地又欣賞了一下自己照片。

昨天晚上背有點疼，洗完澡讓孟桃雨幫忙拍了一張。又不是什麼限制級的東西，他在害羞什麼？

逢寧大笑不止，一點都沒有要了人的愧疚感。

看著她這個德性，江問頭暈了一下，臉色發青。他掉頭往回走。

他這輩子就沒見過比逢寧還喪心病狂的女人。

今年過年早，剛剛一翻過年來，啟德就要開始期末考試。考場的分布按照上一次年級排名來，因為有幾棟教學大樓正在翻修，所以前一百名都集中在西邊的一個小禮堂考。

逢寧是校排第一，位置在最左邊第一列第一排。早上考語文，她覺得十分沒意思，只帶了一枝筆。

結果在位子上坐下，撐著腦袋對著窗外風景神遊半天，她發現自己挑的筆快沒水了。

四處望望，同班的萬陽還沒到考場。

其他的……

早晨第一縷陽光順著窗戶角照進來，打在地板磚上，江問就端坐在第二列第一排。

她討好地湊上去，「江同學，能不能借一枝筆給我啊？」

他還生著氣，對她的話充耳不聞，無動於衷地在計算紙上繼續默寫古詩詞。

逢寧臉皮可厚了，完全沒有被人冷落的自覺，也選擇性遺忘了自己之前整人的事。她探頭過去，看著他默寫完一首詩，甚至還出聲評論一句：「字寫得不錯喲。」

江問擺著一張棺材臉，把她當空氣，繼續寫下一首。

「江同學，借一枝筆給我吧。」逢寧又不要臉地說了一句，「就是你手上這枝筆，看上去挺好寫的。」

「不借。」江問沒有任何表情，雙目釘在紙上，穩穩地寫著屈原的《離騷》。

看來是還在記仇。

僵持了半分鐘，逢寧盯著江問握著筆的手看。他手腕帶著一只黑色的錶，手指很瘦，骨節不突出，整體比例很好。

她細細品味了一番，出聲稱讚道：「江同學，你的手可太好看了！」

「……」

「比我的背好看多了呢。」

果不其然，計算紙上的「兮」字突然抖了一下，他忍無可忍，「妳到底要做什麼！」

逢寧無辜地說：「借筆呀。」

江問陰著臉，把手裡的筆啪地放在她面前，使了點勁。

目的達到，她心滿意足。臨走的時候，逢寧還感嘆了一句：「還好我倆是並排坐的。」

她歪著頭看他，滿臉的擔心，「不然你坐在我後面，一抬頭就是我的背，還怎麼專心考試呀。」

正襟危坐的江問在聽到這句話之後，臉部表情立刻扭曲。

看他氣得快要坐不住，逢寧又換了一副正常的表情，「對了，友情提醒一下，你那句『謇朝誶而夕替』寫錯了一個字，趁老師還沒來趕緊翻開書看看。」

八點鐘，四個監考老師夾著考試袋走進來。一個女老師在講臺上站定，衝著下面喊，「同學們準備一下，要開始考試了，把參考資料和書都收起來。」

江問手撐著額頭，冷靜了一下。信了她的鬼話，他從書包裡把語文書抽出來，翻到離騷那一篇。眼睛掃過「余雖好修姱以鞿羈兮，謇朝誶而夕替」，又拿過計算紙對了一遍，沒寫錯。

他還在懷疑，耳邊突然有陣笑聲。眼睛微微一轉，逢寧正在吃麵包。她可可愛愛地亮出一排整齊雪白的牙，說出的話能把人氣死，「你沒寫錯，剛剛是我開玩笑的。」

她每次調戲他的手段都特別低級，而他居然每次都還能上圈套。

江問瞬間覺得自己就像是個傻子一樣。

如果怒火有如實質，那麼他的頭頂一定冒了有三丈高。

胸悶氣短，恨不得把手裡的語文書擲鉛球一樣擲到她臉上。只不過被她耍，這不是最氣的，最氣的是考試的古詩填空居然真的考了這句。

江問存著不知道跟誰作對的心思，賭氣地把這道題空了出來。

考試結束，逢寧過來還筆。

江問沒給她好臉色，自顧自把書包拉鍊拉好，「妳丟了吧。」

「為什麼？」

他微微低著頭，做作地說：「別人用過的，我不要了。」

「好的。」逢寧從善如流地把筆收起來，誇了他一句：「好一個冰清玉潔的江同學。」

很久之前，逢寧一句「萬年老二」就像一根刺，深深地扎在了江問脆弱的小心臟上。

期末考試的這段時間，他打起十二萬分的精神，學習上的刻苦程度甚至遠超當年高中入學考。這兩天晚上的睡眠品質都一般，江問算題目算著算著有點睏了，他看了看時間，用手機設定了個半小時的鬧鐘，往桌上一趴。

迷迷糊糊中，眼前出現昏黃的光暈，光暈之中，有人裸著背。半夢半醒地，腦海突然閃過一個畫面，雪白的背，窄窄的腰，和眼前的一重合。

江問瞬間驚醒了。

他的心還在突突地跳，等看清楚是趙瀕臨，江問丟了個東西過去，罵道：「你有病啊。」

被書砸中的趙瀕臨一臉問號轉頭，他正在脫褲子，莫名其妙，「我又怎麼了？」

「你為什麼不穿衣服？」

「我這不是要去洗澡。」趙瀕臨委屈且茫然。

江問眉心抽動，意識到自己反應過激。他直起身，懊惱地揉了揉額頭，「算了，沒事。」

完全沒搞懂他發的是哪門子脾氣，趙瀕臨問：「你怎麼了？」

江問嘴唇蠕動，半晌吐了一個：「沒睡醒。」

與此同時，逢寧在寢室津津有味地看著動畫。

一集播完，放片尾曲的時候，雙瑤突然傳訊息找她：『大姐，妳怎麼回事？』

逢寧：『我怎麼了？』

雙瑤丟了一個網址過來，加上一句：『妳現在可說是人盡皆知了！』

點開網址，是論壇的一個貼文。貼文裡放了一組圖：『逢寧早上在考場湊在江問旁邊不知道說著什麼。』

是從後面偷拍的，像素非常地清晰，清晰地簡直像是專業相機拍出來的。

她滿臉諂媚的狗腿子表情，而江問八風不動。從借筆到還筆的整個過程，發文者是這麼描述的：

『年級第一就是這樣？就是這樣？倒貼成性可還行。』

樓蓋得很快。

一樓：『哈哈哈哈哈哈，哇，這個妹子好漂亮啊，有人知道是誰嗎？』

二樓：『江問！這個男生是江問嗎！』

三樓：『江問是不是仇女啊，真的我覺得他對妹子都特別狠……』

四樓：『回上面的，這個妹子叫逢寧，我們高一出名的學神哦。』

五樓：『雖然這個男生只露出了一點點側臉，但是我也感覺到了他這個驚天動地的帥氣。求問有聯絡方式嗎？』

六樓貼了一個精華區的網址：『跟五樓的介紹一下，啟德到目前為止一共有三個帥哥在精華區擁有專屬高樓，其中一個就是江問。不知道他的可以點進去看看。』

前面風向都還算正常，因為江問被倒貼這回事太正常了。路人們都是說什麼看顏值也蠻配的。也有人感嘆江問的不近人情，為什麼面對逢寧這種顏值和智商同時有的女學霸都絲毫不心動呢！

討論著討論著，樓主又現身爆料，言辭之間惡意滿滿：『此女家境貧寒，猜測是看上了江問家的錢（我指的貧寒是什麼呢？那就是在酒吧賣酒女）順便，逢寧好像和級花程嘉嘉也有過節哦！』

賣酒女這個詞實在是太勁爆。於是貼文裡面有人開始質疑，說要樓主放證據，也有人單純八卦，反正討論得更加激烈了。

晚上十一點多，江問看完貼文。他去陽臺，用趙瀕臨的手機向江玉韻的閨密易巧打了個電話。

「巧姐，我是江問，能拜託妳幫我個忙嗎？」

那邊很吵，過了一下子才安靜下來，易巧驚訝，『嗯？什麼忙，你說。』

「我的手機掉在考場裡了。」

易巧也是摸不著頭腦，『那再買一個？』

「手機裡有考試資料，很重要。」江問聲音沉靜，「能幫我打個招呼嗎？我想去守衛處看一下考場的監控影片，看是誰撿走了。」

易巧答應得很爽快。

貼文的樓越蓋越高，雙瑤擔心地傳訊息給逢寧：『我已經檢舉貼文了，要不要我開個新帳號幫妳澄清一下？或者罵罵那個樓主。』

逢寧切掉論壇的畫面，劈哩啪啦回訊息：『小委屈，我還受得了。』

雙瑤：『……』

逢寧：『但是有個小問題』

雙瑤：『？』

聊著聊著，齊蘭的電話突然打來。逢寧接起來，和老媽講了一下電話。

掛了電話之後，她漫不經心地點開聊天軟體，眼睛看著床板，邊說邊罵地傳了一則語音訊息給雙瑤：『我真是奇了怪了，就挺無語的妳知道吧，高一級花是什麼時候選的？居然不是我？我逢寧實名制地表示非常不服氣！我建議論壇那群人洗洗眼睛，再開個投票文。』

過了半天，雙瑤都沒回訊息。

逢寧繼續看剛剛的動畫。過了一陣子打開手機，發現班級群組多了幾十則訊息。

她往上滑了滑，眼睛瞪大，坐起身來大罵一句髒話！

——她怎麼把給雙瑤的語音訊息傳到了班級群組了！

逢寧的發音極其標準，語音訊息轉換成文字，居然能一字不差。好事的人把這段話截圖傳到論壇上。

把「級花是什麼時候選的？居然不是我？」顯眼標示出來。這下同學們都覺得眼睛不舒服了，這女的腦子是不是脫線了？好古怪啊。

說她搞笑、不要臉，各種評價都有。說來說去，到後來，居然真的有人為了諷刺逢寧，重新開了個為期兩天的投票文。

你心中的啟德高一級花是——

候選人有這麼幾個：程嘉嘉、裴淑柔、逢寧、鄭津津。

裴淑柔爸爸是南城有名的畫家，她自己也是藝術生，但在學校行事向來很低調。一旦扯到藝術，就莫名地有點憂鬱。裴淑柔和江問他們關係好，無形之間又替她加了一層濾鏡。國中就在啟德被不少男生奉為女神。

上傳不到一小時，裴淑柔以明顯的優勢領先。

而逢寧的票數大概還不到人家的零頭。

自取其辱大概也不過如此了。

在走廊打完電話，江問幾乎表情已經恢復了正常。

竭力壓制住失控的情緒，他回到寢室。

其實江問平時很少關注論壇，這些東西在他看來無聊透頂，他也根本不在乎別人怎麼議論。但是今天，他竟然為了這個貼文感到莫名的、極大的憤怒。

尤其是那些人造謠的時候，把逢寧和江問形容成賣酒女和失足少爺。

賣酒女，他們打得好輕鬆。明晃晃三個字，出現在他眼裡的那一刻，血管在太陽穴彈跳，江問差點把手機摔了。

不是嫌棄也不是可憐厭惡這個詞。

——他只是無比抗拒這個詞背後包含的東西。

只要回憶起逢寧喝酒喝到住院，而他被人按著無能為力的時候，江問就會陷入某種鬱結的情緒之中。

他分不清這代表著什麼，也不知道是鬱結逢寧還是鬱結自己。但他平時裝得再冷淡，說白了也只是個十八歲都不到的小孩。家裡有個出名的爸爸，從小過得順風順水，有人護著、寵著，從來沒有遇到什麼挫折。

關於這件事，不論過了多久，江問還是很抗拒想起，一想就覺得煎熬。

這幾乎要算成他的逆鱗之一。

郗高原和趙瀕臨談笑的時候，瞥見江問進來，他問：「電話打完了？」

江問「嗯」了一聲。

「給你聽個東西，太搞笑了。」

江問什麼也沒說，把手機還給趙瀨臨。

二十秒的語音被揚聲器播放出來，當說到「我建議論壇那群人洗洗眼睛」的時候，寢室裡一段謎之沉默。

「這什麼？」

趙瀨臨忍不住樂了出來，八卦兮兮地，「哈哈哈哈哈哈哈哈，逢寧不知道要傳給誰的語音訊息，結果傳到班級群組了。」

江問：「……」

從開學到現在，逢寧做過不少驚天動地的雷人事，所以這個也算不上什麼，她不按牌理出牌，他們都已經見怪不怪了。

江問坐回書桌前，翻開書。

後頭兩個人還在討論選級花的事，男生很少有像他們倆這麼八卦的。

他撐著頭，掃著一行一行的公式，漫不經心地聽了一段時間，默默把手機又拿起來。

第二天。

考試前逢寧向來是不看書的。她坐在考場裡，每隔幾分鐘，就有人路過，似有若無地以正視、側視，或者餘光望向這邊。

昨晚被人在論壇嘲笑，議論她有多古怪，或者說她家境多差什麼的，逢寧壓根不覺得這是個多傷自尊的事。

別人好奇來看她，她一點羞澀都沒有，甚至還不甘寂寞地和偷窺的人來個面對面的靈魂相視。

你看我多久，我就看你多久。

反倒搞得別人不好意思了，慌慌張張地率先移開目光。

這種糗事要是發生在普通小女生身上，大概要羞得鑽地縫。但是逢寧呢？逢寧非常平靜。

她就這麼若無其事地考完了剩下幾天的考試。

最後一科是英語，結束的鈴聲打響，李奇非整理著東西。想著馬上要到來的假期，他心情不錯，哼著歌，跟著人流出了考場的門。

剛走到下臺階的地方，書包帶子被人扯住，他莫名地回頭。

江問鬆開手，靠在柱子上，微微低下了頭，直起身。

「你是……找我有什麼事嗎？」李奇非試探著說。

江問道：「認識我嗎？」

「認識、認識。」

懶得說太多廢話，江問也不跟他拐彎抹角，「照片是你拍的？」

「啊……什麼照片？」李奇非結結實實愣了一下，瞳孔放大，「這個……這個。」

「你覺得讀書讀得太無聊了是嗎？」江問看著李奇非，就這麼看著他。

李奇非很快明白了他的意思，背後汗毛都豎起來了，被嚇得結巴，「什、什麼？」

江問湊近了點，壓低著嗓子，「你要是覺得無聊，我不介意讓你過得精彩點。」

李奇非臉上的笑容撐不下去了，勉強道：「我們之間，是不是誤會了什麼？」

「刪文道歉和轉學走人，你選一個。」江問語氣厭惡，表情沒變分毫。

不論是在學校還是在外面，他都很少拿家世壓人，但是這時候，連排演都不需要，江問把紈褲惡少的精髓拿捏得精準無比。

唬得李奇不自覺地一抖。

冷眼看人走遠，回頭，江問愣住。

逢寧吊兒郎當地靠站著，滿臉都是看戲的表情，啪啪地為他鼓了個掌。

江問有點尷尬，但很快恢復平靜，「妳幹什麼？」

「欸，你剛剛好威風啊。」逢寧學了一遍他的話：「轉學和刪文，你選一個。」

江問發怒，「偷聽別人講話是妳的愛好嗎？」

「這都被你發現了。」逢寧嚴肅地回答。

江問語塞。

她若有所思，「原來就是他在背後整我。」

江問挖苦道：「妳怎麼這麼沒心沒肺。」

逢寧從容不迫地糾正他，「我不是沒心沒肺，我是內心強大。」

她眨了眨眼，淘氣地說：「你不用為了我出頭，這種事我壓根不放在心上。」

他嘴硬，「我沒有想替妳出頭。」

逢寧沒聽見似的，表情自信極了，「但是得罪我的人，我也不會讓他好過！」她笑了，「你還是太嫩。」

「看我的。」逢寧陰險一笑，從書包裡找出一張粉色的紙，拿著筆飛速地往上寫東西。

江問側目，「妳要做什麼？」

「不是你說的嗎？讓這位李同學過得有意思點。順便讓他見識一下邪惡的力量。」

逢寧摸了一下鼻子，「我告訴過你我打架很厲害沒有？」

江問：「……」

「敢惹我，哼！」面前的人露出一個江問很熟悉的表情，「我要他一輩子留下心理陰影！」

「跟我來。」

江問也不知道逢寧要做什麼，被她扯著往前面跑。倉促地下了幾個臺階，他想掙脫，可她力氣太大。跑了一段時間，逢寧停下。

江問甩開她，調整呼吸。

她深吸一口氣，調整了一下表情，把兩隻手放到嘴邊，比出一個喇叭的形狀，衝著遠處吼了一句，「李奇非！」

聲音勢如破竹，穿透整個校園。

李奇非嚇了一跳，耳朵都要聾了。回頭一看，還沒看清楚是什麼情況，來人飛跳而起，對著他的屁股一個狠狠的橫踹。

「撲通」一聲，李奇非不偏不倚，一腳跌進了噴泉池裡。大冬天的冷颼颼的，水凍得骨頭直打顫。

他眼鏡都摔裂了，勉強從水池子裡爬起來，滿臉驚懼。

站高了一步，逢寧居高臨下地看著他，劈頭罵道：「你這個渣男。」

「妳有病啊！」李奇非氣得要死，下意識地進行反擊。

周圍人紛紛側目過來。

逢寧臉露殺氣，擺開架勢，叉著腰，更凶地罵回去，「你死了這條心吧，我是不會答應跟你在一起的！」

李奇非嘴巴一下子張大了。他都驚呆了，完全沒搞懂她在說什麼，更不知道這鬧的是哪一齣。

逢寧舉著一張粉色的信紙，「這是你寫給我的情書，你還敢不承認？」

兩人對峙著，路人們停住腳步，望著戲劇性的一幕，眼珠子都要掉下來了。

「什麼亂七八糟的。」被她氣得無法，李奇非話都說不清楚了，「我？我什麼時候？」

「你不必再說！」逢寧打斷他，在一片譁然聲中，她把「罪證」撕爛了，用力摔在他臉上，「你真的好不要臉！上次你跟蹤我回寢室的事我還沒找你算帳呢。你倒好，居然敢上論壇壞我名譽，你要是再不依不饒的，我就跟你拚了！」

越講，整個故事的畫面感越強。她的每個字都說得又大聲又清晰，旁邊停駐的學生對著這邊指指點點。

李奇非滿臉都是妳他媽的在說什麼鬼話的荒謬表情，他勉強保持聲音平穩，「妳是不是精神分裂？」

逢寧把食指豎到嘴唇邊：「噓，廢話少說。」

不愧是個戲精，受害者姿態十足，「你之前晚自習跑來我們班跟我要示好，好多人都看見了呢，不過是我沒看上你罷了。」

李奇非兩眼一閉，差點厥過去，「誰看見了？」

逢寧強勢又霸道，高聲喊了一聲：「江問——」

江問愣住了，萬萬想不到還有這齣。

有義憤填膺的路人正在錄影，為人群之中江問讓出一條路來。

逢寧簡直就是個活脫脫的女魔頭，揚起下巴，指著落湯雞李奇非，不可一世地問：「就是這個人，他找我要聯絡方式對不對？」

眾目睽睽之下，江問睫毛抖動著，一臉肅穆地點了點頭。

第十一章　煩人精

這事情後來弄得人盡皆知，論壇都爆了，就算李奇非把嘴皮子說破了都沒人信。

畢竟江問是什麼人？

學霸、帥哥、模範學生，智商高，一提起來就覺得厲害，自帶光芒。

這樣的人會幫著逢寧說謊？人家有必要嗎？

而且這兩人平時看上去關係也不如何的樣子！

陪她演完戲，他們走出眾人驚訝的視線，把七嘴八舌的議論甩遠在身後。江問臉上看不出什麼，其實心情波瀾起伏，尚未平復。

在香樟樹下，逢寧回頭，「怎麼了，你不高興？」

江問：「我幫妳騙人。」

她和他目光相接，一臉驚訝，「騙人怎麼了，你沒騙過人？」

江問停了幾秒，一臉正派，「原則性上的事情，我不說謊。」

他為了她，底線是一降再降。

「哼，誰要他惹我。」逢寧毫不在意，「其實我這個人心裡是有點陰暗的，人不犯我，我不犯人。人若犯我，雖遠必誅！」

江問說：「我已經讓他刪文道歉了。」

逢寧似笑非笑，「還記得我說的嗎？當結果擺在這裡，事實是什麼根本不重要。就算你讓李奇非道歉了又怎麼樣？有什麼用？大部分的人已經從那個貼文獲得了自己想要的真相，你需要做的就是摧毀他的『事實』，然後塑造另外一個讓別人相信的『事實』，懂嗎？」

江問不說話了，默默聽著她歪嚼那套理論。

「八卦的魔力就是在於能夠滿足人們的獵奇欲望，比起論壇那些爆料，很明顯『變態對美女愛而不得，繼而惱羞成怒上網造謠』比『貧窮女倒貼富家少爺』來得刺激多了，更能滿足他們的欲望。」

說完她嘿嘿一笑，問道：「你覺得我壞嗎？」

江問沒作聲。

「可是我覺得很爽啊。」逢寧話裡有話，「長得好看，就是方便做壞事，今天謝謝你幫我啊。」

他還是那樣冷淡疏離，「別自作多情。」

「好好好。」逢寧搖頭晃腦，「我理解我理解，你也是因為看他不順眼嘛。」

從西邊的小禮堂走回高一那邊需要穿過大半個校區。抬頭看看天色，烏雲壓頂，想必是要下雨了。這個念頭剛出來，就有一陣風猛地揚起，幾滴涼涼的雨打在額頭上。

「妳要回教室？」

逢寧抹掉額頭上的水，無所謂道：「回教室做什麼，我要回寢室整理一下東西回家囉。」

「哦。」

「對了。」逢寧突然好奇，「最近沒看見你跟趙瀕臨他們在一起，你們之前不是跟連體嬰一樣？」

江問被她說得起了雞皮疙瘩，「什麼連體嬰，妳別說得這麼奇怪。」他緩緩開口，「他們最近有點忙。」

她饒有興致，「忙什麼？」

「妳說呢，他們還能忙什麼？」

「嘖嘖。」逢寧感嘆一聲，「那你豈不是很寂寞？」

江問莫名：「我有什麼好寂寞的。」

逢寧笑笑，不回答這個的問題。她伸了個懶腰，兩眼放光，「江問，你想不想探險？」

「探什麼險？」

「你去了就知道了，去不去？」

江問拒絕，「我不要。」

「去吧去吧。」

他不為所動，「不去。」

漸漸的，雨有下大的趨勢。逢寧鼓鼓臉頰，「那好吧，你回不回寢室？」

江問點點頭。

「我帶你抄近路如何？」

江問搖搖頭。

「好，那我先走了，拜拜！」

說完，她俐落轉身，江問突然有一點點無措。

期末考試完，到下次開學，可能好長一段時間，他們也不會見面了。還是有些猶豫，江問聽到自己脫口喊，「——等等。」

逢寧停步回頭，「嗯？」

他意識到自己著急得太明顯，換了個平淡的語氣，問：「去哪裡？」

逢寧大手一揮，跟命令小弟的老大一樣，「跟我來！」

天空開始飄細雨，他們停在一個鐵柵欄門前。江問皺眉，「這是哪裡？」

逢寧深沉地回答：「女生宿舍大樓。」

江問隱隱有種不好的預感，「妳帶我來這裡做什麼？」

「不是說了嗎，帶你抄近路啊！」

因為作息時間不同，啟德的高三女生宿舍和高一、高二的是分開的。這時候高三的學生還沒放學，宿舍大樓的大門都還鎖著。這裡地形呈一個卜字型，他們就卡在銳角那個地方。鈍角的地方是女生宿舍大樓，他們需要翻進去，然後再從另一個地方翻出去。

逢寧跟他這麼比劃了一下。

江問質問：「妳要我翻女宿的牆？」

「怎麼啦，激動什麼！」逢寧跟他講道理，「按照我這條路線，從這裡翻過去可以少走好多路呢。

我平時起床晚了就是從這裡抄近路！」

說罷，她輕車熟路地從某個角落搬了一塊四方形的磚出來，卡進兩根細鐵柱之間。用手把它牢牢固定住，逢寧拍拍手，朝著江問說了一句，「你看好了啊！」

她把書包扔過去，稍微後退一步，雙手抓住欄杆，腳踩到矮牆沿，輕輕鬆鬆找了個著力點，藉著卡住的磚，腳一蹬，比猴子都還靈活。

三兩下翻過去，落在地上，她問：「看清楚了嗎？」

江問搖頭，退縮了，「我不做。」

「怎麼不做？」

「我不想翻。」

逢寧著急，在對面激他，「來都來了，怕什麼，快點快點，你是不是男的？」

好說歹說半天，逢寧一邊勸一邊嚇唬他，「反正這裡也沒人，從這裡出去走幾百公尺就能到，你繞遠路還得繞半個小時呢！你看看這天，說不準什麼時候雨就大了，真的，信我的，沒錯。」

最終，江問還是被她洗腦了。

他今天穿的是牛仔褲，有點限制發揮。略有些笨拙地模仿著她剛剛的動作，翻到最高點的時候，江問看了一眼下面，臉色一白，有點捉襟見肘的無助，不肯再繼續了。

逢寧在下面等著，她叉著腰仰頭，「你下來啊，坐在上面看風景嗎？」

「我……」江問咳了一聲，「等一等。」

逢寧喊：「高三的都快下課了，你還在等什麼！」

他深呼吸了兩下，覺得自己真是傻得透頂，鬼迷了心竅，才會跟在她屁股後頭搞這些小學生才會做的事情。

思索片刻，逢寧恍然大悟，「你不會是懼高吧！」

江問忍無可忍，「閉嘴。」

逢寧連連道：「好好，我不說話。」她很有耐心：「你別緊張，別看下面，我慢慢指揮你。」

耗了幾分鐘，被逢寧的烏鴉嘴說中，雨越下越大。

江問腿長，撂過來的時候很費勁。他的手有點抖，好不容易腳踩到那塊磚，剛舒一口氣，聽到逢寧叫了一聲糟糕。

屋漏偏逢連夜雨，舍監阿姨的大嗓門透過大聲公傳來，「那邊怎麼回事！有兩個人翻牆？」

「不好不好，阿姨來了。」逢寧急得催他，上前扶著他的腰，「快下來，我接著你。」

江問額頭繃著青筋，怒得扭頭，「妳手放在哪裡？」

「啊、啊？」逢寧定睛一看，自己的豬蹄子放在人家的屁股上。她移動到他大腿上，哎呀兩聲，咳嗽著笑了一聲，「我不是故意的。」

眼看著舍監阿姨就要過來，江問也顧不上這麼多了，匆匆落地。

唰啦的一聲響，是衣服撕裂的聲音。兩人彎腰抄起地上的書包，逢寧帶著江問左拐右藏，慌不擇路地狂奔。

雨下得急，後面的阿姨追得更急。

還好這裡種的樹多，地形複雜。逢寧眼尖，看到前方有個很窄的過道。

這是兩堵牆之間的縫隙，正常情況下只能一人容身。她一邊探頭看阿姨那邊的動靜，把江問往裡面使勁一推，「快點進去藏起來。」

這堵紅磚牆還沒刷漆的，一碰灰就混著渾濁的雨水唰唰地往下掉。江問淺色的衣服瞬間被弄髒了一大片。

他絕望地低頭看，自己限量的白色球鞋被泥汙弄髒，剛剛匆忙之中，衣擺那裡也被刮爛。

江問急促地呼吸著，臉扭曲了一下。

「噓噓。」逢寧也跟著鑽進來，喘著粗氣，拉著他蹲在牆角。

這裡的位置本來就小，兩人幾乎是擠在一起，蜷在這個髒兮兮的角落，膝蓋碰著膝蓋。

兩個舍監阿姨從旁邊跑過，沒看到躲著的兩個人，隱隱約約的疑惑聲音傳來，「咦，人呢……」

大雨把兩人全淋了個濕透。江問咬牙切齒地罵她，「都怪妳。」

他活到這麼大還沒這麼狼狽過。

「這也不能都怪我吧。」逢寧語氣遲疑，「要不是你剛剛翻牆拖拖拉拉，不然怎麼會被發現？」

江問一肚子的怒火，氣憤地控制不住音量，「我不想翻的，是妳硬要拉著我翻牆！」

逢寧眼疾手快，捂住他的嘴，「喂！小點聲！被抓住就完啦！這裡是女宿，你可是男的，你想被當成變態嗎？」

他的嘴唇很軟，碰到她手心裡。江問長得秀氣，卻並不娘。眼睛狹長，一雙眼珠子的顏色很深又很亮，像被雨洗過，看起來超漂亮。

恍惚間，又像回到初見。也是一個下雨天，她這樣倉促出現，捂著他的嘴，往旁邊的牆上一推。

兩個人都愣了一下。

莫名地，氣氛忽地就有點微妙的尷尬。江問率先撇開頭。

逢寧鬆開手，清了清喉嚨，望了望天，「那什麼……事情總有意外嘛，這個，翻牆……不失為一種人生體驗，你小時候沒翻過嗎？」

她厚著臉皮說話，又招來他的一瞪。

他們就被困在了這裡，也不敢輕舉妄動。逢寧討好地說：「好吧好吧，都是我的錯，不過你別怕，再過十五分鐘，高三的學姐們就下課啦，到時候我們趁亂混出去。」

「就我們現在這個樣子？」江問的怒火又湧了上來，「兩個乞丐一樣，出去讓別人看笑話嗎？」

「哪裡有這麼體面的乞丐哦。」

看著他黑成鍋底的臉色，逢寧識相閉嘴。

算了算了，今天是她失誤，不跟這個小孔雀爭了。

大冬天成落湯雞到底有多冷，他們很快就體會到了。剛剛劇烈運動一番還沒感覺，等到腎上腺激素消退，他們開始冷得打哆嗦，牙齒咯咯作響。

江問一張臉凍成慘澹的青白，像索命的男豔鬼。

逢寧拉著他躲進去了一點，頭頂上勉強有塊破爛棚子能擋住雨。

怕舍監阿姨還沒走，他們也不敢出去。逢寧向來是死豬不怕開水燙，還安慰他，「沒事的！等人少了一點，我們就溜！」

江問已經自暴自棄了。

逢寧背著手，艱難地從書包裡摸出一袋洋芋片。在他略顯震驚的目光中，緊接著又摸出了牛奶。

江問不敢置信：「妳還有心情吃零食？」

怎麼會有這樣的人。

「反正閒著無聊嘛。」

他又確認了一遍，「妳早上就帶著這些去考試？」

逢寧點頭，「對的！」

「妳的書呢？」

「考試帶什麼書。」

江問：「……」

逢寧把零食遞出去，「你要不要來一點？」

江問這時潔癖發作，渾身難受，「不要。」

逢寧丟了一片進口裡，「哼，不吃算了。」她卡滋卡滋地嚼完洋芋片，又問：「喝牛奶嗎？」

他嫌棄無比，呼出一口氣，「我不喝。」

「不喝就不喝，發什麼脾氣。」

雨一直下，他們被困在這個逼仄骯髒的角落，呼吸近在咫尺。逢寧腿曲起來，悠然自得地吃著零食。忽然，她盯著他的臉，控制不住嗤嗤地笑，「欸，你把你的臉擦擦。」

江問下意識抬手抹。結果手比臉還髒，又碰出了一道印子。

看上去好笑到不行。

不過顏值太高，就算成了這幅樣子，也像個落魄王子。她哈哈大笑，從口袋裡翻出面紙遞給他。

江問嘴角垂下去，勉強地說了聲，「謝謝。」

這種時候還記得要講禮貌。如影隨形的教養讓逢寧覺得他有點可愛，她說，「你解除我的黑名單吧。」

「……」

「到時候我去你家，你得指揮我怎麼走啊。」

江問的眼睛一下子就瞪大了，「妳來我家做什麼？」

「幫你妹妹補課啊！」她說得理所當然，「我老闆跟你老媽說好了，薪水都發給我了呢。」

他忍不住了，「妳很缺錢？」

逢寧狐疑，「你這是什麼話？」

江問也意識到自己的話有點問題，他略有點不自然，解釋道：「我不是這個意思。」

誰知她一正色，「我確實很缺錢，你可以幫幫我嗎？」

江問遲疑著：「……怎麼幫？」

「借我一點錢，以後還你，寫借據也可以的。」她重重地嘆了口氣，滿腹心事的樣子：「不瞞你說，我哥哥，就你見過的那個，還記得吧？他在外面賭博輸了不少錢呢，唉，真的太難了，我家裡都快沒飯吃了！」

似乎考慮了一番，江問神色嚴肅地問她，「妳需要多少錢？」

抿著唇，悲痛的表情保持了兩秒。逢寧噗的一下笑出來，越笑越止不住，揩了一下眼角不存在的眼淚，她說：「你到底要被我騙多少次才會長點心啊？」
江問意識到被耍了，他惱火地打斷她，「妳別笑了。」
她還是笑，笑得更厲害。
這回換惱怒的江問去捂她的嘴。
他的指腹很冰，很涼，有點濕，還有一股油墨的味道。她只剩一雙眼睛眨啊眨地，就這樣看著他。
逢寧皺了皺鼻子，溫熱的觸感讓他心一跳，慌慌張張地撤下手。
逢寧沒注意到他的異樣，「我剛剛突然想到了一個畫面。」
「什麼？」
「就是你問我，妳缺錢是嗎？我說是的，然後你摸出一張支票，傲慢地跟我說，好，那妳求我啊，妳想要多少，我給妳多少。」
江問臉上閃過一絲窘迫，掩飾性地說：「妳小說看多了吧。」
逢寧神色認真，「我覺得你長大了真的能做出這種事情來。」她笑得很傻，「小王子長大了就是霸道總裁了吧？」
「我才不會。」江問打了個結巴，「而且，誰要給妳支票，我、我有病嗎？」
下課鐘聲響起。女宿的鐵門被拉開，沒多久就有輕輕重重的腳步聲響起，外面熙攘起來。
逢寧心不在焉地側扭著頭看了一眼，「給我支票？你想有這個本事嗎？」
冷氣從腳底開始竄，她微微前傾，「你把手機拿出來呀。」
棚沿的水珠滑落，滴到他的臉頰上，順著往脖子裡滑。手機開機，江問把社群軟體打開，離得太近，逢寧一眼就看到自己的備註：煩人精。

她立即嚷嚷起來，「你怎麼這麼刻薄。」

江問不情願地將手機收了一點，不給她看。

逢寧把自己的手機也拿出來，「對了對了，我傳一個東西給你。」

傳完之後，逢寧湊上去，伸長了手臂，在他的手機螢幕上點點，打開自己傳的網址。

「幹什麼？」

「馬上馬上，一分鐘。」她乾脆把他的手機拿過來。

——網址是前天開的校花投票文。

逢寧像發現新大陸一樣，「咦，你這個帳號已經投過了啊？」

江問有種不好的預感。

逢寧咧嘴一笑，抬頭，「江問，你心中的級花原來是我。」

江問沒控制好自己表情，臉居然微微紅了一下，一直紅到耳朵後面。他奪過自己的手機，還要強行冷淡地說：「哦，這是趙瀕臨投的。」

「是嗎？」逢寧懷疑地用餘光掃他，「投票不能算在你原則性的事裡吧？」

他不懂，「什麼？」

「畢竟你在原則性的事情上從來不說謊呢！」

頭探出縫隙，逢寧左右環視一番，陸續有學生吃完飯回來午休。她比了手勢，「可以走了。」

避開高峰期，兩人從女生宿舍大樓出來。江問說什麼都不肯這副樣子走回寢室。逢寧只能帶著他去旁邊竹林裡的小亭子裡暫時避雨。

十五分鐘以後，趙瀕臨到達。

他沉默地看著他們，久久說不出一個字。

「你們這是……」趙瀕臨問得稍有些遲疑，「在演哪齣？」

江問領口半濕，涼意滲到骨子裡，他難受地扯了扯，沒理趙瀕臨。逢寧反應一下，「說來話長。」

兩人衣服褲子上都是一道道灰痕，江問連著打了個噴嚏。幾個人都看向他，他則是側頭，狠狠怒瞪逢寧一眼。

逢寧心虛地縮縮脖子。

兩人的小互動落在裴淑柔眼裡，她把手上的袋子遞給江問，「怎麼搞成這個樣子。」

完全想像不出平時潔癖那麼嚴重的人，居然狼狽成這樣，身上髒得和逃荒難民沒兩樣。

裴淑柔個子高挑，身材苗條，穿著長度及膝的罌粟紅的長款大衣，灰格子的長裙，短款的流蘇靴。

逢寧在心裡讚嘆：真不愧是高票選出來的校花，瞧瞧，這氣質！這身段！

江問將外套拉鍊拉高，戴上帽子，又戴上口罩。

看著他全副武裝，逢寧表情有點一言難盡，「你是不是有點誇張了？」

「毫不誇張。」趙瀕臨露出一個高深莫測的笑，「這妳就不懂了吧，妳不知道就這學校，愛慕我們紅牌的女生，那得有多少，這種形象是萬萬見不得人的。」

雨淅淅瀝瀝地下著，他們帶了三把傘來。兩個男生撐一把，逢寧和裴淑柔一人撐一把。逢寧好奇，「你們為什麼喊他紅牌？」

「因為貌美如花，天生麗質。」

逢寧想起同班女生經常暗地裡討論江問的好皮膚，她想到就說：「這張臉不當女人可惜了。」

江問反唇相譏：「妳不當男人也很可惜。」

他們兩個互動，對話帶著隱隱的火藥味，其他人澈底被遺忘。

走著走著。

「我鞋帶掉了，幫我拿一下傘。」逢寧話是對著趙瀕臨說的。

可她把傘柄遞過來的時候，江問卻自然而然接過。裴淑柔不由愣了一下，隨即恢復過來。

逢寧蹲下身子，背著暗紅的書包，沒注意到其他人的表情。

三個人都停下來等她，趙瀕臨幫江問撐傘，而他半個身子都在外面，幫逢寧撐傘。

不只下雨，還颳風，逢寧真是凍得要死。哆哆嗦嗦走到岔路口，敷衍地對他們揮了揮手，「我先回去了。」

見她的身影一溜煙消失，趙瀕臨轉頭，「你們倆是不是衰對方啊，怎麼一碰上就倒楣。」

裴淑柔抿抿嘴唇，深深看了一眼江問，「你們和她很熟？」

趙瀕臨立即接話，「我還好，江問比較熟。」

江問正在玩手機。他點開逢寧的社群軟體頭貼，在設定備註和標籤那裡點來點去，拇指把螢幕關閉，隨意回了一句：「她就是個掃把星。」

趙瀕臨貼近身來，「我怎麼感覺你心情還不錯啊？你們剛剛到底幹麼去了？」

話沒說完，江問就收起手機，「你煩不煩。」

「怎麼回事？跟兄弟在一起就這麼不耐煩。」趙瀨臨臉上表情十分玩味，「唉，真的好傷心啊。剛剛幫女生撐傘就好有耐心呢，你這個舔狗。」

他漫不經心地說了句「滾」。

裴淑柔走在他們旁邊，把傘柄捏緊了。她若無其事笑了笑，轉開話題，「郗高原呢？」

「他啊，」趙瀨臨反正不太在意，「妳關心他做什麼？」

她聊起寒假的打算，「他之前不是說想去北海道嗎，正好放假了，我們過年前去日本玩一趟怎麼樣？」

趙瀨臨興致勃勃地說：「好啊。」

裴淑柔轉頭看向江問，「阿問，你去嗎？」

「再說吧。」江問心不在焉地回答她，「我可能有事。」

聽他這麼說，趙瀨臨不由得問：「怎麼，你還能有什麼事？」

江問又連著打了兩個噴嚏，「在家陪我妹妹。」

趙瀨臨十分訝異，「你陪她？陪她做什麼？」

「寫作業。」

趙瀨臨給了他一肘子，「不開玩笑，你到底去不去？」

江問還是搖頭，輕描淡寫，「下學期有個競賽，寒假我要在家念書。」

回到寢室時，有兩個人已經走了，孟桃雨正在整理東西。她看到逢寧的樣子嚇了一跳，「寧寧妳怎麼了？」

「沒事。」她擺擺手，語氣隨意，「路上摔了一跤。」

逢寧脫下溼答答的外套，去浴室沖了個熱水澡，洗完出來看見雙瑤坐在椅子上。

「妳東西整理好了？」她一邊擦頭髮一邊問。

「是啊。」雙瑤愁眉苦臉，「這次物理考得好難，我大概要翻車了，妳感覺怎麼樣？」

「我？就那樣囉。」

孟桃雨跟她道別：「寧寧我媽媽在下面等著，我要走了。」

逢寧應了一聲，「好，妳路上小心。」

孟桃雨拉著行李箱走到寢室門口，似乎猶豫了一番，轉身：「寧寧，妳放假有空的話，我能去找妳玩嗎？」

逢寧答應得很爽快，「可以啊，妳想來玩記得提前傳訊息給我。」

「好。」

寢室只剩下她們兩個人，雙瑤稍微坐正身子，「論壇的事情怎麼樣了？」

「什麼怎麼樣，管它怎麼樣，我又不在乎。」說到這裡，逢寧忽然想起來，「對了，我今天遇到裴淑柔了。」

「她怎麼了？」

「挺好看的，真人比照片漂亮一點。」逢寧把寒假作業塞到雙瑤書包裡——自己的書包剛剛已經拿去洗了。

雙瑤想了想，「她是不是和江問關係很好？」

「我怎麼知道。」

「妳不關心？」

逢寧莫名其妙，「我關心這個做什麼？」

雙瑤審視著她的表情，「是嗎？我怎麼覺得妳最近跟江問有點不正常，之前妳腳踝受傷了，人家不是還把妳背到保健室，後來又幫妳找手機。」

「他挺好玩的。」逢寧這麼說。

雙瑤若有所思，話裡有話的樣子，「然後呢？」

逢寧繼續回答，「他生氣也挺好玩的。」

「就這樣？」

「嗯哼。」

雙瑤觀察著她的表情，笑得十分促狹，「搞這麼久，我不信妳一點都不喜歡人家。不會是因為江問家世太好，妳自卑了吧？」

逢寧深嘆一口氣，「大姐，我拜託妳想像力可以再豐富一點嗎？」

放假回家，逢寧花了兩天時間把寒假作業寫完。

趙慧雲約的補課時間是工作日一、三的早上和下午各兩小時。逢寧以前沒幫別人正式補習過，還用心提前備了個課。

出門前特地觀察了一下天氣，看上去還可以。保險起見，逢寧還是帶了把傘。路上買了個三明治當早餐，她把趙慧雲發來的地址輸入到網路地圖裡。

江家經商，相當信風水這一套。他們家不在市區，雖然是獨棟別墅，但是裝修風格偏古式，院中角落種著樹和花，現代化的元素很少。

江問來開的門，他頭髮還凌亂著，穿著鬆垮低領的睡衣，扣子開了一顆，露出半截突出的鎖骨。

逢寧把頭髮從白色圍巾裡撥弄出來。

外面溫度低到零度以下，她的臉被凍得紅通通，一張口就哈出白霧，「嗨，早安啊江同學！」

「妳手裡拿的是什麼？」他沒什麼精神。

逢寧揪了一朵臘梅花遞給他，「我來的時候從路邊撿的，你聞聞，還挺香。」

有個阿姨著急喊道：「小問，你怎麼連外套都不穿就下樓了，本來就感冒了！」

「你感冒了？」

江問神色倦怠地掀起眼皮，「是啊。」

逢寧這才聽出他濃重的鼻音，心道不會是之前淋雨淋的吧。

換好拖鞋，逢寧跟著他往裡面走。正好迎面走來一個男人。

這男人下巴線條冷厲，五官英俊，穿著黑色正裝，一副美劇裡叱吒風雲華爾街的菁英銀行家形象。

看到他們，他問了句，「這是小柔的家教？」

江問「嗯」了一聲。

男人點點頭，沒說什麼，和他們擦肩而過。

等人走後，足足十幾秒，逢寧才回神。她飄飄然地問身邊的人，「剛剛那個是誰？」

「我表哥。」

逢寧激動地爆了個粗，「你表哥怎麼這麼帥？是明星嗎？」

江問臉上一貫不陰不陽的，冷笑，「口水擦擦，花痴。」

她兩眼放光，特別自來熟地問：「表哥有沒有女朋友？」

江問壓著脾氣淡淡道：「關妳什麼事？」

「你不覺得他很帥？」

他習慣了和她鬥嘴，「不覺得。」

逢寧興致不減，「表哥多大了？」

江問腳步一頓，臉色相當難看，「妳不是有喜歡的人？」

逢寧沉思了一記，「我什麼時候說我有喜歡的人？」

「妳、說、過。」江問語氣冷得沒有感情，強忍著才沒有翻臉。

逢寧想起來了，內心不滿，那不是我為了氣你瞎說的嗎。

「好吧，我說過。」她承認。

逢寧完全沒覺得有什麼不對，喜滋滋地說：「但是也不妨礙我欣賞別人嘛！」

江問豎起耳朵等她的下文，居然等到這個。他表情黑成了鍋底，「這種輕浮的話妳也說得出口。」

他們到二樓，江問去自己房間拿了一件薄毛衣套上。兩人去江玉柔的臥室。她剛剛起床，江問彎腰，幫妹妹把衣服一件件穿好。

小妹妹行動不便，江問親自抱著她去浴室刷牙洗臉。

逢寧很少能看他這麼溫柔的樣子，覺得還挺新鮮的。

江玉柔皮膚白嫩水靈，全身上下都是一點點養出來的嬌貴。逢寧好幾次都手癢癢地想摸摸她的臉。

小女孩腦子轉得很快，比趙宇凡那個胖小子聰明多了。講題的時候，逢寧把重點稍微講講，她一點就通。

中場休息，逢寧正在喝水。江玉柔微微仰起頭，彎了一下眼睛，叫一聲，「家教姐姐。」

「嗯？」逢寧心都要被萌化了。

「剛剛哥哥交代了我一件事。」

「什麼事？」

「妳過來一點。」江玉柔招了招手，顯得很神祕的樣子。

逢寧湊上去聆聽。

江玉柔回憶了一下，童音脆生生的，天真地說：「哥哥要我偷偷問妳，他和景表哥誰更帥一點。」

第十二章　我在乎妳

江問有點發燒，一直睡到下午才醒。暖氣溫度高，他捂出了一身的薄汗。

房裡安靜，臉上有輕輕的觸感。他費力睜開眼，窗簾緊閉，四周光線很暗。茫然了一下，江問才認出床前的黑影是江玉柔。

他稍微坐起來一點，聲音疲倦暗啞，「妳怎麼過來的？」

「蔡姨把我抱來的。」

「課上完了？」

江玉柔掙扎著爬上哥哥的床，撲在他的腿上，「早就上完了！現在都要準備吃晚飯啦。」

她的腿不太方便，江問往旁邊挪了挪，穩住她的肩膀，「那個姐姐呢？」

「家教姐姐？」

江問嗯了一聲，把床頭的壁燈拉開。嘴唇全是乾燥的死皮，他用手背摸了摸。

拿起杯子喝水，聽到江玉柔說：「姐姐已經回去啦。」

「什麼時候回的？」江問嘴巴稍稍移開了杯沿。

「剛剛。」

江問喉頭動了動，仰頭繼續地小口喝水，潤喉嚨。

江玉柔雙手撐著下巴看他，「哥哥，我幫你問啦。」

「問什麼？」

「問家教姐姐你和景表哥誰帥呀！」

把水嚥下去，江問裝作不經意地問：「哦，她怎麼說？」

江玉柔想了想，「姐姐說她會親自傳訊息告訴你答案的。」

「告訴我？」江問嗆地咳嗽一聲，把杯子放下，有點焦急地問她，「妳跟她說是我要妳問的？」

江玉柔點點頭，大眼睛忽閃忽閃，完全沒有覺得有什麼不對，「是的。」

「……」

江問沉默。他閉了閉眼，再睜開，盡力讓自己恢復平靜。

蔡姨的聲音從門外傳來，「小柔把哥哥叫醒了嗎？要吃飯了。」

江玉柔應聲，「哥哥醒了。」

江問感覺頭又開始有點痛。他揉了揉額頭，「蔡姨，妳先把她抱出去，我換個衣服就下去。」

等人走後，江問把被子掀開下床，站起身，懊惱幾秒，飛快地把正在充電的手機拿起來。

手指觸到聊天軟體的畫面，又縮回來。

頭腦還有點發脹，江問兩腿岔開坐在床邊，手肘撐在膝蓋上。

這時候，手機微微震了一下，震得手心有點微微發麻的錯覺。

郗高原傳來一則訊息：

『問哥，在幹麼？出來玩嗎？（愛心）』

江問看了一眼，懶得回他，保持這個姿勢又發了一陣呆。煩惱完畢，他把手機扣到床上，動作遲鈍地穿好衣服。

下樓途中，打開訊息清單。做了半天心理準備，點開逢寧的對話欄。

結果只有一張圖。

他倚在欄杆上，把手機舉到眼前，放大圖。

給、我、滾——三個大字。

江玉韻從客廳路過，在下面喊：「你站在樓梯上幹麼，快點下來。」

盯著看了一陣子，江問有點難以置信，傳了個問號過去。

那邊回得很快，又是諷刺的三個字：『少攀比。』

平復一下情緒，江問下樓，傳了一連串句號給她。

-Fm：『你居然還介意和表哥誰更帥啊？』

-W：『……我不介意。』

-Fm：『那你要你妹妹問我幹什麼？』

餐桌上，傭人正在安排碗筷。江問坐到自己位置上，想了一下，繼續回訊息。

-W：『我沒有要她問』

-Fm：『？』

江問在對話方塊裡劈哩啪啦打了一大堆字，又刪，刪完了又打。

-W：『今天我就是隨便問了她一句，至於她為什麼後來去問妳，我也不知道』

發完之後，他一直看著對話畫面。那邊顯示正在輸入中。

手機嗡地震了一下。

-Fm：『哦，原來是這樣子嗎！』

難以察覺地停頓一下，江問打字。

-W：『隨便吧，妳怎麼想和我無關。』

殷雁咳嗽了一聲，輕聲說：「江問，吃飯別玩手機。」

江問微微別開頭，心不在焉地拿起筷子，扒了一口飯，眼睛根本沒離開手機螢幕。

逢寧發了一個哭泣的女人捂著嘴的表情貼圖，上面寫著，「我能有多驕傲，不堪一擊好不好」

-Fm：『送給你的』

江問用單手打字。

-W：『妳在諷刺我？』

-Fm：『我哪敢』

殷雁聲音拔高一點，帶了些怒氣，「你在跟誰傳訊息，你別玩了先吃飯！」

剛剛聊天聊得太投入，後知後覺一桌的長輩都在看他。

江問像是做賊被抓包，尷尬地把手機放到一旁。

雙瑤的父母這兩天去外地探親，她都在逢寧家裡吃住。晚上吃飯時分，雙瑤突然問起，「江問家裡怎麼樣，是不是特別豪華？」

逢寧滿嘴的飯，回憶了一下，回答：「其實也沒有那麼誇張啦。但是他家裡的裝修確實非常奢華，特別的奢華。」說完了又補充了一句，「我感覺隨便順走一件東西都能賣好多錢呢。」

雙瑤道：「有被震懾到嗎？」

「哼，我也是見過世面的好嗎？」逢寧很平靜，又塞了一個雞蛋到嘴裡，含糊地說：「不過我有被江問的爸爸、伯伯他們震驚到。」

「為什麼？」

「早上他們一群人西裝革履的，就像電視劇裡從高樓大廈出來的頂層菁英。最絕的是後面還跟著幾個黑衣人保鏢，不知道的還以為在演黑手黨。」

雙瑤聽得一臉憧憬。

齊蘭看著她們倆吃，聞言拍了一下逢寧的頭，「妳胡說什麼。」

「媽，我要喝可樂。」逢寧撒嬌賣乖。

齊蘭瞪了她一眼，抽張紙巾要她擦嘴，「吃飯喝什麼可樂。」想了想又問：「妳為什麼去妳同學家裡幫他妹妹補課？」

齊蘭不知道逢寧在酒吧打工，逢寧自然也不能把趙慧雲說出來。她鎮定地講之前就編好的措辭，「我同學妹妹是趙瀕臨表弟的同班同學，趙瀕臨介紹給我的。」

齊蘭也沒多懷疑什麼，臉側開一點，咳兩聲，「那妳可要認真一點。」

「媽，妳最近怎麼老是咳嗽。」逢寧停下筷子，有點擔心。

齊蘭擺擺手，「沒事，最近胸有點悶，我猜是太久沒活動了。」

又隔了一天，逢寧去替江玉柔補課。

江問從始至終都沒出現。

今天的課講得很快，看看時間，逢寧替江玉柔安排了幾道練習題。

江玉柔趴在桌上認認真真地寫習題，逢寧閒著沒事，也拿了張化學試題卷陪她一起做。

家裡的保姆進來，在桌上放下一盤草莓，輕手輕腳地又出去了。

江玉柔拿著吃了幾個，艱難地從椅子上跳起來。

逢寧放下筆，趕忙拉住她，「欸欸欸，妳要做什麼？」

江玉柔端著瓷盤，「哥哥最喜歡吃草莓了，姐姐妳可以把我抱過去嗎？」

逢寧刮了一下她的鼻子，把盤子拿過來，「姐姐可抱不動妳，妳在這裡乖乖寫作業，姐姐幫妳送過去。」

她記憶力很好，上次跟著江問去過一次他的房間。這次摸索著，很快找到地方，門是虛掩著的。

「江問，你妹妹拿了草莓來給你。」敲了一陣子沒有反應，又隱隱聽到一點聲響。逢寧乾脆推開門，閃身進去。

她沒進他的臥室，只是隨手把水果盤放在過道的書架上。

剛準備走人，突然聽見背後傳來一陣動靜。逢寧回頭。

江問正好從浴室推門而出，他的黑髮和臉上都有水珠，順著往下滑。

懵了一秒。

兩人視線面對面撞上，逢寧張著嘴，驚恐地瞪大眼睛，視線不受控制地下移了一下。

江問僵住，也跟著低頭。

剛剛洗完澡的皮膚，被背後浴室的燈光和霧氣映得白裡透紅。

但是，他全身上下，只裹了條浴巾。

宛如晴天霹靂一般，江問微微張嘴。

逢寧如夢初醒，迅速捂住眼轉身，「不好意思不好意思，我什麼也沒看見，我這就出去。」

逢寧盲人摸象一樣摸索著往門口走，剛剛觸到門，突然聽到篤篤的敲門聲。

江玉韻在外頭說：「小問，你在嗎？」

這一切發生得太快，逢寧完全不知道這種情形該怎麼處理。來不及多做思考，她反射性地往回走。

逢寧原地轉兩圈。

完了完了。

她像一陣風一樣，颳過石化的江問旁邊。慌不擇路地拉開衣櫃門，鑽了進去。

過了一段時間，江問才把門打開。

見弟弟雙頰紅得幾乎可以滴血，江玉韻莫名，往房間裡看了看，「你怎麼了？這麼久才開門。」

江問卡在門口，沒鬆開門把手，穩住聲音，「沒什麼，我剛洗完澡，在穿衣服。」

江玉韻不疑有他，交代說：「等等五點，我們出去一趟。」

「出去做什麼？」

「過兩天就是公司年會，媽替你訂了幾套衣服，你等一下去試試。」

「嗯，知道了。」江問點點頭。

走之前，江玉韻忽然問了一句，「你房裡有人？」

他佯裝鎮定：「沒人。」

衣櫃很大，逢寧坐在一大堆衣服褲子上，呼吸緊張，提心吊膽地偷聽外頭的動靜。

過了一陣子，櫃門被拉開。

逆著光，江問一臉菜色，難看到不行。他低頭對她道：「滾出來。」

逢寧灰頭土臉地鑽出來。

說不清道不明的古怪氣氛蔓延開來。就算臉皮厚如逢寧，到底還只是個女生。

這下子有點不知道該說什麼好。她目光落在遠處，口乾舌燥，欲言又止：「你放心吧，今天的事我不會說出去的。」

江問呼吸漸漸濃重，「妳還想跟誰說。」

她尷尬地保證，「我真的，我誰也不會說的。」

怕他不信，逢寧豎起三個手指放在太陽穴旁邊，倒也沒覺得有多羞愧，「我發誓，剛剛看到的一切，我一定一定盡快忘記。」

江問沒看她，偏長的眼睫遮住了眼瞼，落下一片陰影。他深呼吸了一下。

誰知逢寧接下來的話，差點又把他氣得一口血吐出來。

「——我還怕我長針眼呢。」

下午五點多，逢寧收拾了一下東西，準備打道回府。今天是星期三，一週的補課今天結束。

她把接下來幾天的功課任務寫到紙上給江玉柔，順便還替她制定了一個詳實的讀書計畫。

雖然只是個短期兼職，但逢寧拿了人家不低的報酬，做事自然要認真一點。

下了樓，江玉韻正在院子的草坪上逗狗，逢寧站住腳，有禮貌地朝她道別。

江玉韻散著大波浪，妝容精緻，美豔嫵媚地一笑，「妳要回家了？」

大美人笑得十分動人，逢寧嗯嗯點頭。

江玉韻抬起手腕，看了看錶，對她說：「妳等一下吧，我們馬上也要出門，順路送妳。」

司機把車從車庫裡開出來，停在門口。江問單手抱著江玉柔，拉開後面的門，一時沒反應過來。

逢寧也在車上，直勾勾看著他們。

江玉柔興奮起來，甜甜叫了一聲，「家教姐姐。」

車開上路。

隔了點距離，逢寧仍能聞到江問身上沐浴過的味道。她雙手放在上衣口袋裡，摸到冰涼的硬幣。稍微挪了挪身子，打亂腦子裡那點旖旎的畫面。

無人說話，車廂安靜了一陣子，江玉柔稚嫩的聲音響起，「哥哥，草莓好吃嗎？」

江問被問得愣住，不知想到什麼，結巴了一下，勉強點點頭。

江玉柔邀功，「是我要姐姐送過去的，你吃了嗎？」

逢寧眼神也掃過來。

江問餘怒未消，避開她的目光，盡量裝作什麼事都沒有的樣子，「吃了。」

他的異樣神態很快被江玉韻察覺了，隨口問了一句：「你不舒服？」

江問維持剛剛的姿勢，嘴唇動了動，「還好。」

「剛剛量體溫了嗎？燒退了沒？」

「差不多了。」

江家這輩的旁系幾乎都是男孩，江玉柔幾乎沒有什麼表姐表妹。江玉韻平時忙，很少時間待在家裡。幾天時間相處下來，江玉柔就喜歡上了逢寧。這時嬌憨地拉著她，「家教姐姐，等等我穿漂亮的公主裙給妳看。」

她還以為逢寧跟他們一起去試衣服。

逢寧說下次補課的時候看，江玉柔還不肯，眼淚汪汪地抱著她的手臂，鬧著嚷著，非要她也去。

臨近春節，又撞上晚間尖峰，街上車流密集，路很不好走。逢寧是不喜歡麻煩別人的性格，免得司機繞路耽誤時間，她把手在江玉柔頭上揉了揉，「好吧，那姐姐陪妳去試。」

車子在CBD的國金商場某個入口停下，逢寧很熟悉的地方。

——她不知道被這裡的保全追了多少次。

他們進了一家高級訂製服飾店，店內裝修得精緻典雅，連招牌看著都非常冷硬高貴。幾個店員都停下手裡的工作，殷勤相迎。

江玉韻把包放到一邊，輕車熟路到休息區坐下，翹著腿交代，「帶他們兩個進去試衣服。」

逢寧也跟著坐在沙發上。

閒著沒事，她開始和江玉韻聊天。她這張嘴能說會道，相當自來熟。把江姐姐逗得時不時笑出聲，氣氛一點都沒冷下。

江玉韻向來欣賞她這種有活力又風趣的女孩，「怪不得小柔這麼喜歡妳。」

逢寧搔搔頭，「我都是練出來的。」

社會上討生活，會暖場是必須的。她為此逼自己看很多書，還刻意地背很多笑話。每次應付客人之前都要把話在腦子裡過一遍，久而久之就成了個中高手。

定了定神，江玉韻打量她兩眼，「小問說妳成績很好？」

「還可以。」逢寧驚訝，順嘴就說，「他也會誇我？」

「你們不太合？」江玉韻對自己弟弟的性格還是很瞭解的，「他從小就是被家裡人寵慣的，喜歡耍小孩子脾氣。看上去不好相處，其實心思是很單純的。」

逢寧很贊同這番話，「我理解，江同學話雖然少，但是面冷心熱。」

「嗯，平時在學校覺得念書辛苦嗎？」

「不辛苦，我習慣了。」

經理親自端了水過來，遞給她們一人一杯，服務貼心周到。

江玉韻端起來喝了一口，問：「妳家裡是做什麼的？」

「我媽媽開了一家麻將館。」逢寧很坦然，「爸爸在我很小的時候就去世了。」

江玉韻雖然覺得吃驚，臉上卻一點也沒表現出來。她抱歉，「不好意思。」

逢寧完全不介意。沉默一陣，轉移話題，「姐姐，為什麼妳和玉柔都是三個字，江問只有兩個字？」

江玉韻跟她解釋：「我們這一輩都是玉字輩，他其實本名叫江玉問，但是爺爺覺得太像個女孩，就把中間的字去掉了。」

「江玉問，挺好聽的。」逢寧一笑，露出幾顆牙齒。

幾分鐘過去，忽然有低低的議論聲響起。江玉韻起身，逢寧也跟著側頭看。

江玉柔出來了。她穿著白色的蓬蓬紗裙，露出一截手臂和蓮藕一般。由人抱著，粉嘟嘟的臉，看上去像是櫥窗裡的洋娃娃，很是惹人疼愛。

逢寧立刻摸出手機對著她拍了幾張。賊頭賊腦地想著，到時候碰到小胖子，還能五十塊錢賣一張給他。

與此同時，另一邊的半弧形的遮擋簾也被拉開，四面都是鏡子。柔和的燈光下，帥到過分的一張臉露出來。旁邊還圍著店員在認真整理衣角。

幾個人簇擁之間，江問穿著單排扣西裝，暗紋的領帶。他個子高，肩寬，已經能撐起淺色的襯衫，腰被掐得很細，襯衫尾巴還紮進去，西裝褲包裹的一雙腿筆直修長。有種介於少年和成熟男人之間的俊逸。

別人逗江玉柔，「看哥哥，哥哥帥嗎？」

江玉柔點頭，「哥哥帥，小柔長大了要跟哥哥結婚。」

童言無忌，惹得大人都笑出來。江玉韻也笑，輕輕擰小妹的嘴，「妳亂說什麼呢。」

逢寧正在和雙瑤聊天，往那邊張望了一眼，迅速抓著沒人注意的空檔，拍完妹妹拍哥哥。

欸，這兩兄妹，怎麼這麼養眼。

不出十秒，手機接連震動。雙瑤的對話訊息一下接一下，瘋狂彈出來。

雙瑤：『哦買尬！』

『這是江問嗎！』

『他好帥啊！』

『天哪！』

『他的身材好好啊！』

一排驚嘆號足以表達她現在有多激動。

逢寧心想，是挺好的。天知道她剛剛還欣賞過他剛出浴的樣子呢。不自覺就順著想了下去，想到腰腹的線條……

心裡默默唾棄自己，怎麼越來越色了。

逢寧捧著手機專心聊天。

雙瑤：『我有一個大膽的想法。』

逢寧：『什麼？』

對面一則語音訊息咻地過來，逢寧點開，雙瑤的聲音像洪流一樣爆發出來：『我想看江問正裝跪！』

她回過去：『什麼是正裝跪，SM嗎？』

雙瑤：『正裝跪妳都不知道？』

逢寧：『不知。』

雙瑤：『就是他穿著禁欲的白襯衫和黑色西褲，剩下的妳懂了吧！』

『嗚嗚嗚嗚這誰抗得住啊，太誘人了吧，光是幻想一下就覺得好激烈，好香豔哦！』

逢寧帶入江問的臉，想像了一下那個畫面，發自肺腑地說：『不得不說，妳真變態。』

這麼說著，她又忍不住抬頭去看江問，該死的畫面感瞬間就出來了。

不自覺嚥了口唾沫，逢寧壓低聲音，又補了一句：『雖然有點變態，好像還挺有感覺的。』

齊蘭打了幾個電話催逢寧回家吃飯。江玉韻陪著江玉柔換衣服，要江問出來送逢寧。

這裡是繁華的鬧區，各家店的燈光從落地玻璃窗裡映射出很漂亮的光線。不遠處的廣場放出溫柔的情歌，他站在路邊，打電話給司機。

逢寧攔住他，「不用了，我自己搭車回去。」

他看了她一眼，沒理。

「真的不用了。」

那邊詢問兩聲，江問說，「沒事了。」掛了電話，他抬手，準備幫她攔車。

其實單獨在一起，氣氛還是有點古怪僵硬。原地蹦跳兩下，逢寧主動提起，「這裡是我們第一次見面的地方呢。」

江問沒什麼表情，哦了一聲，「妳還好意思提。」

聲音裡有著他自己才能察覺的好心情。

逢寧自然地說，「我沒有什麼不好意思的。」

他轉頭問：「我的衣服呢？」

逢寧賤賤的，又開始挑釁了，「不是說了嗎，擋雨！這可能是我這輩子用的最貴雨傘。」

江問別過臉。

「我從小到大沒見過你這種人。」她笑，「能從髮絲到腳都寫滿鄙視兩個字。」

江問不愉快了，嘲弄道：「誰叫妳像個乞丐一樣。」

夜色降臨，車流滾滾，江問拿著手機，一邊攔車，一邊和逢寧講話。

不遠處，有個戴口罩帽子的人，朝他們慢慢走來。兩人誰都沒注意，還在互相嘲諷。

快到跟前，毫無預兆地，黑衣男突然衝過來，一把搶過江問的手機，轉身就跑。

兩人都有點呆住。

逢寧先反應過來，大喊一聲，「搶劫啦！」她把包包往江問身上一丟，拔腿追了上去。

江問這才回過神，焦躁地在後面喊住她，「——喂！」

逢寧從小學開始就包攬運動會上長跑、短跑各種大大小小的獎項。她暑假還參加過馬拉松，平時有事沒事就把跑步當鍛鍊，跑得比一般男生都快。

和港劇裡拍電影一樣，車笛鳴響，逢寧和搶手機的黑衣賊一前一後，穿梭在大街小巷。正是熱鬧時分，黑衣男跑著跑著就撞到路人，逢寧咬在後面緊追不捨。

江問穿的衣服和鞋子要跑步有點困難，前面阻礙視線的東西很多，他仰著頭，盯著逢寧的背影，眼看著就跟丟了她，心急如焚。

「抓賊啊——」

逢寧對著前面喊，一邊喊一邊抄起手邊的東西狠狠砸那個人。

追過兩條街，在某個巷子口的轉角，黑衣男被剛剛吃完飯出來的一群人伸腳絆倒。

他在地上滾兩下，逢寧跟著衝上去，一個急剎車，撿起旁邊掉落的手機。

她在原地，撐著膝蓋大口大口喘氣。

江問勉強追上他們。推擠開圍觀的人群，眼尖地看到了躺在地上的黑衣男爬起，悄悄從口袋裡摸出一把水果刀。

他瞳孔急劇收縮，拚命喊了一聲：「逢寧，小心！」人在極度驚恐之下是動彈不了的，江問站在幾公尺開外，呼吸幾乎都要停滯。

逢寧回頭，餘光閃過一道白光。她敏捷地往旁邊一躲，與此同時，剛剛熱心的幾個路人大哥也蜂擁衝過來，很快制服了這個搶匪。

路人打電話報警。

剛剛躲避過程中，逢寧太急，又重心不穩，不小心摔了一跤。身上沾了灰塵，以一個很醜的姿勢跪著，看上去有點狼狽。手背磨破了一塊皮，滲出一點血。

好不容易緩過氣來，從地上起來。逢寧甩甩手，吃痛地呼兩下氣。她一瘸一拐地過去，把手機交給他，「給你。」

江問的臉煞白，背上冒虛汗，還沒從剛剛那幕緩過來。他一陣一陣心悸，一動也不動。

逢寧又把手機往前遞了遞。

眼前全是那人拿刀逼近逢寧的畫面，江問理智有點潰堤。他急速地呼吸，低著頭對她冷笑，「逢寧，妳很喜歡逞英雄是嗎？」

逢寧莫名其妙，「嗯？」

他手握成拳，指甲抵進肉裡，生氣到快失去理智，又不知道怎麼發作，「妳是不是覺得自己特別厲害？」

逢寧噎住，「你在陰陽怪氣什麼？」

兩個人一高一矮，就這麼在人來人往的街頭不顧形象地吵起來。喧鬧嘈雜之中，矮的這個略微狼狽，高的這個一身華貴，像是宴會中途溜出來的富家小少爺。

「我有要妳追嗎？」江問又問了一遍。下顎繃緊，微微揚起，一字一字地重複，「我有要妳追嗎？妳以為這樣我就會感謝妳是嗎？」

「……」

簡直瘋了，好心沒好報。

逢寧氣不打一處來，語氣不耐煩，「我懶得理你了。」

「妳知道剛剛有多危險？」

她按捺不住脾氣，「這有什麼危險的，我這不是沒事嗎？你鬧什麼鬧啊。」

「妳覺得這個手機對我很重要？」

江問完全失控，喉頭微微滾了滾，胸口起伏。他看了眼手機，下一秒，用力擲出去。

——手機在空中劃出一道弧線，摔到地上，瞬間四分五裂。

逢寧簡直無語了，被氣得幾欲死去，「好吧，你就當我是多管閒事好了。」

說完掉頭就走。

他不讓她走，上前兩步擋住她的路。

「你到底要幹什麼？」逢寧火了，狠狠打開江問的手，繼續往前走，冷不防一把被拽住手臂。她踉蹌兩步，幾乎是撞到江問懷裡。

「你在發什麼瘋？」她推他。

江問被她推得後退兩步，「我不在乎這個手機。」他知道自己剛剛過火了，這下子懊惱不已。心亂如麻，又失魂落魄。

「不在乎就不在乎，關我什麼事！」逢寧諷刺，「反正你這麼高高在上，能在乎什麼？就當是我這個窮鬼自討沒趣好了。」

江問有點崩潰地吼，「我在乎妳。」

第十三章　天長地久

「假如你能回到過去，你最想回到哪一天？」

「二〇一〇年九月二十日。」

「那天是什麼日子？」

「逢寧第一次拒絕我的晚上。」

「你想做什麼？」

「在她拒絕我的一瞬間，就放棄她。」

可是時光不能倒流，發生的事情也沒辦法再重來一遍。這個夜晚還是這個夜晚，月亮不怎麼圓，也不怎麼亮。

江問歇斯底里吼完，整個人都愣在那裡，突然陷入了死寂。

逢寧臉上還維持著剛剛發火的表情。

她嘴巴微微張成O型，沒有立刻說話，腦子飛速轉了一圈，沒預料到還能匪夷所思地發展成這樣。

他這個神態，側開臉，氣紅了眼眶，絕不是開玩笑的樣子。這就讓逢寧有點騎虎難下了。

鐵石心腸如她，一時間也不知道該怎麼處理這種情況。之前還能做到不痛不癢，不管不理。反正別人喜歡她，跟她有什麼關係？

但是……但是眼下……太多感受，難以形容。

久久之後，逢寧看著他，說，「你——」

嘈雜的人聲飄過來，有個大哥卯足勁喊，「小妹妹，妳還有沒有東西丟了？」

從遠處傳來一陣嗚啦嗚啦的警笛。很快，幾個警察從車上跳下來，疏散駐足看熱鬧的群眾，往這邊過來。

大致瞭解了一下情況，江問和逢寧也被順路帶走去警察局。

口袋裡的手機又震動起來。江玉韻聯絡不到江問，直接打電話給逢寧，『小問跟妳在一起嗎？他手機怎麼打不通？』

「我們剛剛遇到搶劫的，然後有人報了警，我們現在要跟著一起去警察局。」逢寧把剛剛發生的事大概說了一下。

『被搶劫了？』江玉韻嚇了一跳，急急道：『那你們兩個人沒事吧？』

「沒事沒事，應該不會花太久時間的。」

江玉韻放了一點心：「好，江問在旁邊嗎？我跟他說幾句話。」

「他在。」逢寧答應，把手機遞過去。

不知道那邊說了什麼，江問垂下眼睛，敷衍地應了兩聲，把電話掛了。

把手機拿回來，逢寧無意多看了一眼，發現他的臉頰有點不正常的潮紅。

她這才想起江問燒剛剛退，天氣這麼冷，他在外面凍了這麼久，身上只有薄薄一件西裝一件襯衫，連保暖的衣服都沒有。

逢寧探了點頭去前面，賣乖地說：「警察叔叔，可以把車裡溫度調高一點嗎？我朋友感冒了。」

「怎麼大冬天穿成這樣？」副駕駛座的警察傾身調空調，從後視鏡裡看了江問一眼，欲言又止，「是明星嗎？」

江問一聲都不吭。逢寧替他解釋，「不是明星，不是明星，就是長得帥了點。」

警察局就在附近，十幾分鐘的路程。可能是最近年底大家都要衝業績，他們辦事效率很快。

替他們做筆錄的時候，稍微年長一點的警察說，「剛剛搶劫的這個人是前幾個月剛剛放出去的，身上還有好幾個案底。最近要過年了，到處都不安寧。昨天還有個糖果店的老闆被人搶劫殺害。這個社會是很複雜的，你們兩個學生，遇到這種事記得先報警，不要逞強。」

老警察越說，江問臉越黑。

走出警察局天已經完全黑了，江玉韻派了司機來接江問。

兩邊的路燈一盞一盞蔓延，像永遠也沒有盡頭。少男少女兩道影子，一前一後，稍微錯開了一點。

逢寧幾次想開口，視線都被江問躲開。她清了下喉嚨，沒話找話，「今天的事情，我會都忘記的。」

「忘記什麼？」江問冷淡地開口。

「就是……那個，你的出浴圖嘛。」逢寧自我反省，「我不能這樣。」

「妳到底還要提幾遍。」江問拉下臉。

事實證明，他們根本平靜相處不了多久。

逢寧搶過話頭，像是批評不懂事的晚輩一樣，「還有啊，你下次發瘋別摔手機了，發個脾氣如此奢侈，真生氣了砸點便宜東西不好嗎？」

「我好不容易把手機搶回來了，你就重重地謝我好了啊，真搞不懂你怎麼想的，腦子壞掉啦。」

她提起這件事，心痛猶存。

江問恢復嘲弄的表情，「誰要重重謝妳，妳要是出了事，受連累的還是我。頭腦簡單，四肢發達。」

「我頭腦簡單？」逢寧得意地把手伸到他面前，比了個六、再比了個九，最後比了個八，「看清楚了嗎？期末考試我考了這個數，你考贏過我了嗎？萬年老二！」

他一把抓住她的手腕。

她的手背上好幾道髒兮兮的傷口。

逢寧往回抽自己的手，「喂喂喂，你幹麼，現在不走純情路線，改要流氓了？」

如果可以，江問真想把她這張嘴給縫上。

他深吸氣，臉色非常難看，隱忍道：「車上有醫藥箱。」

「這點小破皮，有什麼好處理的。」逢寧毫不在意，奈何被人牽制住，手甩也甩不開。

也不管她願不願意，江問拖著她往停車的方向走。

因為要塗藥，開了後頭一盞頂燈。為了不影響夜間開車，把隔檔板拉下。

小小的車廂裡，一時靜得呼吸可聞。逢寧閒著沒事，開始數他的睫毛。

一根一根的，到尾巴那裡還有點翹，像滑滑梯一樣。

車突然顛簸了一下，她傷口被戳到，痛得嘶地抽了下氣。

江問立刻抬起眼睫。

那麼近的距離，彼此的眼睛都能倒映出對方的影子。怔忪地對視幾秒，有點異樣的曖昧突生。

逢寧戲謔開口，「你剛剛在大街上，是又對我示愛了嗎？」

江問拿棉花棒的手抖了抖，臉上一熱，惱怒地說，「閉嘴！」

她坐直身體，和他拉開距離，並沒有閉嘴，「我也不跟你繞圈了了。雖然我們總是吵吵鬧鬧，互相辱罵，但是其實在醫院那個晚上，我就把你當作我逢寧的朋友了。」

朋友兩個字，像是解釋，又像是撇清關係。

總之聽在江問耳朵裡無比刺耳，他就知道會是這樣。

「你是一個非常優秀的人，不要把自己困在原地了。」她語速平穩。

江問臉色突變，打斷她，「妳不用說了。」

也不管他什麼反應，逢寧苦口婆心，「不，我要說的。我能告訴你，我對我的追求者和朋友，是完全兩種不同的態度。我可以再給你一點時間想清楚，到底是要當前者，還是當後者。」

她總是這樣。姿態擺得很低，骨子裡比誰都難接近。

江問牢牢地看著她。

看著她，把她這副認真絕情樣子的永遠記到心底，讓自己澈底死心。

到了地方。車子停下，熄火，逢寧把包包用手臂夾著，轉身跟他告別，「好了，我走了，再見。我期待你的答案。」

「……」

頓了頓，逢寧又氣定神閒地補充，「記住，友誼才能天長地久。」

要不是理智尚存，江問的手已經掐到她脖子上了。他冷笑一聲。

逢寧挑眉，「怎麼？」

「沒人想跟妳天長地久。」

——這是江問甩上車門的最後一句話。

「我懷疑他是個受虐狂。」

「我們兩個在一起，不是吵架就是作對。」

「江問真的很膚淺，他就是看我長得漂亮。」

「其實他需要感謝我，逢老師言傳身教替他上了一課，要他知道了漂亮女人都是騙子，她們說的話都不能信。」

「我相信自此一遭，日後在女人這方面，江問絕對不可能輕易上當了。」

雙瑤聽不下去了，怎麼會有人這麼討厭啊。她放下手裡的小說，「妳就是江問這輩子上過最大的當。」

逢寧坐在床尾的電暖器前晾頭髮，葉片發出微微黃的光線，映得眉目唇鼻，又靈又秀氣。單單看外表，完全想像不出她竟會有如此鬼畜的靈魂。

「我真的！」逢寧大叫，「我太苦惱了！」

雙瑤一副早就看穿她的樣子，刻薄道：「最開始妳嘴裡一邊說著看不慣別人，又賤賤地去接近人家，我就猜到了。」

逢寧認同地點頭，接受批評的樣子，「妳繼續說。」

雙瑤跪在床上，輕輕揪住她的耳朵，「說什麼，反正妳就是沒有良心。看形勢不對，想拍拍屁股走人。居然還逼別人跟妳當朋友，天啊，我要開始可憐江問了，好好一個校園王子，本來過得好好的，怎麼就遇到了妳這種怪咖。」

逢寧拍開她的手，認真思考，「但我覺得，我們確實是當朋友比較適合一點。我今天把選擇權交給江問了。如果他堅持不想當朋友，那我……」

「那妳怎麼樣？妳就澈底遠離他？從此不再講一句話？」

「說實話，我也不知道。」逢寧糾結地臉皺一起了，「那要等他做出選擇再說。」

雙瑤被逢寧洗腦欺壓多年，早就比一般人看得透澈。

她搖頭，「逢寧，妳以前沒有這麼優柔寡斷的，比江問執著堅持的大有人在，妳不是都乾脆俐落地解決了？」

言盡於此，雙瑤說：「比起江問，我覺得妳更應該好好想想。」

「他至少勇於正視內心，妳就不一定了。」

昨天夜裡下了場大雪，鋪在地上的雪到現在還沒融化，趙瀕臨和郗高原約好去江問家裡找他打遊戲。

江問那天晚上回去又發了一場高燒，到今天早上才燒退，整個人精神狀態很低迷。

遊戲載入途中，趙瀕臨跟他們說起最近大紅的一本男性小說，「真的好看，這本小說，最近讓我看得茶不思飯不想。」

郗高原被說得勾起興趣，答應晚上回去就看。趙瀕臨轉頭，熱情地推薦給江問。

誰知道他冷冷淡淡，「不喜歡這種。」

趙瀕臨再接再厲，「那你喜歡什麼類型的？我推薦給你啊。」

江問披著毯子，拿過遊戲手把，死氣沉沉，「女主角不愛男主角的小說，我只能在這種上面找到共鳴。」

孟桃雨坐車到雨江巷口下車，遠遠地，就看見逢寧招手。她眼睛一亮，開心地小跑步過去。

「早餐吃了沒？」逢寧提著一個小塑膠袋，裡面有幾個剛剛出爐的熱氣騰騰的包子。

孟桃雨笑得很靦腆，「我早上吃了一碗炸醬麵。」

逢寧帶著她往裡面走，「妳手裡提的是什麼？」

「啊，這個是我帶給阿姨的一點營養品。」

「這麼客氣的嗎？」逢寧笑了起來，「我媽不在家。」

孟桃雨有點害羞，「我從小就很少去別人家玩，我也不懂。」

路上碰到趙為臣，從她們身邊瘋跑過，又一個急剎車，倒退回來，「小寧姐！這誰啊？」

逢寧口裡還在嚼包子，吞了下去，向他介紹，「我同學，來找我玩的，你要去哪裡？」

「我去郵局那裡幫我媽拿個快遞。」他憨憨地摸摸頭，「等一下帶妳同學一起來堆雪人。」

齊蘭早上去醫院回診，家裡沒有大人，逢寧推開虛掩的大門，一隻大黃狗從縫隙裡擠出來，吐著舌頭在她們中間穿來穿去。

過了幾秒，孟桃雨一聲尖叫，丟開手裡的東西，慌不擇路地往旁邊躲。大黃狗追著興奮得不得了，跟著她屁股頭往上攀。

逢寧厲喝：「逢貝貝！不許撲人，快過來。」

孟桃雨從小最怕狗，這下子被嚇得三魂六魄都出體。見到一個半人高的物流箱，急急忙忙爬上去縮起腿來，喘著氣。

逢寧把大黃狗按住。

驚魂未定間，突然聽到逢寧喊了一聲，「哥。」

孟桃雨慢半拍側頭，一個穿黑夾克的男人站在幾公尺外，安靜地看著她，手裡還拎著一條滴血的魚。

正對上他的視線，她腦子還有點微微發愣。

逢寧把大黃狗繫到旁邊，「哥，你怎麼來了？」

孟瀚漠剛剛才理了頭，鬢角短短的。他眉頭微蹙，「不是妳要我來送魚給妳？」

「哦哦，我忘記啦。」逢寧轉頭，聲音明顯帶了點笑，「小孟，我把狗拴住了。妳這也太誇張了，快下來下來。」

呆了片刻，意識到自己的窘狀，孟桃雨臊得耳根子都紅了。她咬著下唇，從物流箱上下來。從孟瀚漠面前經過的時候，一直低著頭。

她有點怕看到他。

孟瀚漠拎著魚去水池那裡，孟桃雨小心翼翼問，「妳……妳怎麼沒跟我講，妳哥哥也會來？」

「嗯？」逢寧別有意味，「妳不想見到他？」

「啊？」孟桃雨猛搖頭，「不是……」

逢寧帶孟桃雨繞著參觀了一圈，一個個介紹她養在花盆裡的各種蔬菜和水果。

趙為臣氣喘吁吁地在外面喊，「小寧姐，東西好重，來幫忙一下。」

孟桃雨也想跟著去，被逢寧擋下，「妳就留在這裡看家，細手臂細腿的別弄折了。」

牆角的水龍頭嘩嘩地放水，魚放在底下洗。冰涼刺骨的水沖在手上，孟瀚漠像沒有知覺一樣。

剛把手在雪地裡印出一個輪廓，頭頂突然傳來聲音，「妳蹲在這裡做什麼？」

孟桃雨仰頭，尷尬了兩秒，眼神有點躲閃，聲音小小地說：「我……我在玩雪。」

靜默片刻，孟瀚漠有點微微困惑，「妳結巴什麼，很怕我？」

「不是，不是。」孟桃雨站起來，埋著頭裝鴕鳥，「我跟陌生人說話會有點緊張。」

「陌生人……」孟瀚漠重複了一下，似乎覺得好笑，「小朋友，妳不認識我了？」

逢寧回到院子時，孟瀚漠已經不在了。她四處張望著，「我哥呢？」

孟桃雨解釋，「他說還有事，先走了。」

逢寧也不介意，捲起袖子往廚房走，「我媽媽中午不回來，讓你們見識一下逢小廚的手藝。」

孟桃雨眼睛都直了，「妳還會做飯？」

逢寧滿滿自信地回答：「沒錯！」

中午吃飯只有三人，逢寧做了四個菜，番茄雞蛋湯、蒜苗炒牛肉、清蒸魚、炒A菜心。味道讓孟桃雨讚不絕口。

吃完飯，雙瑤把趙為臣喊過來，準備四個人湊一桌麻將，結果孟桃雨不會。

「麻將都不會？」逢寧思索了一下，「那撲克牌呢，撲克牌會不會？」

孟桃雨搖頭，「我……我都不會，我沒玩過，我媽媽不允許我打牌。」她怕掃他們的興，忙說，「你們玩就好，不用管我的，我在旁邊看電視就好了。」

「這怎麼行，妳好不容易出來玩一趟。」

最後一致決定去真武商圈新開的電玩城玩。學生們基本上都放假了，又趕上週末，格外熱鬧。他們去服務臺買了兩百塊錢的代幣，逢寧是個「小賭鬼」，最喜歡玩的就是水果機。再然後是籃球機，每次來必須投半個小時的籃。

等把代幣玩完，各個都是滿頭是汗。逢寧臉紅通通的，熱得把羽絨外套脫了，只穿著低領毛衣。幸好商場內的中央空調很強，他們也感覺不到冷。

雙瑤用傳單搧風，「走吧，回家吃飯？」

「都出來了，在外面吃算了。」

逢寧問孟桃雨，「小孟，妳想吃什麼？」

「我都可以。」這是孟桃雨第一次跟朋友來電玩城，新奇又興奮。

趙為臣舉手，提出建議：「去吃湘菜吧，我知道有家店很好吃。」

最近知名度很高的網紅店，就在二樓。這時候是用餐時間，排隊的人相當多，他們取了個號碼，前面還有四、五桌，幾個人都玩累了，就坐在店門口的椅子上閒聊。

「妳知道嗎，小寧姐從小就愛欺負我。」趙為臣跟孟桃雨吐槽，「雙瑤也是。小時候我沒長個子，她們兩個動不動就追著我揍一頓，有好幾次把我都揍哭了。」

逢寧不耐煩地掏耳朵，「小趙，身為男人，心眼這麼小，就這些爛事你還要講多久啊。」

雙瑤踩了他一腳，趙為臣差點跳起來，「別踩鞋，踩男人的鞋就相當於踩男人的臉！」

正當幾個人笑作一團，有個疑惑的聲音響起，「——逢寧？」

逢寧停住笑，側頭看去。

「真的是妳。」趙瀕臨確定了。他左手勾著江問，右手搭著郗高原。三個人立在不遠處，「你們在這裡吃飯？」

雙瑤掃到他們，定住，直了眼睛。

幾日不見，江問感覺又清瘦了點，臉上輪廓感更深。黑黑的髮，唇色很淡。他神色之間困倦猶存，一雙眼睛不偏不倚和她對上。

逢寧迅速調整好表情，「是啊，你們也來這裡吃飯？」

「巧了！」趙瀕臨看了江問一眼，「要不然我們併個桌？」

他們人多，帶位的服務生替他們找了個隔著簾子的小包廂。

這是一個半圓形的座位，他們自覺分成兩邊人。逢寧走在前面，從左邊第一個進去，坐去了中間的位子。

郗高原本來想從右邊進去，被人用手扯住。他回頭，趙瀕臨一臉「你能不能識相點」的表情，還翻了個白眼。

江問敷衍地看了他們一眼，沒說什麼，進去坐下。

湘菜館裡熱鬧非凡，服務生忙不過來，先上了一點小吃上來讓他們打發時間。

逢寧挑著薯條吃。

氣氛一時有點尷尬住，雙瑤咳嗽一聲，開始暖場，「好無聊啊，我們要不要玩點遊戲？」

趙瀨臨積極回應：「好啊，玩什麼？」

「嗯……」雙瑤沉思了一下，用手肘捅了捅逢寧，「妳想一個，妳是這方面的專家。」

逢寧穿著淺紫的低領毛衣，白皙的脖子又細又長。她對折手上的紙巾，隨口說：「什麼都沒有，還能怎麼玩。」

「拿一副撲克牌。」

郗高原坐在最外頭，把簾子一撩，喊服務生。

逢寧熟練地開始洗撲克牌，跟他們講規則，「這裡有A、J、K、Q，還有數字二到十，我們每個人抽一張牌，然後玩每張牌對應的遊戲。」

洗完牌，她把手機拿出來，將寫滿遊戲規則的備忘錄截圖發給他們，「就這些。」

一開始大家都有點不懂，等玩過兩輪，漸漸知道怎麼回事，興致越發高漲。

第三輪逢寧抽到了懲罰牌——向眾人展示相簿第一張照片。

如果拒絕履行就要懲罰。

看照片不是什麼大事，逢寧不痛不癢地選擇了履行。

在他們的監督下，逢寧把手機解鎖，點開相簿第一張照片。看清楚是什麼東西以後，她瞳孔立刻縮緊了。

剛要把螢幕滑開，郗高原把她的動作看得一清二楚，立即高聲嚷嚷：「喂喂，逢寧，妳不能耍賴啊！」

逢寧把手機反扣到桌上，神色略略有點不自然，和他們商量，「要不我還是選別的？」

他們很堅決地反對，「不行，妳已經選擇了看照片。」

「好吧。」逢寧微微站起身，把手機遞給郗高原，「那從你開始看吧。」

郗高原花了一分鐘看完，臉上表情變得很一言難盡。先是看逢寧，又看江問，把手機遞給趙瀕臨。

逢寧已經豁出臉皮了，鎮定地抿了一口飲料。

下一個本來要輪到江問，誰知趙瀕臨直接略過了他，憋著笑，「你最後再看吧。」

當手機轉完一圈，傳到江問手上時，其他人的目光，一起全部落在他身上。

江問有點迷惘，不知道在搞什麼。他拿起手機，映入眼簾的是一張聊天紀錄。

-S：『我想看江問正裝跪！』

-F：『什麼是正裝跪，SM嗎？』

-S：『就是他穿著禁欲的白襯衫和黑色西褲，然後剩下的妳就懂了吧！』

-F：『不得不說，妳還挺變態的』

-F：『不過，我喜歡。』

江問愣住。

幾秒之後，他蒼白的臉上陡然升起兩坨紅暈。

修長的手指握著手機，骨節緊繃突出。

江問看了一眼逢寧，似有發作的意思。

她臉上有點掛不住，假裝注意力分散的模樣，眼睛瞧著別處。

其他人終於忍不住噴笑出聲。

趙瀨臨解圍道：「不玩了，菜都上了，開始吃飯吧。」

這個湘菜館是良心網紅店，至少對得起它吹的牛。逢寧餓虛了，吃得正香，冷不防被江問扔過一張餐巾紙。她嘴裡還有啃了一半的雞腿，筷子不停，「幹什麼？」

江問無語地盯著她滿是油光的嘴，嫌棄道：「妳能不能把妳的嘴擦擦。」

她抱怨，「你怎麼吃個飯事情還這麼多啊。」

「妳這個樣子很影響我食欲。」

逢寧抓起餐巾紙，胡亂地抹了抹嘴，「那你不看我不就好了嗎！」

說者無意，聽者有心。江問頓時不痛快了，壓低聲音，色厲內荏：「誰看妳？」

逢寧輕飄飄看了他一眼，「好好好，你沒看我，是我看你，行了吧。」

趙瀨臨發現他們兩個竊竊私語，用筷子敲了敲碗，壞笑道：「大家一起聊天，你們兩個不要搞獨立，偷偷講悄悄話。」

接著又是一陣起鬨。

趙為臣並不瞭解情況，偷偷問雙瑤，「小寧姐和她旁邊的帥哥是不是有問題哪？」

「我怎麼知道。」

趙為臣還有點眼力，覺得這人和逢寧關係有點親近。他猜測，「小寧姐暗戀別人？」

雙瑤笑而不語。

在別人眼裡，逢寧必然是倒貼江問的那個——這是綜合外貌和家世等條件做出的最合理的推測。

誰能想到眾星捧月的江問已經被逢寧直接、間接地拒絕了好幾次？如果讓他們知道，恐怕都得嚇一大跳。

江問最開始也是難堪的，只不過被逢寧折磨多了，傷心多了，他竟然也有點豁出去了。

他不是做不到對她低聲下氣，只是倨傲慣了，現在還不習慣，還不熟練，還不知道怎麼去討好別人。在漫長的以後，江問會逐漸意識到，感情天平不可能處於一條水平線，總有一方是高高在上，而另一方則匍匐在地的。

卑微著卑微著，他也就卑微習慣了。

飯吃到中途，趙為臣和他們喝酒喝得紅光滿面。他一喝多了就亢奮，話特別多，「小寧姐她平時在學校是不是也特別霸道？」

「那還用說。」郗高原細數了一遍逢寧從開學至今的各種壯舉，「有時候我都懷疑她是不是男扮女裝，太生猛了。」

別人轉發了李奇非被逢寧一腳踹進噴泉池的影片，他簡直嘆為觀止。想到這個，郗高原問：「逢寧，妳學過跆拳道？戰鬥力太強了。」

「沒有哦。」逢寧抬眼，「但是我學過武術。」

趙瀕臨擔心地看了兩眼江問，「那妳以後不會家暴吧。」

江問：「……」

「嘿，這個真的說不定，小寧姐從小就有暴力傾向的。」

趙為臣是在場最有發言權的人，「她和雙瑤，她們兩個，從小就是霸王，特別能吃，長得壯不說，還喜歡合夥欺負人。」

孟桃雨接他的話道：「怎麼欺負你的？」

趙為臣每每提起這件事，就臉紅脖子粗：「小學的時候，我們校門口不是有個很出名的油炸攤嗎？她們知道了，要我幫忙帶一份回去。我那天放學了特別買了兩大袋炸物和雞柳。」

「那時候年紀小嘛，嘴饞忍不住，在回家路上不小心把雞柳吃完了。結果一回去，雙瑤和寧姐兩個人在巷子口跳橡皮筋，過來之後，發現我拎的雞柳空了，二話不說就把我按著一頓狠揍，把雙瑤她媽都招來了。」

雙瑤糗他，「你還好意思提，還不是你一屁股坐在地上，哭得驚天動地，誰會理你啊。」

「你們真的想像不到她們下手有多狠。」趙為臣至今意難平，「後來很長一段時間，我看到別人吃雞柳我就害怕，被揍出心理陰影了。」

聽到這裡，大家都開始笑，只有江問一人置身事外。

趙瀨臨碰碰他，「你是不是羨慕了？」

「羨慕什麼。」江問視線偏移，側目看過來。

趙瀨臨嘲笑他，「羨慕人家從小一起長大囉。」

江問面色冷淡，過了片刻才答：「有病。」

郗高原一邊吃飯一邊找人猜拳。一頓臨時併桌的飯吃了快兩小時，熱熱鬧鬧。

孟桃雨家裡有人打電話催她回家，先走了。

趙為臣和趙瀨臨相約去廁所，郗高原接了個電話，也跟著起身，「欸，我朋友來了，我去接一下她。」

睏意上湧，江問坐在位子上不想動彈。

一桌的殘局，雙瑤和逢寧小聲聊天，她用手虛指了江問，「他沒事嗎？」

逢寧也轉頭去看他，「沒事吧。」

江問清雋的臉上表情空白，盯著眼前的杯子，一語未發。

一整天玩下來，確實是有點累了。雙瑤突然想起事情：「我要去屈臣氏買點東西，妳要不要跟我一起去？」

逢寧單手托腮，「妳去吧，我吃飽了懶得動。」

「好吧，那妳幫我看著包包。」

雙瑤一走，這裡就剩下他們兩個人。只隔了一道簾子，外面人聲鼎沸。

逢寧眼睛往下看了看，氣定神閒地問：「你還要拉我的手拉到什麼時候？」

亮堂堂的光線之下，江問右手垂在身側，在其他人都看不到的角度，把她的手腕拉住。聽到她的話，他也不動。

等了一下，見江問還是沒動靜，逢寧覺得好笑，「你怎麼這麼喜歡裝瘋賣傻啊？要不要我幫你清醒一下？」

江問嘴唇動了動，出聲了：「妳上次還搧我巴掌。」

「還記得？」

他幽幽重複：「妳搧我巴掌。」

她哄著：「嗯，我搧你巴掌。」

他繼續補充：「很用力。」

逢寧差點笑出聲，「不用力你怎麼清醒呢？」

「我也要打回來。」

逢寧停了一下，點點頭應付道，「報復心還挺重，那你打回來。」她往旁邊歪了歪，把臉故意湊上去，「你有本事就打囉。」

江問真的有本事。他終於鬆開鉗制著她的手，微微舉起來，作勢要搧她一巴掌。

逢寧一點也不怕。他的手快落到她臉的時候，速度陡然放緩。

他們對視了幾十秒，逢寧瞇著眼睛，不躲也不閃，看著他，任他發瘋。

逢寧甩甩頭，輕易地從他的鉗制中掙脫出來，退開了一點。

江問本來就沒勁，手軟軟地垂下，歪斜地靠在椅背上。

他乖乖的，讓她把自己眼前變成一片黑暗。

前兩天他們才不歡而散過，誰都沒失憶。逢寧下過的決定從不反悔，所以，她不管他到底喝醉沒有，單刀直入，「我給了你兩個選擇。」

她聲音很冷靜，「你想好了嗎？」

捂著他眼睛的手被拽下。

江問氣惱的時候，眼睛黑亮得懾人，「我就是活該，對嗎？」

這麼少女的一句話，讓逢寧自嘲地想，看來我也逃不過要演一齣青春疼痛偶像劇。

她配合他表演，「是的，你活該。」

偶像劇的男主角完全拋下了矜持，口齒不清問女主角，「那我怎麼辦？妳告訴我。」

女主角不解風情地回答：「涼拌。」

女主角歪著頭，繼續說：「我告訴你一個永遠不會被人拒絕的方法。」

「嗯，什麼？」

「永遠不要說破。」

知道她在開玩笑，江問還是有點難過。

逢寧微笑說：「被你喜歡，是我的榮幸。」

「我為此暗自得意過，不過，我們不合適。至少目前，我們兩個不合適。」

她並非自卑，但是從現實各方面條件來說，他們確實差距太多。

灰姑娘的童話是寫在紙上的，而現實總是一地雞毛。

目光定格在逢寧臉上，可江問好像已經聽不懂她在說什麼了。他眼皮有千斤重，終於倒在她身上。

逢寧手在半空中頓住，到底是沒推開他。良久，她輕輕拍了拍江問的背。

兩人維持著這個姿勢，一動也不動，誰都沒有說話。

等到江問睡熟了，逢寧輕輕地說，「就當朋友吧。開始太早，結束也早。」

有人撩起簾子進來。她抬頭看，是郗高原和他朋友。

看著他們靠在一起的姿勢，林如有點怔愣。郗高原問：「他睡著了？」

逢寧「嗯」了一聲，把江問輕輕扶正身體，讓他趴到桌上。她站起身，拿過雙瑤的包包：「我要走了，你把他照顧好。」

郗高原看了江問一眼，在旁邊坐下。腳步聲忽遠忽近，有人進來，又有人出去。

過了不知道多久，江問眼睛睜開，已經通紅。

店已經接近打烊了，樓下的商場放著慵懶的情歌。

如果我們只能是這個結局，那我寧願你從來沒出現過。

他把手機拿到眼前，慢慢打出一行字。

『好，當朋友吧。』

第十四章　明天

寒假結束了。

春天來了，春天走了。

又是新的夏天，知了又開始歇斯底里地叫起來。

齊蘭的乳癌在春天復發，雨江巷的麻將館已經很久沒有開業。

人生大概是不會好起來了。

酒吧打烊差不多凌晨三點多，彤彤在收拾桌子。

門口蹲著一個醉醺醺的女人，逢寧見怪不怪，放下掃帚，過去把女人扶到椅子上坐著。從她口袋裡摸出手機，撐開眼睛，面容解鎖，翻開電話簿打了個電話給快捷連絡人。

趙慧雲在吧檯核對今天的帳，逢寧走過去，「老闆，我暫時要請一個月的假，我老媽最近身體不好在住院，我要照顧她。」

她語氣裡沒有絲毫異樣。

「好，沒問題。」趙慧雲也算是瞭解她家裡的情況，想了想，「有什麼困難可以找我。」

逢寧騎上電動自行車回家，深夜的街道空蕩蕩，已經沒幾個人。摸鑰匙開門，家裡也沒人。

拉開燈，蜷縮在角落的大黃狗懶洋洋地瞄了她一眼，繼續瞌睡。逢寧去廚房，一邊聽著英語聽力，一邊替自己煮了碗麵條。

第二天中午，雙瑤陪著她去醫院，保溫桶裡裝的是雙瑤父母幫忙做的飯菜。

昨晚陪床的是趙為臣媽媽。

齊蘭在裡面吃飯，逢寧站在走廊外面，聽醫生講自己老媽的身體情況。

醫生翻了翻單子，「乳腺癌治療的方式很多，這次復發，病人的心態要調整好，不要過度焦慮緊張。不過你們家屬也要做好心理準備，冷凍治療、放療、化療都做完了，檢查結果說實話，不是很樂觀，有轉移的情況。目前病情算是一個延緩期，我們盡量努力，減少併發症。」

短短幾秒鐘，逢寧神色已經恢復，點了點頭，「麻煩您了。」

離開前，醫生問，「妳多大了？」

「上高中。」

「家裡沒別的大人了？」

「嗯。」

醫生家裡也有個差不多大的孩子，聽到回答後，看著逢寧的眼神瞬間複雜了許多。不過他們這一行的，見慣了生死離別，市井小老百姓各有各的苦。他沒多說什麼，走了。

逢寧在外面的長椅上坐著發呆，給了自己三分鐘。時間到了，她站起來，揉揉臉，換上輕鬆的表情，推開病房門進去。

跟從前一樣，不論發生了什麼，她都不會在媽媽面前流露出任何脆弱的神情。

齊蘭強撐著喝了點粥，沒過多久就吐出來。

逢寧用熱水淌濕毛巾，擰開，仔細幫她擦嘴，「今天胃口不怎麼好？」

齊蘭：「有點不舒服。」

「沒事的，老媽。」逢寧收拾著碗筷，「吃不下別吃，等等再吃。」

雙瑤努力活躍氣氛，逢寧扶著齊蘭下床走動。

今天陽光很好，萬物都在盛夏之中顯得一片勃勃生機。齊蘭摸了摸逢寧的頭髮，「妳別惦記我，也別擔心我，在學校裡就好好念書。」

「我知道。」逢寧抿嘴一笑，「國中的小逢寧都能跟齊蘭女士一起熬過去，高中的逢寧已經長大了，進化成大逢寧了！還會怕這點小風小浪？」

「什麼大逢寧。」知道女兒在說俏皮話，難受的感覺還是湧上心頭，「別人像妳這麼大，爸爸疼，媽媽愛，都還是小孩。」

「那我就是妳的小孩嘛。」逢寧噘了噘嘴，「一輩子都是媽媽疼愛的小公主。」

逢寧跟學校申請了半住讀，一三五晚上都會來醫院陪床，剩下的幾天由雙瑤和趙為臣父母輪班。本來雨江巷大人們商量著讓逢寧繼續住校，但逢寧不肯，「我不怕累，我只想多陪著我媽。」

她拿定了主意，任別人怎麼說都沒用。

在醫院的晚上，逢寧就在床腳架一張小桌子，開著檯燈念書。她披著外套，穿著睡衣一邊做作業，一邊說，「齊蘭女士，妳最好是快點好起來。」

「怎麼？」

「我還有兩年就要畢業了。」逢寧放下筆，掰著手指頭算，喋喋不休，「等我畢業，我就熬出頭，就能賺大錢了。到時候，我要每個月都發給妳一萬塊零用錢，還要買很大很大的房子跟妳一起住，讓妳的麻將館開個連鎖店。」

「哈哈。」齊蘭聽了很開心，「別人小朋友的夢想都是當科學家，當警察，怎麼我女兒這麼俗氣，要買大房子，要賺大錢。」

「嘿嘿嘿，妳知道我有多愛錢的。」逢寧笑嘻嘻，「我現在每個星期三都會去買彩券，希望的誠意能感動上帝，然後中個大獎。」

「那我以前肯定是感動過上帝。」

逢寧好奇，「妳還瞞著我中過什麼獎？」

「妳啊，能生出妳這麼聽話又能幹的女兒，就是我這輩子中過最大的獎。」齊蘭露出一點笑容，「我去找妳爸爸的時候也能安心了。」

「不聽，不聽，我不愛聽，妳不許說。」逢寧捂住耳朵，小臉都皺了起來，「妳為什麼要去找爸爸，我不要，我要妳陪著我。」

齊蘭嘆嘆氣，「妳快點寫作業。」

「我不寫了。」逢寧踢掉拖鞋，小心地爬上床，抱著媽媽的腰。病房特有的消毒水味道和中藥的苦味混合在一起，她一點都不覺得難聞，「媽，我今天想跟妳一起睡。」

「這麼大了，還黏人。」齊蘭抬起手臂，把她摟到懷裡，「妳平時上學，晚上不用過來，媽一個人也沒事，辛苦。」

「我不辛苦啊，我真的，一點都不覺得辛苦。」逢寧說，「妳快點好起來，雙瑤她媽還等著妳回去一起打牌呢。」

齊蘭「嗯」了一聲。

「逢寧。」

「逢寧？」

「逢寧！」

在第四次被呼喊前，逢寧的視線聚焦。

鐵娘子停在旁邊，略有些不滿，克制地壓低了聲音，「這是妳上課第三次恍神了。」

班上其他人都在讀課文，有幾個人注意到老師走到逢寧這邊，卻也聽不到她們在說什麼。這就是好學生的待遇。對待自己得意門生時，連鐵娘子的批評都變得非常溫和。

「下課來一趟我的辦公室。」

癌症醫院跟啟德是一個對角線。光是地鐵都要轉好幾趟。逢寧晚上去醫院陪床，有時候齊蘭打針要打到十二點，她第二天早上五六點就要起床。

逢寧早有心理預期，在醫院和學校之間沒完沒了地奔波了好幾天，盡量平衡著學校和生活上的瑣事。但精力有限，難免有些心力疲憊。

「高二是個分水嶺，課業也會更重。對普通人來講，人生最重要的就是這兩年，而且這兩年是沒有重來機會的。本來妳是我最放心的學生，但我明顯覺得妳最近注意力很不集中。妳這個學習狀態讓我感到有點擔憂啊。妳看看這次月考的年級排名，妳怎麼一下子滑到這麼下面？念書哪方面吃力了嗎？」

任鐵娘子怎麼苦口婆心地勸，逢寧還是那句，「不好意思老師，我會盡快調整的。」，再問下去，她最多加一句「家裡有點事」，其他就什麼都不說了。

鐵娘子無奈放她回教室。

下午齊蘭要做化療，逢寧請了一天半的假，去醫院陪著。第二天晚上才回學校。到教室裡，剛剛坐下，她正埋頭整理東西。

有道聲音傳來。

「——妳的理科綜合試卷。」

抬頭一看，是江問。他剛剛打完籃球，手裡拿了瓶礦泉水，還在流汗，袖子捲到臂膀以上。

「謝謝。」逢寧隨便應了一聲。

雖然他們在同一個班，但是她都快忘記上次見到他是什麼時候了。

逢寧短暫地回想了一下，其實也沒多久。

好像就是前幾天，她在學生餐廳吃完飯，碰見江問和裴淑柔在超市門口講話，他嘴角還有點笑意。她裝作沒看見，特意繞開了他們。

「這次我是第一。」江問突然說。

「什麼？」她稍微愣了一下，尚有困惑。

「班級第一，年級第一。」

逢寧意識到他在說月考成績。她點點頭，評論說：「不錯，恭喜。」

江少爺用鼻音嗯了一聲，不變的驕矜。

為了一句戲言，他跟她暗暗較勁到現在。

不知道哪句話鬆弛了她腦子裡的某根神經。逢寧心情變得不錯，呼吸了兩口新鮮空氣，露齒笑了一下，翻開試卷，開始更正上面的錯題。

物理最後一道大題只對了第一個小題。

她早上沒來聽課，不知道單純是結果算錯了，還是整個過程都不對。落了兩天的作業沒寫，她沒力氣也沒時間重新再算一遍。

眼下也沒別的人請教，逢寧喊了聲剛坐下的江問，「你的試卷借我看看。」

他們的位置只隔了個走道。同一排，逢寧坐在四組靠牆，他坐在三組靠走道。

「物理最後一題你過程怎麼寫得這麼簡單，我有點看不懂。」

江問想了想：「老師說這道題超過程度了，要用極限求解，妳不會寫就空著吧。」

「這怎麼行。」逢寧施施然，招他過來，「你都能寫的題，我有何不可？」

「我物理競賽拿過獎。」話是這麼說，江問還是起身過來，在她旁邊坐下。

逢寧遞了張計算紙過去，「開始你的表演。」

見江問手擱在桌邊，卻遲遲不動，她問，「幹麼，耍大牌？」

「妳就……」江問強迫症發作，「沒有乾淨的紙？」

「除了我剛剛寫的幾個公式，這張紙哪裡不乾淨了？」逢寧莫名。

他回答得很勉強，「哪裡都不是很乾淨。」

第一次見到這種人，講道題還需要雪白的紙才能講得下去。逢寧輕聲一笑，「少爺，你這矯情的毛病該改改了。」

江問左手撐在凳子上，右手拿著筆，一邊講，一邊在紙上寫過程。

他的字和他的長相完全是兩個極端。

——長相有多精緻，字就有多潦草。

逢寧心想著，改天送個字帖給江問。一把米撒到紙上，印出來的雞爪都比他的字跡工整。

她誠心誠意地說：「江問，就你這個字吧，確實配不上你對計算紙的講究，這不是糟蹋嗎？」

他筆頓住，無語凝噎。瞪了她一眼，「妳還要不要聽。」

「要啊要啊。」

「設圓和磁場右邊界相切與D點，粒子在磁場中的軌跡半徑滿足這個。」說著，他龍飛鳳舞寫出一個公式，「然後根據幾何關係，用極限求導。」

江問思緒清晰，題目講得快。他講解的時候喜歡看人，眼睛又是天生的上挑，沒什麼感情，都顯得含情脈脈。

她稍稍有點走神，沒聽清楚他剛剛的步驟，疑惑地啊了一聲，「小球在磁場中運動的時間怎麼算出來的？」

「幾個式子聯立。」江問忍了忍，「妳有在認真聽嗎？」

「唉，我累了，反應有點慢。」逢寧揉了揉眼睛，拍拍自己臉，「好了，你繼續講吧。」

大夏天，她的手指異常冰涼，冷得自己打了個哆嗦。

江問注意到她眼下一片青黑，眉頭不自覺皺了一下，「妳最近都在忙什麼？」

他問得很隨意，很克制，把和她的距離保持在合理的界限內。

「忙的事情很多，你想先聽哪個。」逢寧故意講得很輕鬆。她臉頰邊掉落了一縷髮，繼續看著題目，疲憊地在腦海中梳理著解題步驟。

他有幾句話到了嘴邊，還是沒說出來。

圓弧上的小球似乎真的開始沿著軌跡運動起來。逢寧晃了晃頭，強行打起精神。

江問看了看手錶，正正好好七點鐘。他放下筆，「妳睡一下吧。」

「嗯？」

「睡到七點半我再講。」

「哦……好吧。」

逢寧又睏又倦，不逞強了，從抽屜裡扯出校服外套，捲吧捲吧，放到桌上，倒下去。

趙瀕臨吵吵鬧鬧進教室，口裡叫了個「江——」，換來淡淡的一瞥，他看清什麼情況之後就凝固住了，剩下的話自動吞回肚子。

回身，一展臂，把正打算走進來的幾個人統統往外推，「走走走，都走。」

「幹麼啊？」郗高原嚷，「江問呢？不在教室？」

「你就當他死了吧。」

夏天的校服很薄，她纖瘦的手臂彎折，臉朝著牆睡，馬尾掃在他的手腕上。

江問瞥過這簇黑色，沒動，沉浸在思緒中。

良久，清爽的夜風撲面而來，他收回打量的目光。

逢寧已經睡著了，輕輕淺淺的呼吸聲很規律。窗外有棵樹，樹裡有一隻晚蟬，有一下沒一下地叫。

樓下有學生路過，風把窸窣的談話聲送到遠處。

江問覺得很寧靜。

他戴上耳機，專注地看著教室正中央的時鐘。

飛蟲繞著燈下打轉，秒鐘轉完一圈，分針挪動一格。

透過窗戶的月亮被模糊了，月色依然很美。耳機裡的男聲在唱。

『He's a hypocrite and.』

他是個偽君子

『She should be locked up in a cage.』

她應當被鎖入牢籠

如果時間可以再慢點。

再慢點。

停到七點二十九。

分針永遠也不會抵達終點。

她會一直這樣乖巧地睡在他旁邊。

住了一段時間的醫院，齊蘭回家調養。

她消瘦了許多，連抬起手臂都困難，更別說做重活。逢寧把家務事全包了，又從網路上找了一套健身操，畫在紙上，陪著老媽做。

逢寧恢復了正常的學校生活，白天上課，晚上回家。齊蘭定期要去醫院治療。

偶爾晚上失眠，逢寧在網路上查乳腺癌轉移後能活多久。很多回答都說，目前醫學上有很多方法可以控制住乳腺癌的病情，是治療效果最好的一種惡性腫瘤。

她需要看著這些才能入睡，第二天再元氣滿滿地告訴齊蘭，「專家說乳腺癌的死亡率並不高，西方國家都當作慢性病治療的，放鬆心態才是最重要的，千萬不能想東想西。」

每次聽，齊蘭都會笑，「是啊，媽最近覺得好多了，胃口也好多了。」

逢寧腦子靈活，還有點小聰明，但是遠和天才搭不上邊。她只是能吃苦，比一般人都能吃苦。

家裡沒有條件請看護，逢寧下午放學了就坐公車回家，路上買點菜，回去幫老媽做飯。然後陪著她做一下運動，洗完澡，就回房間念書。念幾個小時，削個水果，過去陪齊蘭說話，等老媽睡了，再繼續念。

學校到家裡，一來一回在路上浪費的時間，逢寧直接從睡眠裡壓縮。她凌晨一點睡，早上六點起，中午在教室睡半個小時。

生活被忙碌填充，但是只要老媽在，逢寧已經很滿足。

高一下學期期末考試，成績出來那天，擠在百名榜單前看成績的有不少人，江問也在裡面。他看到自己的名字，按照順序排列，變成第二名。

而逢寧，從年級排名五十名外，又回到了榜首。

第一名：高一九班逢寧。

第二名：高一九班江問。

隔了一層玻璃，兩行藍底黑字。旁邊有低低的議論聲。

「這次年級前三又是九班的那兩個超級學霸啊。」

「逢寧和江問，怎麼又是他們，又是他們！他們兩個是不是連體嬰？」

「對啊，他們兩個，雌雄雙煞吧。」

「……」

他們兩個。

逢寧和江問。

他們。

他們是一起的。

江問有種異樣的，隱祕的滿足感。

他覺得很奇怪，但是他喜歡這種別人把他跟逢寧放在一起提的感覺。

——在其他人眼裡，好像他們兩個是一夥的，一起的。

盯著看了很久，耳邊傳來熟悉的調侃聲，「欸，江問，我又趴到你頭上了。」

控制好多餘的心情，江問側頭。

她嘴角有一點笑意，手弓著，遮擋眼前過盛的陽光。

他輕嗯了一聲。

逢寧說：「我厲害不厲害。」

江問說：「還可以。」

「當回熟悉的老二，感覺怎麼樣？」

「不錯。」

「……」

兩人鬥了一年，江問第一次反應這麼鎮定。逢寧轉頭，不解地瞧著他，有點失望，「沒意思，現在你臉皮被我調教得厚了，不能輕易刺激到你了。」

「逢寧……」

「幹什麼？」

「我覺得。」

「嗯？」

江問頓住，沒有說下去，「沒什麼，我走了。」

逢寧還沒來得及反應，他已經轉身離開。她衝著他的背影喊了一句：「少爺，假期記得好好念書啊。」

江問沒回頭，傲嬌地抬了抬手。

我覺得。

比起一個人當一名。

有妳的第二名，更讓我開心。

暑假過去，高二開學，又是一批新生入學。逢寧作為優秀學生代表，在小禮堂對著新生演講。

望著臺下密密麻麻的人，她依舊氣定神閒，拉了拉麥克風，一如當初在升旗臺那樣，「老師同學們下午好，先簡單做個自我介紹吧。」

「我是來自高二九班的逢寧，我是在場一半人的同學，另一半人的學姐。在我今天這場發言之後，也有可能成為你們所有人的榜樣。」

這番大言不慚的開場讓底下傳來一陣哄笑。

雙瑤在底下用手機幫她錄影。

郗高原跟著別人鼓了鼓掌，對趙瀕臨說，「逢寧還真是一點都沒變，狂得很。」

「她真是我遇到過最古怪的人。」

聽到別人對逢寧的評價，江問在心底笑了笑。

「在老師安排這次演講任務給我之前，特地囑咐我不能亂來。她要我從自己的切身體會、從小事細節出發，講講學校各方面的優點、特色，字裡行間一定要體會對學校的歸屬感。」

「東方人講究含蓄，老師還交代，讓我寫演講稿的時候一定要委婉。先表面誇誇自己，但是主旨一定要回到誇學校。我知道，你們不吃這套，因為我也不吃這套。」

鐵娘子的臉被氣綠了。

這次場下傳來的不僅是掌聲，還有口哨和歡呼。逢寧將今天的開學典禮掀起了一個小高潮。

她就是有這樣的感染力。

能讓人專心聽她說話的感染力。

和上次一模一樣的情況，原本心不在焉的觀眾，笑完之後，不自覺地都豎起耳朵，等著她的下文。

等待掌聲平息，逢寧繼續說：「《烏合之眾》裡面說，當人處於群體中時，思考會變得很簡單，很容易受到口號的感染。但是這都是虛假的、是敷衍的、毫無意義的。」

「我舉個例子。一年前，有個人跟我站在同樣的位置，作為新生代表演講，他說了什麼呢？」

逢寧學了一遍，「人的一生就是奮鬥的一生，從這一刻起，讓我們本著堅持的精神，共同譜寫啟德美好的明天。」

這次換江問臉綠了。

——他就是當初的新生代表。

「你看，這段話，非常正能量對不對，非常勵志對不對，但是除了我，大概沒人記住了。」

大部分的人又開始哄笑。

逢寧正了正神色，「他說人的一生是奮鬥的一生。而我想說，人的一生是悲劇的一生，包括我，我們都活在悲劇裡。」

「我遇到過很多糟糕的事情，我曾經在低谷徘徊，甚至為了這個不理想的生活感到絕望。但是我依舊努力活著，對，我是一個努力活著的人。就算遇到什麼事，我都會努力活著。」

越是簡單的話語，越富有穿透力。下面鴉雀無聲。江問也不再惱怒了，他和別人一樣，開始崇拜地，專心地，聽她演講。

趙瀨臨就坐在旁邊，他不小心瞥到江問，突然有種怪異的感覺。

他回憶了一下江問的眼神和表情。

趙瀨臨想，他為什麼會從裡面看到了一點……痴迷。

痴迷？

「尼采有句話——『我要你從一個遙遠的距離之外來觀察你自己』。」

逢寧一字一頓，低沉的聲音從揚聲器裡，傳播到小禮堂各個角落，「一種廣闊的視野，總是會沖淡悲劇。如果我們爬得夠高，我們會達到一個高度，悲劇在那裡看來就不再悲慘。」

「當你睜開眼，發現了生活的悲劇，意識到了它的糟糕——這就是你成功的起點。」

「我希望，我今天站在這裡講的話，能夠成為你們十六歲的一份禮物。」

這段話說完之後，至少十秒，全場安靜。

然後掌聲轟然響起，經久不息。

逢寧還沒結束。

她雙手撐在演講臺兩側，悠閒地繼續，「最後，我想回到這場演講的本身。本身是什麼呢，本身就是老師交代我的主旨——啟德遠比你們想像中的優秀、博大、包容。」

「為什麼呢？」

逢寧笑了笑，收尾，「因為它教出了、並且容忍了我這種學生。」

在最熱烈的掌聲裡，她說：

「——歡迎大家來到啟德高中。」

——未完待續——

高寶書版集團
gobooks.com.tw

YH 074
溫柔有九分（上）
作　　者　唧唧的貓
特約編輯　林婉君
助理編輯　吳培禎
封面設計　鄭婷之
內頁排版　賴姵均
企　　劃　何嘉雯

發 行 人　朱凱蕾
出　　版　英屬維京群島商高寶國際有限公司台灣分公司
　　　　　Global Group Holdings, Ltd.
地　　址　台北市內湖區洲子街88號3樓
網　　址　gobooks.com.tw
電　　話　(02) 27992788
電　　郵　readers@gobooks.com.tw（讀者服務部）
傳　　真　出版部(02) 27990909　行銷部 (02) 27993088
郵政劃撥　19394552
戶　　名　英屬維京群島商高寶國際有限公司台灣分公司
發　　行　英屬維京群島商高寶國際有限公司台灣分公司
初　　版　2022年 2 月

本著作物《溫柔有九分》，作者：唧唧的貓，由北京晉江原創網絡科技有限公司授權出版。

國家圖書館出版品預行編目(CIP)資料

溫柔有九分/唧唧的貓著. -- 初版. -- 臺北市：英屬維京群島商高寶國際有限公司臺灣分公司, 2022.02
冊；　公分. --

ISBN 978-986-506-359-7(上冊：平裝). --
ISBN 978-986-506-360-3(下冊：平裝). --
ISBN 978-986-506-361-0(全套：平裝)

857.7　　111001721

GOBOOKS
& SITAK
GROUP©